新潮文庫

黙　示

真山　仁著

新潮社版

10297

目次

プロローグ……7
第一章　ピンポイント……35
第二章　ライフスタイル……93
第三章　心機一転……157
第四章　試練の時……223
第五章　反撃の狼煙……295
第六章　危機と懸念……343
第七章　糧……381
第八章　自然と不自然の狭間……423
第九章　目論みと裏切り……457
エピローグ……493
解説　内田洋子

黙示

抗議しなければならない時に沈黙してしまえば、
自らを臆病者にしてしまう罪を犯すことになる。

――エラ・ウィーラー・ウィルコックス――

プロローグ

茶畑の上空を雲が流れている。まるで稲穂が風になびいているようだ。巻雲の一種だろうか。残暑は厳しいが、この雲が現れると秋が近い。暮らしている東北より、こちらの空の方が青く感じられた。そのせいか、巻雲の白さも際立つ。照りつける日射しに秋の気配を探そうと、代田悠介はカメラを構えた。ファインダーの向こうをミツバチが横切っていく。

あの雲をバックに、ミツバチの飛翔を捉えたい。夏休みの養蜂教室の講師として、静岡の茶園に来ているが、久し振りにカメラマンの血が騒いだ。だが、秒速七・五メートルで飛ぶハチを思い通りの構図でカメラに収めるのは難しい。コンパクトカメラを諦めて、足下のカメラバッグから一眼レフを取り出した。報道カメラマンとして世界中の紛争地帯を渡り歩いていた時からの〝相棒〟、キヤノンＥＯＳ－１Ｄだ。それでも、ハチを簡単には捉えられない。やはり無理かと諦め掛けたら、一匹のハチがホバリングした。サンキューと呟(つぶや)いて、代田はシャッターを切った。

その画像をチェックしている時だった。視界の端を黒い物体が飛んだ。同時に軽く乾いた羽音を耳が捉えた。

全長一メートルほどのヘリコプターが左右に振れながら、こちらに向かってくる。

「あっ、ラジコンヘリ！」

その場にいる人の視線が、子どもの指先に集まった。

「なんか噴射してる」という声を聞き、代田はヘリの正体を察した。農薬を散布するラジコンヘリだ。

一体どういうことだ。無農薬栽培を貫いているこの茶園に、農薬散布のラジコンヘリが飛ぶはずがない。

だがヘリは農薬をまき散らしている。周辺にコントローラーを持っている人影は見当たらない。機械のトラブルだろうか。だとしたら、大変なことだ。ラジコンヘリによる農薬散布では、人が散布するのに比べて濃度が一〇〇倍以上の溶液が使用される。

「みんな、急いで事務所に避難しろ！」

声を張り上げたが、子ども達はヘリの方を見たきり釘付(くぎづ)けになったように動かない。

代田の声を聞きつけたらしく、茶園の女性オーナーが事務所から飛び出してきた。

「代田さん、どうしたの？」

「あれ、農薬ヘリですよね」

もはや指さす必要もない。彼女の目がみるみる見開かれた。

「大変！　みんな、逃げて。農薬！」

付き添いの父兄らが茶園主の悲鳴にすぐに反応し、まだヘリを眺めている子ども達の背中を叩いて追いたてた。

まるで狙いを定めるように、ヘリはまっすぐこちらに向かってくる。

一瞬、空爆に逃げまどう紛争地帯の子どもたちの姿とダブった。久しく忘れていた感覚が戻ってきた。代田はもう一度ＥＯＳを構えた。自然教室の取材に来ていた地元テレビ局のクルーは既にカメラを向けている。

「早く逃げなさい！」

オーナーが声を張り上げるのを聞きながら、代田はシャッターを切った。ヘリが頭上をかすめ、全身に霧状の薬剤が降りかかった。息を止めて必死で写真を撮り続けたが、目の奥に激痛が走り思わずうずくまってしまった。

その時、爆発音が轟いた。代田は目をつぶったまま、音だけを頼りにカメラを向けた。パニック状態の叫び声の中で、ガソリンの臭いが鼻をつく。ようやく視界が戻った右目で惨状を知った。

　子ども達が逃げ込んだ事務所の壁が燃えている。その手前でラジコンヘリが炎を上げていた。それもカメラに収めると、「消火器！」と叫びながら代田は駆け出した。

　消火器を抱えた数人の男女が飛び出してきて、消火作業に取りかかった。炎の勢いが弱まるのを確認した代田は、事務所前で倒れている少年に駆け寄った。あちこちで子どもらが泣いているが、目の前の少年は声もたてずに痙攣（けいれん）している。

「誰か救急車を呼んでください！」

　すぐに自分で連絡すべきだと思い直して、携帯電話で一一九番した。

　事務所に逃げ込むのが間にあわず、もろに農薬をかぶった数人が、体をくの字に曲げて痙攣している。農薬の急性中毒の可能性が高い。

「どなたか医療関係者の方はいませんか」

　だが、どの保護者も呆然（ぼうぜん）と立ち尽くすばかりで、代田の問いに応（こた）える者はなかった。

「そのまま安静にして下さい」

　代田は医師である妻に電話した。応答はない。午後の診療中なのだろう。今度は診療所の番号をダイアルした。

「古乃郷（ふるのさと）診療所です」

のんびりした看護師の声が応じた。

「悠介だ。大至急、潤子に繋いで」

〝イッツ・ア・スモールワールド〟の保留音がのどかに流れるのを聞きながら、代田は足下を見た。

一匹のミツバチが死んでいる。いや、一匹どころか無数のミツバチが体を丸めて息絶えていた。

*

会議室の窓から明治神宮の森が見えた。この季節には珍しい澄みきった青空だ。この重苦しい会議が終わったら久し振りに森の中を散歩しようと、平井宣顕は思った。

「つまり、結論はどういうことなんだね」

広報室長は、平井の部下を威圧した。このところ自社製品に対する苦情が相次いでいる。特に養蜂家からの突き上げが厳しく、その対策に頭を悩ませていた。

「調査結果を見るかぎり、ミツバチへの影響は大きいと言わざるを得ません。ただ、『ピンポイント』は殺虫剤ですので、農薬を散布すればミツバチにも影響が出るのは当然の結果です」

「マスコミにそう説明しろと言うのか、君は」

神経質そうな広報室長に怒鳴られて、若い研究員は肩をびくつかせた。見かねた平井は万年筆を持った手を挙げた。

「あまり神経質になる必要はないのでは」

会議室にいる三〇人ほどの視線が、平井に集まった。広報室長が鼻で笑った。

「日頃から大自然の中で虫や動物と戯れているだけあって、平井さんは気楽なもんですな。だが、既にマスコミが騒ぎ始めてるのだから、我が社としての立場をいち早く明確にすべきだ。黙殺はできないでしょう」

日本第三位の農薬メーカー大泉農創の出世頭である広報室長の湯川鋭一は、のんびりした社風には珍しい切れ者として評価が高かった。彼自身もそれを承知しているようで、立ち居振る舞いの端々に、傲慢さがにじみ出ている。平井より若いのに入社年次は二年上になるので、会うと先輩風を吹かす。苦手な相手だが、平井は割り切って接している。

「黙殺せよと申し上げているわけではありません。求められれば、この材についての全情報を提示するべきでしょう。しかし、何もわざわざ当社から、『ピンポイント』

は、ミツバチにも安全などと広報する必要はないのではと申し上げているのです」

平井はできるだけ角が立たないように反論した。

「他社の類似品と比べると致死率は低いわけでしょ。ならば、ミツバチにやさしいと銘打ってもいいのでは」

派手めのスーツを着こなした青井という販促部員が、不服そうに嘴を入れてきた。

「ミツバチにやさしいという言葉の定義は何ですか」

平井が返すと、販促部員は面倒臭そうに頭を掻いた。

「他社の材より、ミツバチが死ぬ率が低いというのを遠回しに言ってみました」

「そんな曖昧な表現に、どんな意味があるんですか。先ほど佐野君が説明した通りです。『ピンポイント』は、殺虫剤なのです。低いとは言え、ミツバチにも影響は与えます。そもそも農薬を散布する際には、周辺に通知するのが常識でしょう? 農家と養蜂家が日頃からきちんと情報交換していれば大抵の事故は避けられるものです。ミツバチが大量死したからといって、単純に材が悪いというのは、言いがかりでしょう」

農薬と聞けば、多くの人は人体に害を与える危険なものと連想する。だが、平井は農薬こそが日本の食生活を支えていると確信している。狭いうえに総面積の七割が山地という国土に、一億人以上の国民が暮らしているのだ。それだけの食卓を豊かにするために、農薬は貢献している。

それが、数年前に養蜂用のセイヨウミツバチが大量死したり、巣箱から消えてしまうという事態が起きたことで、バッシングが始まったのだ。「ネオニコチノイド系農薬は人体に影響がないと、農薬メーカーは言い続けているが、あれは全部ウソだ。ミツバチだけでなく人体にも害を及ぼす」と、養蜂家がメディアを巻き込んで騒いだのがきっかけだった。

問題となった材は、大泉農創のものではない。だが、同じネオニコチノイド系農薬であるため、社長命令で、約半年にわたってミツバチについての安全性の試験を実施した。この日の会議では、検査結果を踏まえて社としてどのような発信をすべきかが話し合われていた。

「平井さん、確かにあなたのおっしゃる通りだ。しかし、無知な一般人が納得するような、製造責任者からの説明が欲しいんですよ」

そう言う湯川は、無知な一般人ではないつもりだろうか。平井はアグリ・サイエンス研究開発センター第一研究室次長の立場としての模範解答を述べることにした。

「だったら、本材にも少なからずミツバチへの影響は確認された、従って散布時は養蜂業への配慮を願いたいとでもおっしゃればどうですか」

「他社の中には、ミツバチに影響しないような配慮を心懸けましょうと取説(とりせつ)に加えたところもあります。我が社もそうしてはどうでしょうか。もっともミツバチが死ぬ程度は、必要悪の範疇(はんちゅう)だという声もありますが……」

営業本部の女性課長の発言は、会議室の空気をさらに重くした。そのうえ気まずい雰囲気まで加わった。そもそも開発当初に、ミツバチへの影響を取扱説明書に明示すべしと開発チームが提案したものを、却下したのは営業本部だった。その経緯を彼女は知らないようだが、ここにいるほとんどは「何も自らそんなマイナスイメージをわざわざ明記する必要は無い」と、専務兼営業本部長の奈良橋克己(ならはしかつき)が断言したのを覚えている。

進行役の女性広報室員が困惑したように、上司を見つめているが、湯川は腕組みをして天井を見つめたきりだ。結局、取り繕うような笑顔と共に、進行役が口を開いた。

「では、ミツバチ問題については、鋭意調査中のままで時間を稼ぎますか」

まるで他人事だ。農薬メーカーとしての当事者意識がない。無責任とも言えた。

「それじゃ、会議する意味が無いだろ。君は、我が社の社会的責任についての自覚がないんじゃないか」

湯川の容赦ない攻撃に晒されて女子広報室員はうろたえた。それでもお構いなしに湯川は喋り続けた。

「平井さん、さっきの青井君の提案、呑んでくれませんか」

平井にやり込められしょげていた販促部員は、名指しされて顔を上げた。

「どういう文言を使われるのかは私の権限外ですので、ご随意に。ミツバチに害はないと言うような断定的表現さえ避けていただければ、研究開発センターとしては何の異論もありませんよ」

平井は答えながら、虚しさを覚えた。出席者の大半にとって今回の騒動は、言葉尻の問題に過ぎないのだ。「ピンポイント」という主力商品に対してすら思い入れも愛情もない。連中の事なかれ主義が腹立たしかった。

こんな不毛な会議、とっとと終わってくれ。

平井は一刻も早く明治神宮の森を散歩したくなった。この部屋でまとわりついた穢れを落とすには丁度いい。

「ちょっと、いいかね」

会議が始まってからずっと黙っていた奈良橋専務が、初めて口を開いた。中肉中背のどこにでもいそうな五十男だが、その押し出しの強さと過去の実績で、社内随一の実力者としての地位を確立している。尤も、彼は尊敬されているというよりも、怖れられている。社員として不適格と決めつけた相手を、本人が辞表を出すまで徹底的にいびるからだ。

落としどころが見つかったと全員が安堵した矢先に、「ちょっと、いいかね」という奈良橋の口癖が飛び出して、再び重苦しい空気が戻った。

「どうぞ、専務」

背もたれに体を預けていた湯川も居住まいを正した。

「ミツバチの大量死については、今も原因が確定していない。社として言及するのは、時期尚早じゃないのかね」

「しかし、企業の社会的責任を考え、積極的な情報開示を行うべきだと、社長はお考えのようです」

農薬メーカーとしての社会的責任は、良質で大量の農産物を安定的に供給する支援をすることではないのか——。そんな反論が浮かんだが、求められもしないのに意見するほど平井は我が強くなかった。

湯川の回答を聞いていた奈良橋が鼻で笑った。

「社長お得意のCSRかね。だが、我が社の顧客は『ピンポイント』の素晴らしさを認めて下さっているんだよ。無知蒙昧(もうまい)な一般庶民に媚(こ)びる必要はあるまい」

「そうではありますが」

湯川が反論しかけたのを、奈良橋は手を挙げて制した。

「いや、君の立場は分かる。社長にそう言われれば使命(ミッション)を遂行するのが、君の役目だからね。だがね、大泉としての誇りと自負を忘れてもらっては困る。我々は日本の農業を支えているんだよ。もっと言えば日本の食を、いや、お国を支えている縁の下の力持ちなんだ。大泉の農薬は安心――、それで充分じゃないか。無論、求められればいくらでも情報を出せばいい。しかし、マスゴミなんぞに媚びてどうする。そうだろ、平井君」

いきなり指名されて慌(あわ)てたが、平井の答は一つしかない。

「おっしゃる通りです。農薬は、国の誉れである農業を支える重要な資材であるという創業以来の考えを、私たちは再確認すべきだと思います」

平井の意見を点数稼ぎのごますりとでも思ったのだろう。湯川は露骨に嫌な顔をした。だが、平井は本気でそう思っている。長年この仕事を続けて、ますますその思いは強くなっている。

「まったく同感だな。それとも何かね、研究開発の一線で活躍する平井君の誇りを、つまらぬおためごかしで穢すのかね、湯川」

「いえ、そんなつもりは。ただ、昨今の社会状況を考えますと」

「おいおい、そんなちっこいことを気にしていたら、偉くなれんぞ。もっと鷹揚に構えるんだ。社長には私から話をしておく。だから、あまり先走ったコメントを出すな。そうだろ、諸君」

誰もが一斉に頷いた。その時、平井の胸ポケットで携帯電話が振動した。

「じゃあ、これで会議は終わりにするか」

出席者の緊張感がほどけた瞬間だった。いきなり奈良橋が机を叩いた。

「そうだ、忘れていた。おい、おまえ！」

先ほど発言した営業本部の女性課長が指され、彼女は弾かれたように立ち上がった。

「おまえ、農薬を必要悪だと言ったな」

「それは社会の風潮として、そのように申し上げたんです。決して私個人の意見では
……」

「黙らんか、確かにそう言った。『ミツバチが死ぬ程度は、必要悪の範疇だ』と。そうだろ」

課長はうつむいたまま硬直していた。

「必要悪とは何ごとだ。そんな発言を軽はずみにする者が、営業本部の課長とは言語道断だ」

「申し訳ありませんでした。不用意な発言を反省致しております」

「じゃあ、大泉の農薬とは何だ」

「あの、何でしょうか」

不意の攻撃で混乱しているのか、課長は質問の意味が理解できないようだ。口ごもる課長のそばに奈良橋は近づいた。

「大泉の農薬とは何だ」

女性課長が答えるまで、奈良橋は繰り返した。

「農薬は……、国の誉れである農業を支える……重要な資材です」

「バカ野郎、それは平井君のような研究開発者が言うキレイ事だ。おまえは、そんな話を農家の皆様に言って回るのか」

「失礼しました！　大泉の農薬とは、神さまの贈り物です」

課長が叫ぶように言った。

「そうだ、バカ。今度、必要悪だと言った時は、すぐに辞表を書け」

奈良橋はテーブルを力強く叩いて部屋を出て行った。ドアが閉まると同時に、彼女は椅子にへたり込んだ。

湯川が取り繕うように会議の終わりを宣言したので、平井は窓際に立って携帯電話を開いた。先ほどの着信は妻だった。いつもは業務中に電話なんて掛けてこないだけに、よほどのことだと思った。すぐにリダイアルすると、ワンコールが終わらないうちに応答があった。

「ああ、あなた。顕浩が大変なの」

泣きながら言うので、うまく聞き取れない。会議室内のざわめきに背を向けるように、平井は窓際に近づいた。夏の日射しで窓ガラスが熱くなっている。

「落ち着いて話してくれ。何があった」

妻と二人の子どもは、静岡県下の平井の実家に帰省中だった。

「真智子さんに誘われて茶畑の自然教室に行ったの。そこで事故があって、顕浩が病院に運ばれたって。どうしよう」

「なんだって。いったい何が起きたんだ」

思わず声を張り上げてしまったのだろう。周囲の視線を感じたが、構わず電話に集中した。

「ヘリコプターが撒いている農薬を吸い込んだって。ねえ、あなたすぐ来て下さい！」

自然教室の最中に、ヘリで農薬散布だと……。そんなことがあり得るのか。

「大丈夫ですか」

部下の佐野が、心配そうに平井の顔を覗き込んでいた。

＊

首筋に痛みを覚えるほど、厳しい日射しだった。秋田一恵は畦道に立っていた。田んぼ一面が稲穂の緑色に染められているが、風はなく、土の臭いと湿気を含んだ空気は心なしか淀んでいた。ハンカチで何度も汗を拭うのだが、すぐに噴き出してくる。なのに、ダークスーツをきっちり着こんで立っていなければならなかった。

「では、秋田さん、よろしくお願いします」

テレビ局のディレクターに声を掛けられて、気合を入れ直した。目の前には、地元の農業生産組合の幹部三人が、不安そうに立っている。

「山風地区から採取した稲の放射性セシウム濃度の検査結果をお伝えします」

そう口にした途端、朝から続いている鳩尾の痛みがぶり返し、胃酸が込み上げてきた。

喉が締め付けられるようになったかと思うと、不意に声が嗄れてしまった。何度か咳払いをしたがダメで、撮影を中断して水を口に含んだ。深呼吸してから撮影の再開を頼んだ。

先ほどと同じ言葉を繰り返したあと、秋田は一気に結果を告げた。

「大変残念なのですが、政府が定めた暫定規制値を超える約二五〇ベクレルの値が検出されてしまいました」

三人の真ん中に立っていた年配の女性は、口に手を当てて顔を歪めた。力が抜けたらしく足がふらついたのを、一緒にいた青年が支えた。

「何かの間違いでは」

隣で組合長は必死に取り繕おうとしたが、声はごまかせなかった。

「原発から二〇〇キロ近くも離れているんですよ。そんな高い値が出るなんておかしいじゃないですか」

テレビカメラが回っているのも構わず感情を昂らせ、声が震えている。

「余りに高い数値が出たため、別の研究機関に再検査を依頼して同数の値を得た上でのご報告です」

男性が被っていたキャップを手にすると、太ももに叩きつけた。

「この地区のコメは、農林水産大臣命令により出荷停止となります」

「そんな」

彼はしなびたように呟くと、首を左右に何度も振った。

「その上で、しかるべき措置を取らせて戴きます」

「しかるべき措置って何ですか」

「大変申し上げにくいのですが、山風地区全ての稲を即刻刈り取り、私たちが全て買い上げた上で、厳重に保管致します」

本当は燃やしてしまいたいのだが、放射能に汚染された稲の焼却を受け入れてくれる施設の当てがない。目の前の三人は呆けたように脱力していた。今年一年の労力が今、この瞬間、水の泡になった。当事者だけに、その事実の重さが浸透するまで時間がかかる。

一刻も早く帰りたかった。気の毒だとは思うが、秋田にはもう堪えられなかった。そもそもなぜ自分が、こんな場所に立っているんだ。

全ては、東日本大震災の際に起きた原発事故のせいだ。事故によって飛散した大量の放射性物質は、一律に拡散したわけではない。空中に拡散した放射性物質の一部は雨雲となり、風に吹かれて南下してしまった。そして、雨と共に地上に降り注いだのだ。

場所も量も一定ではなかった。そして、地勢的な理由と気象状況によって、局所的に高濃度の放射能が検出されるホットスポットと呼ばれる地点が生まれたのだ。とはいえ、事故が発生したのは一昨年のことだ。同地区は昨年こそ高濃度のセシウムを検出したものの、今年は大丈夫だと思われていた。

ところが、独自で放射能調査を行っていたＰＴＢプライムテレビが、山風地区で高い値の放射能が検出されたとニュースで報じた。その上、同地区の稲と土をまとめて採取し、農水省に持ち込んだのだ。

局独自の調査では、高濃度の放射線がコメから検出されたが、正式な結果が出るまで報道を差し控える。その代わり、農水省の検査で高濃度の値が出たら単独で報道させて欲しい――、ＰＴＢはそう掛け合ってきた。それを農水大臣の若森が独断で認めた。

なぜそんな申し入れを受け入れたのか、秋田には理解できなかった。事故から二年も経つのに、高濃度の放射能など検出されるはずがないと高をくくったのだろうか。あるいは、何事も隠し事はしないという大臣のモットーを貫いたのかも知れない。

いずれにしても、結果は最悪だった。

ＰＴＢは記者会見前のスクープ報道だけでは収まらず、カメラの前で農家に結果を伝える現場を撮影したいと譲らなかったのだ。その貧乏クジを誰が引くのか。上層部による協議の結果、本来ならば重職の者が行うべき通告を秋田がやる羽目になった。

理不尽だ、余りにも理不尽だった。しかし、職務命令だと言う若森の一言でやらざるを得ない状況に追い込まれてしまった。

――あれだけの放射能が放出されたにもかかわらず、除染は完了していない。汚染されたコメの存在を、政府は隠しているんじゃないかと言う輩(やから)までいる。だから、堂々と発表しようじゃないか。バッドニュースを公表する方が、国民は安心するんだ。私の言っていることが分かるね。

そう言う若森大臣は経産官僚上がりで、これまでも農水省の慣習や常識を次々と打ち破ってきた。今回の〝英断〟も彼の主義に則(のっと)っているに過ぎない。大臣の主張はもっともだし、高濃度の放射能を確認した以上、発表するのは当然だ。それでも、この役目は、自分ではない誰かにして欲しかった。大体、こんな芝居がかったショーにする理由が分からなかった。

おそらく経産省と農水省の文化の違いなのだろう。産業推進を省是とする経産省のエリートには弱肉強食の発想が強く、何事も派手に演出したがるという印象がある。一方、農水省はもっと泥臭いし、常に農家を守りたいという情を持っている。その上、事なかれ主義に流されやすい体質もある。それが結果的に、農水独特の甘さとぬるさを招いているのも自覚しているつもりだ。

だが、農家が手塩に掛けて育てた農産物を出荷停止する痛手を、若森は理解していない。

我が子を殺せと言っているようなものだ――。以前、山形県庁に出向していた際に扱った残留農薬違反で、農協の組合長が泣きながら慈悲を請う時の言葉が、蘇ってきた。

結果は重く受け止めるべきだろう。だが、それをここまで派手にメディアに流す必要は無い。これではまるで公開処刑だった。

「今年は大丈夫だと信じてコメを育ててきた私たちの努力は、踏みつけにされるわけだね」

組合長の虚しさは痛いほど分かる。が、情に流されるわけにはいかない。

「踏みつけにするわけではありません。ただ、出荷は無理です」

「せめて自分たちで食べる分は、残してもらえませんか」

女性が涙声で追いすがってきた。

「そんなことをしたら、皆さんも危険なんですよ」

「俺たちが精魂を込めて育てたコメを危険だというんですか」

青年農家が食ってかかってきた。

「皆さんの健康診断については、同行している県の健康管理センターの者から説明させます。今回の処置は、我々としても断腸の思いで下した決断であると、御理解戴ければと思います」

秋田は迷わず頭を下げた。来年にはきっとおいしいコメが食べられますように——。

そんな言葉さえ無責任に思えて、何も言えなかった。

「組合長、率直な感想を聞かせてください」

背後で様子を見ているディレクターが投げた言葉で、秋田はさらに嫌な気分になった。

「もう、撮影は充分でしょう」

だが、彼らにやめるつもりはなさそうだ。秋田の中止要請など聞こえなかったように、カメラは組合長に近づいた。途方に暮れていた組合長は、顔を背けた。

「何も言うことはないよ。出たもんはしょうがない」

「電力会社を訴えますか」

「なあ、もうやめてくれないか。そもそもあんたらが騒がなければ、こんなことにはならなかったんだ」

青年が組合長を庇うように、カメラの前に立ちはだかった。

「それは聞き捨てならないなあ。確かにお気の毒ではあるけれど、皆さんの健康のためには良かったんですよ」

ディレクターには予想外の反論だったらしく、不服そうに言った。自分たちは善意でやってあげていると言わんばかりだ。

「何が健康ですか。我々は、これから一年どうやって生活すればいいんです。コメがダメだったんです。他の農作物も集荷できませんよ。俺たちは、専業農家なんです。どうやって生活の糧を手に入れればいいんです」

悲痛な叫びを上げた青年を、カメラは容赦なく撮影している。それが秋田の限界だった。思わずカメラレンズを手のひらで押さえた。

「やめてください。いくらなんでも酷すぎます」

「酷いのは、あんたらの方じゃないんですか。もっと早く除染していたら、こんな事態にならなかったと思うけれど」

ディレクターに反撃されて、レンズを塞いでいた手を緩めてしまった。

「その点は、私たちも検証しています。いずれにしても、場所を特定して放送するのはやめてください」

「それは約束が違うなあ。元々このネタは、俺たちが持ち込んだんですよ。好きにやらせてもらいますよ」

たとえ職務命令でも従えないものはある。このままでは、風評被害は山風地区だけではなく、県全体に広がる可能性だってある。農水省が農家を追い込むなんて本末転倒だ。

「それだけはやめてください。この通りです」

組合長が両手を合わせてディレクターに懇願した。

「組合長、お気持ちは分かります。でも、風評被害を出さないためにも、場所を特定すべきなんです」

「そんなことをしたら、わしらは明日から、仲間にも顔合わせができなくなります」

組合長は涙を浮かべて拝んでいる。

「この怒りは、電力会社と国にぶつけてください。そのときは、僕らがどこまでも応援しますから」

何を言ってるんだ、こいつは。これは報道の自由ではなく、暴力だ。

「もう止めましょう。とにかく、カメラから離れましょう」

組合長に近づくと、肩を抱きかかえて背を向けさせた。それを合図に、同行していた国や県の関係者が続いた。

「ちょっと、秋田さん。取材の邪魔はやめてくれませんか。彼らの悲しみをあなたはどう受け止めているんです。そもそも今回の一件は、人災じゃないですか。責任の一端はおたくらにもあるんじゃないですか」

背中から追いかけてくる言葉を、秋田は無視した。

どう受け止めているかだって。胸が張り裂けるほどに悲しいに決まっている。農水省の役人の端くれとして、農家がどれほど農産物に愛情を注いでいるかぐらい知っている。それを、彼らにはなんの落ち度もないのに、自分たちは出荷停止を命じるのだ。その責任の重さと、申し訳なさが分かるか！

そう叫びたかった。だが、当事者を前にして言えなかった。

不意に、恩師と仰ぐ人物の言葉を思い出した。

――官僚とは、土だ。土は全ての実りの礎だが、土が痩せたり腐ってしまえば、まともな作物などできはしない。今の官僚は、それを忘れかけている。だから、おまえが身を挺して、コメのための土になれ。

これが、土になるということなのか……。

第一章　ピンポイント

1

〝事故のあった茶畑周辺では、午前中からラジコンヘリで稲に農薬を撒（ま）いていたところ、突然、ヘリが操作不能になり、暴走したということです〟

三島（みしま）駅から乗ったタクシーの車中にラジオニュースが流れた時、平井は我が耳を疑った。ラジコンヘリが暴走して、農薬を撒き散らす――。過去にそんな事故が起きた事例はない。

「運転手さん、ラジオのボリューム上げてくれないか」

「この事故、気になる？」

被害者の身内だと答えると、スピードを上げてくれた。

ニュースでは、農薬の製品名は明らかにされていない。薬剤が特定できないうちは、適切な処置がとりにくい。昌子（まさこ）の話だと、顕浩はラジコンヘリが墜落したすぐ近くにいたために、大量の農薬に曝露（ばくろ）して、まだ意識が戻らないという。農薬を一刻も早く特定しなければ、深刻な事態に陥る。平井は気が気でなかった。

事故の知らせを聞いてすぐに、その後の予定をキャンセルして東京駅に向かった。目指す三島駅には一部のひかり号が停車するのに、タイミングが悪く、各停のこだまに乗るしかなかった。今日ほど新幹線を遅く感じたことはない。タクシーも飛ばしてくれてはいるものの、焦(あせ)りと不安による胸の痛みは強くなるばかりだ。

取扱説明書に従って散布するかぎり、農薬による人体への影響はほぼ心配ない。子どもへの影響は大人に比べて深刻ではあるが、それでも安全に設計されている。

ところが、ラジコンヘリで撒くとなると話は別だ。散布量こそ少ないが、高濃度での散布が認められているからだ。低空飛行とは言え、人力散布よりは噴霧の拡散が大きくなるため、虫に対する効果が弱くなる。そのため通常は、一〇〇〇倍から四〇〇〇倍に希釈(きしゃく)して撒くものを、八倍から一六倍で散布する。

ラジオニュースの情報で判断すると、顕浩が曝露したのは、ネオニコチノイド系農薬の可能性が高い。だとすると、希釈濃度は二〇〇〇倍から四〇〇〇倍で設計されている。それをラジコンヘリ用の高濃度で浴びたとすれば、人体に甚大(じんだい)な影響が考えられた。

「それにしても、ラジコンヘリで農薬なんて撒くんですなあ。昔、アメリカでセスナで農薬撒いているのを見てびっくりしたもんですけど、ラジコンヘリとはねえ」

タクシーの運転手は呆れていたが、平井が生返事をすると、黙って運転に専念してくれた。

ラジオは、身元が判明した被害者の名前を読み上げている。五人が重体で、その一人に、息子の名前があった。それを聞いた瞬間、万力で肺を押し潰されたように息苦しくなった。

「エアコンの温度下げましょうか」

ルームミラー越しに、気遣う運転手と目が合った。そこではじめて、異様なほど汗をかいているのに気づいた。顎の先から汗がしたたっている。

「助かります」

皺だらけのハンカチを取り出して汗を拭いながら、息子の意識が戻らない原因を考えることに集中した。

事故の薬剤がネオニコチノイド系農薬であるなら、高濃度で曝露した場合、めまいや立ち眩み、痙攣などが起きるはずだ。しかし、息子は意識を失っているという。急性ニコチン中毒のような状態なのか。それとも、神経麻痺をもたらす農薬の影響が強すぎるのか。

誤飲ならば、胃を洗浄すればいい。ある程度は肝臓でも解毒(げどく)する。だが、吸引となると厄介だ。肺がダイレクトに吸い込むので、肝臓でブロックする間もなく血液に溶けて全身に回る。血液内にも〝異物〟排除の役割を持つ白血球などがあるが、ネオニコチノイドだと白血球でも歯がたたない。

ネオニコチノイド系農薬と言っても、農薬メーカーによって材の成分に違いがある。そのため、解毒の処理も異なる。その上、農薬製造メーカーには、解毒剤の開発は義務づけられていないので特効薬がないケースもある。もちろん毒害を軽減する方法はあるし、大泉農創製の「ピンポイント」の場合は、天然のニコチンの特性に限りなく近く、解毒についても急性ニコチン中毒の対応で対処できる。ニコチンは体内で急速に代謝され、血中半減期は二〇〜三〇分だ。そのため曝露後一時間もすれば峠は越えるはずだった。

大泉農創の社員として言うべきことではないが、父親としては本気で、薬剤が「ピンポイント」であるよう願っていた。

カーラジオが〝今入った情報です〟と告げた。

〝被害者は合わせて百人近いようですが、その多くは、徐々に快方に向かっているそうです。また、意識不明だった五人のうち、一人が意識を取り戻したという情報もあります〟

意識を取り戻した被害者の名が告げられるかと思い息を詰めて耳をすました。しかし、それ以上の情報はなかった。顕浩であってくれ！　平井は助手席のシートの背を強く握りしめて祈った。

前方に東静岡総合病院の白い建物が見えてきたところで、渋滞につかまった。

「ここから先は、歩いた方が早いよ」

運転手のアドバイスに素直に従って、平井はタクシーを降りた。

茹(ゆ)だるような暑さの中を駆け出そうとしてよろめいた。足が思うように動かない。緊張と不安でずっと息を詰めていたせいで、全身の筋肉が強張(こわば)っていた。それでも構わず歩を進めた。

事故による混乱の大きさを物語るように、病院に続く道路の両側に車が駐車し、片側一車線の道路は機能していなかった。あちこちでクラクションが鳴っているが、それも無駄のようだ。病院の正門に辿(たど)り着いた平井は、交通整理している警官に、「被害者の父です！」と叫んだ。

「入口で名前を確認してください。被害者は、この他にも三ヶ所の病院に運ばれていますので」

坂の上にある正面玄関に向かいながら、平井は妻の携帯電話を呼び出した。だが相手は電波の届かない場所にいるというアナウンスが流れた。息子が治療を受けている場所では、電源を入れられないのだろう。今度はダメ元で、妹の携帯電話を鳴らした。

「もしもし」

「真智子か、俺だ」

「ああ、兄貴。今、どこなの？」

「東静岡総合病院に着いた。おまえは、大丈夫なのか」

「何とかね。気分悪いし、体が重いけれど」

真智子は四人兄妹の末っ子だった。他には、家業の茶園を継いだ兄と県議に嫁いだ姉がいる。真智子だけは一家の跳ねっ返りで、三浪の末に聞いたこともないような都内の私立美大に入学し、自由奔放の限りを尽くした学生生活を満喫した。卒業後しばらくは小さなイベント会社で働いていたが、三〇歳を過ぎた頃に突然実家に戻ってきて、廃屋になっていた離れをアトリエに改造した。平井から見れば何を描いているのかすらよく分からない前衛的な絵を描き、生活費を稼ぐためだと言って子どもたちの絵画教室を開いていた。

絵の売れ行きはさっぱりのようだが、絵画教室は意外に評判で、食い扶持（ぶち）ぐらいは何とか稼げているらしい。今日も、絵画教室の子どもたちを自然教室に引率するついでに、帰省していた顕浩も誘ったという。

　妹との電話を続けながら、平井は正面玄関の受付に辿り着いていた。事故関係者とマスコミでごった返していた。

「地下の食堂で休んでる。病室は子ども優先なんでね」

「顕浩はどうなった？」

「まだ治療中だと思う。お義姉さんが付いている」

　昔から何かとテンポがずれた妹だったが、さすがにこんな時にも暢気な口調で返されたのは不愉快だった。

「あとでそっちに行く」

「うん。兄貴、また私、昌子さんに嫌われちゃうね」

　電話を切ると、玄関に急ごしらえされた被害者用の受付で名乗った。

「平井顕浩さんはこちらで処置を受けておられます」

「あの、私は農薬メーカーの研究所に籍を置いているんですが、今回撒かれた農薬の製品名は分かりますか」

　機械的に応対していた男が汗まみれの顔を上げた。平井と目が合ったが無表情だった。

「中に、対策本部があるんで、そこで聞いてください」

院内に入ると外よりは幾分涼しかったが、人がごった返していて息苦しかった。対策本部を探しても、それらしきものが見当らないので、通りがかった消防士を捕まえて訊ねた。

「対策本部」という張り紙のある扉を見つけると、平井はノックもせずに中に入った。白衣姿や作業着姿、スーツ姿に消防士姿と、あらゆる格好の人々が電話やパソコンなどそれぞれ何かに向かって叫んでいる。病院内は携帯電話禁止というルールも、この日ばかりはお咎めなしのようだ。何人もの人と肩がぶつかり、その都度小さく詫びた。だが、気づく者はおらず、皆血相を変えて忙しくしている。

入口近くで暫く呆然としていたが、ようやく相手を見つけた。白衣姿の恰幅の良い人物で、部屋の奥に陣取って、有線電話に向かって喚いている。

「やれることは何でもやれ。人命第一だろうが」

怒鳴るように言って受話器を置いたタイミングに、白衣の男に声を掛けた。

「大泉農創の農薬の専門家ですが」

この状況では、被害者の父だと言ったら、追い返されそうだと判断したのだ。

「えらく早いじゃないか。助かった、さあこっちだ」

副院長・篠原(しのはら)という名札を付けた男は電話に向かってもう一度怒鳴ってから、平井を廊下に連れ出した。そして、そのままエレベーターに押し込んだ。

「まったく。こんな騒ぎは、一二年前に沼津駅前で、ショッピングセンターが燃えた時以来だよ。あの時は、病院中が煤(すす)臭くなっちゃってね。しばらく臭(にお)いが取れなかったよ。それにしても、あんた早かったね」

「どういうことでしょうか」

だが、平井の問いは無視され、三階で降ろされた。

「諸君、農薬メーカーの専門家がいらしたぞ」

いきなり処置室のような部屋に連れ込まれた。中では医師や看護師らが立ち話をしていて、一斉に平井を見た。

「えっと、まだ、お名前を聞いてなかったな」

「平井です。あの、私はなぜここに連れてこられたんでしょうか」

「何を言ってるんだね。君の会社に、専門家を寄越して欲しいと連絡したんだよ。だから、君が来た。違うのか」

篠原副院長が、怪訝(けげん)そうにこちらを見ている。それを聞いて、薬剤名が分かった。

「では、『ピンポイント』だったんですね。ラジコンヘリが撒き散らしたという農薬は」

2

右手を握られたような気がして、平井は目覚めた。息子を見ると目を開けているように思えた。

「顕浩……」

息子は何か喋(しゃべ)ろうとしたようだが、口に差し込まれた酸素吸入器が邪魔してかなわない。平井は短く刈り上げた息子の髪を撫(な)でた。

「お父さんが分かるか？　もう大丈夫だから安心しろ」

小さく頷(うなず)いたのを確認してから、平井はナースコールを押した。

「息子が意識を」そこで、言葉が詰まってしまった。情けないと思って自制したが、ダメだった。

よりによって我が子が、自ら開発した農薬に曝露するとは。しかも大半の被害者は、適切な処置のおかげで意識を取り戻したのに、息子の顕浩と四歳の少女の意識が戻らなかった。

どうして、こんなことに。

眠り続ける息子を見て、平井は本気で神に祈った。自分の命を差し出す代りに息子を助けて欲しいと何度も唱えた。

医者の見立てでは、意識不明が続く二人は、化学物質に過敏な体質が原因ではないかということだった。

息子は、小学校に上がるまでアトピー性皮膚炎に悩んでいた。しかし、少年サッカーを始めてからは症状が治まっていただけに、その診断は衝撃だった。

一部の特異体質のケアまで農薬メーカーに押しつけられるのは、迷惑な話だ——。以前、有機リン系農薬が化学物質過敏症の子ども達の健康を著しく阻害しているとマスコミが騒いだ時、平井自身がそう口にしたのを思い出した。その罰が当たったのだろうかとも後悔した。

それでも、昨夜遅くに「最悪の事態は脱しました。息子さんは体力もあるし、大丈夫ですよ」と告げられた時は心底安堵して、医師に抱きつきそうになった。集中治療室から一般病棟の個室に移されてからは、平井はずっと息子の手を握りしめて祈った。

平井と共に夜通し息子に付き添っていた妻は、一時間ほど前に簡易ベッドで横になったばかりだ。名を呼ぶと、それほど大きな声を出したわけではなかったが、妻は弾かれるように飛び起きた。

「意識が戻ったぞ」

昌子は靴も履かずにベッドに駆け寄った。

「ああ、顕ちゃん。ああ、よかった」

覆い被さるように息子を抱きしめる妻を眺めながら、平井の全身から力が抜けた。

スライドドアが開き、医師と看護師が入ってきた。彼らは手ぎわよく心電図や血圧、酸素飽和度などを確認すると、息子に声を掛けた。

「顕浩君、聞こえるかい」

息子が小さく頷くと、平井の背後で妻が声を上げて泣き出した。

「大きく息を吸ってみて」

聴診器を当てられた小さな胸が拡がるのが見えた。診察を終えた医師が、平井の方を向いた。

「落ち着いたようですね。酸素吸入は続けますが、もうご安心なさって大丈夫でしょう」

昌子はなおも嗚咽している。一五歳と一〇歳の子どもを持つ母親だというのに、未だにお嬢様気分が抜けない彼女には、事故のショックは相当なものだったろう。妻の手を強く握りしめて、励ました。

その時、病室の電話が鳴った。応答した看護師が平井の方を見た。

「会社からお電話です」

こんな時に連絡してくるなんて。無神経さに腹が立ったが、受話器を受け取った。

「湯川です」

「悪いが、かけ直します」

返事も聞かずに切った。受話器を置いて振り向くと、医師が今後の治療方針を話し始めた。医師が「しばらくはこの状態で」と言うと、昌子は心配そうに表情を曇らせた。

「また、悪くなる可能性があるんですか」

「それは考えにくいですが、念のためです」

それだけ言うと、医師は部屋を出て行った。残った看護師が「息子さんの体を拭いてあげましょうね」と昌子に声を掛けた。席をはずしても問題ないと判断して、平井は病室を出た。

エレベーターホールの手前に、面談室がある。被害者家族とおぼしき人たちがテレビを見ていた。平井は公衆電話を見つけると、テレフォンカードを買って、会社に掛け直した。

「息子さんの容態は？」

「今、意識が回復しました。峠は越えたようです」

相手は今日の営業報告でも聞くような調子だったが、平井は丁寧に返した。

「それは良かった。で、もう一人の意識不明の女の子の方は」

湯川が心配しているのは、同僚の息子の命ではなく自社の薬剤による被害状況だと、はっきり理解した。

「申し訳ないが、分かりません」

一瞬沈黙があった後、湯川は続けた。

「分かったら知らせてください。それで、こんな時に何だが、あなたの見解を聞かせてもらえませんか」

「何の見解ですか」

「つまり、事故の責任の所在ですよ」

感情が爆発しそうになるのを堪（こら）えて、平井は淡々と返した。

「決まっているじゃないですか、ヘリの操縦を誤った農家に全責任があります。高濃度の薬剤を散布するラジコンヘリを暴走させて子ども達に浴びせるなんて、犯罪的行為です」

「ですよね。さっきテレビで言ってたんだが、操縦していたのは七五歳の年寄りで、孫にせがまれてコントローラーを渡したら、暴走したそうです」

頭の中で何かがスパークした。非常識にもほどがある。全身が熱くなり、それを抑えるために、受話器を力いっぱいに握りしめた。

「もしもし、平井さん。聞いてますか」

「失礼しました。そうだとしたら、本当に許しがたい」

「つまり、使用者責任で通して大丈夫って事ですね」

「おっしゃる通りです。とにかく、私たちの製品に何の落ち度もありません。その点は強調してください」

本当か——。息子のあんな状態を見て、おまえはそれでもそう断言できるのか。一瞬、自問がよぎったが、それよりも非常識な使用者のせいで、自分の大切なものが全(すべ)て汚(けが)されたことの怒りが勝った。

「それと、社長からの言づてです。あなたの迅速な対応で、我が社は、被害を最小限に収めた、感謝していると仰(おっしゃ)っています」

「いえ、当然のことをしただけです」

「じゃあ、女の子の容態、よろしくお願いします」

湯川はこちらの返事を待たずに電話を切っていた。

すぐに病室に戻る気になれず、自販機で缶コーヒーを買うと、面談室のソファに腰を下ろした。壁面に取付けられたテレビでは、ワイドショーが昨日の事故の様子を伝えている。ラジコンヘリが左右に大きく振れながら農薬を撒き散らし、子ども達が悲鳴を上げて逃げまどう映像を見て、平井は気分が悪くなった。偶然、白然教室を取材していたカメラクルーが撮影したものだという。

事故映像をテレビでそのまま流すとは、なんて悪趣味なんだ。チャンネルを替えようと腰を上げたところで、画面はスタジオに戻った。

〝元戦場カメラマンで、現在は養蜂(ようほう)業を営んでいらっしゃる代田悠介さんをゲストにお迎えしています。代田さんは昨日、現場にいらっしゃったんですよね〟

真っ黒に日焼けした精悍(せいかん)な顔つきの男が画面に映し出された。

〝丘の上に機影が見えたなと思ったら、子ども達のいる方向めがけてまっすぐ飛んできました。農薬を撒いていると気付いて避難を呼びかけましたが、間に合いませんでした〟

〝代田さんは最近、ミツバチの大量死問題についても取り組んでいらっしゃいますが、ラジコンヘリの農薬はとても危険だとか〟

話を単純化する司会ぶりに、平井は不快感を覚えた。

〝撒かれた農薬は、大泉農創製の『ピンポイント』という農薬ですが、通常、人が撒く場合は四〇〇〇倍に薄めます。ところが、ラジコンヘリで撒く場合は、八倍から一六倍で撒いています〟

〝四〇〇〇倍で撒くものを、八倍ですって！〟

司会者が大げさに驚くと、経済評論家という肩書きのコメンテーターが〝通常より五〇〇倍も濃いって……もはや薬じゃなく毒でしょう〟と呆れ返った。

〝何でそんなことがまかり通るんでしょうか〟という司会者の言葉を受けて、アナウンサーが農薬について大まかに説明した。解説に誤りはないが、平井には農薬は悪だという先入観を前提に話しているとしか思えなかった。

「毒薬を撒き散らしたってわけか」

背後で誰かが吐き捨てるように言った。自分が責められたように思えて振り返ると、十人くらいの人だかりができて、皆食い入るように画面を見つめている。入院している被害者の家族らしい。

〝原因は、ラジコンヘリの操縦ミスだったとしても、結果として高濃度の農薬が撒かれ大きな被害が出たという現実は、重く受けとめるべきです。そもそもこのメーカーは、ネオニコチノイド系農薬は絶対安全と言い続けていたんですよ〟

代田という男が断罪するように語っているのを聞いて、話をそこにすり替えるな、と叫びそうになった。だが、ここでテレビを見ている者の大半は頷いている。平井の神経はささくれ立った。なぜ、こんな強引な言いがかりを、マスコミは許すんだ。

〝さきほど、高濃度の放射能に汚染されたコメが発見されたとお伝えしましたが、福島第一原発の事故を経験して、私たちは目に見えない恐怖の存在を知りました。今回の事故の恐ろしさを考えると、農薬は放射能と同じですね〟

司会者の強引なコメントには、さすがに養蜂家も躊躇(ためら)ったように見えた。だが、彼はカメラに向かって頷いた。

〝農薬の曝露は日本全国津々浦々に蔓延(まんえん)しています。そもそも私たちはどんな農薬が、いつどこで撒かれているのかについて、全く知らされていない。いつの間にか、農薬を大量に吸い込んでしまっているというリスクに、さらされています。だとすれば、農薬の恐怖は、放射能以上だと言っていいんじゃないでしょうか〟

3

──農薬の恐怖は、放射能以上だと言っていいんじゃないでしょうか。

テレビ局の駐車場に停めたランドクルーザーに乗り込むと、代田は自分の発言を思い返して両手で顔を覆った。

言い過ぎた。酷いことを言ってしまった。無責任な事故に対する怒りで、感情が抑制できなかった。取り返しのつかない暴言を吐いてしまったのだ。

冷静に考えれば、茶畑の事故は、農薬そのものが悪いのではなく、ラジコンヘリを誤操縦した農家に責任がある。警察も、そう発表している。分かってはいたが、この機会を利用してネオニコチノイド系農薬の危険性を訴えようと思って、つい言い過ぎた。

あんな過激な発言をする必要などなかった。スタジオで、高濃度の放射性物質が検出された農村の嘆きを伝える映像を見たせいかもしれない。悲嘆に暮れる様子に胸を突かれ、気持ちの整理ができないまま農薬事故を語った。だからといって、農薬被害と放射能汚染とを同列で語るなんて……。いくらなんでも短絡的過ぎた。しかも、あれは放射能の恐怖で苦しむ多くの人を傷つける発言でもあった。

激情に駆られるなど、一度でもジャーナリズムの世界に身を置いた者のやることではない。

代田は自己嫌悪（けんお）のあまり額をハンドルにぶつけた。弾みでクラクションが鳴ったが、どうでもよかった。今すぐスタジオに戻って訂正すべきではないのか。農薬被害と放射能被害は別だと。

しかし、公共の電波に流れたものは取り戻せない。

暫くうめいていたが、反省しているだけでは何も変わらないと気づいた。もう一つ出演依頼されている番組がある。そちらに出よう。そしてそこで、失言を詫びるべきだ。

そう決めてエンジンをスタートさせた時、誰かがウインドウを叩（たた）いた。先ほどの番組の女性アシスタント・ディレクター（AD）だった。パワーウインドウを降ろすと、彼女は遠慮がちに口を開いた。

「大変申し訳ないのですが、ディレクターがもう少しお話を伺いたいと申しておりまして」

まだ一〇代ではないかと思えるほどの幼い顔に頼まれると無下にもできず、代田はエンジンを切った。

「どういう用件ですか」

「詳しくは分からないんです。私はただお連れするように言われたので」

それでは話にならない。

「今でなければダメですか。別の局にも呼ばれてるんで、急いでいるんですよ」

本当は余裕があったが、この局の人間とは、これ以上話したくなかった。

ディレクターは、さっきの〝失言〟を繰り返せと頼むつもりだろう。慌てたＡＤは、携帯電話を取り出してディレクターに確認を始めた。

「代わって戴けますか」

じゃらじゃらとアクセサリがぶら下がった携帯電話が突き出された。

「先ほどはありがとうございました。代田さん、凄い反響ですよ！　視聴者の皆さんが、代田さんの勇気ある発言に喝采しています」

ディレクターがまくしたてるのを聞いて、代田は固く目を閉じた。勇気ある発言なんかじゃない。あれは暴言だ。

「いや、言い過ぎました。可能なら訂正したいぐらいです」

「何を仰ってるんです。我々は知らない間にもう一つの〝放射能問題〟を抱えていた。これは、大きな問題提起です」

興奮したディレクターに持ち上げられるほどに、代田の気分は滅入った。

「それで、ご用件とは」

「今夜のプライム・タイムにもご出演戴きたいと思いまして」

報道に強いＰＴＢの看板ニュース番組だった。

「すみません、遠慮しておきます」

「そうおっしゃらず。代田さんが取り組んで来られたミツバチの大量失踪問題を世間に伝えるいい機会じゃないですか。お願いしますよ」

先ほどの発言がなければ、飛びついていただろう。ミツバチの問題に関わって二年余り、これまでに主要メディアに取り上げられたことは一度もなかった。かつて紛争地帯や難民キャンプを共に渡り歩いたフリージャーナリストがあちこちに売り込んでくれたが、軒並み無視された。農薬メーカーが大手メディアに圧力をかけたとは思いたくないが、現実が厳しかったのは間違いない。

「今まで私が頑張っても、ずっとボツだったネタが、ようやく陽の目を見ようとしてるんです。ここは攻め時ですよ」

このディレクターが過去に何度か番組で取り上げようと試みてくれたのは事実だった。しかし、あんなことを言ってしまっただけに気が進まなかった。

「ちょっとだけ、時間ください」

「たいしては待てませんよ。それと、代田さん、まさか他局にお出になるなんて話、ないですよね」

いかにもサラリーマンディレクターの考えそうな懸念だった。彼らが考えているのは他局を出し抜くことであり、そのために良いネタ元を独占したいだけだ。本気で問題を追及する気はあるまい。

「いや、ただ、さっきの自分の失言が気になっているので」

「失言じゃないですってば。キャスターも皆、賛同していたじゃないですか。これは絶対、〝第二の放射能問題〟として注目されますよ。三〇分だけ待ちます。前向きな決断をお願いします。くどいようですが、このチャンス逃さないでくださいよ」

言うだけ言って電話は切れた。

〝第二の放射能問題〟だと……。自分が訴えたかったのは、そういうことなのか。

代田は暫く携帯電話を握りしめたまま呆然としていた。

「あの、電話よろしいでしょうか」

遠慮がちに伸びてきた女性ADの手に携帯電話を返すと、代田はパワーウインドウを上げた。

4

農水省本省の仮眠室で二時間ほど眠っただけで、秋田は震災対策特別本部に戻った。午前七時を過ぎたばかりだが、直属の部下は既にスクラップのための新聞の切り抜き作業を始めている。

それを横目に、彼女はデスクを片付け始めた。本日をもって元の部署である食料戦略室に復帰すると、昨夜遅くに決まったのだ。これで放射能問題から離れられると思うと、肩の力が抜けた。

復帰命令は、何の前置きもなく告げられた。山風地区の立会いについて大臣から直接労(ねぎら)われた際に、「一恵には、元の部署で真剣に取り組んで欲しいことがある」と言われたのが即(すなわ)ちそれだった。馴(な)れ馴(な)れしく若い職員の名をファーストネームで呼ぶのが若森流だ。

前夜に放送された汚染米のスクープの対応に数日は追われると覚悟していただけに、秋田は愕然(がくぜん)とした。大臣は「マスコミ対応は、対策本部の広報官に任せればいいから」とだけ言って、彼女の反論を退けた。ならば、最初からあんな見せ物に自分を駆り出さなくてもよかったのに。そう恨んだりもしたが、今の部署を離れられると思えば気にならなくなった。

日付が変わる頃、戦略室長の印旛友行がわざわざ顔を出して、辞令を手渡した。「私に、真剣に取り組んで欲しいこと」とは何かと質したが、印旛は、「知らない」とそっけなかった。

農水省は霞が関の中でも特にのんびりした雰囲気だが、若森一輝大臣就任以降、劇的な変化が続いている。強い農水を目指す若森は、即断即決をモットーに、若手中堅のキャリア官僚を酷使して活性化を図っていた。秋田も大臣から「目をかけられている」若手キャリアの一人で、まともな休みなど皆無だった。日々の激務とストレスのせいで、体重が四キロも増えた。

部下にこれからの予定をざっと伝えた後で、彼女は小会議室に籠もった。昨夜から今朝にかけてのテレビ報道をチェックするためだ。それを報告書にまとめて大臣に提出すれば、特別本部での業務は全て終わる。

会議室は暑苦しくほこりっぽかった。秋田は躊躇なく冷房を強くした。固苦しい規則に縛りつけられてばかりでは、身が持たない。仕事の効率アップのためにも、快適な職場環境は貴重なのだ。

エアコンがうなり声とともに、冷たい風を吹き出した。秋田は満足して、録画していたニュース映像をスタートさせた。

前夜の報道はPTBが圧倒していたが、朝になってNHKをはじめとして各局が盛り返している。いずれもトップニュースで未だにコメが放射能汚染されている事実を告げていて、昨夜遅くの大臣会見もたっぷりと時間を割いて放送していた。論調は、新聞と大差ない。原発事故の深刻さと汚染のリスクについて専門家の解説などを交えて伝えていた。もっともワイドショーでは、恐怖を煽るような発言や、農水省の調査が杜撰という意見が出たが、それは織り込み済みだ。

概ね問題なしと判断した時だった。ラジコンヘリが迷走し何やら撒き散らしている映像が流れた。

〝農薬の恐怖、子どもを含め五四人が病院へ〟

「ちょっと何なの、これは」

秋田はポーズボタンを押すと、尚もスクラップにいそしんでいた部下を呼びつけた。

「静岡県で、農薬散布をするラジコンヘリが暴走して、自然教室に参加した子どもたちが曝露したようです」

初めて聞く話だ。もっとも、昨日の彼女にそんな話を聞く余裕はなかったが。

「暴走した？　なんでそんなことが起きるの」

農薬散布のためにラジコンヘリを使うのは何も特別な方法ではないし、何度か現場を視察した経験もある。それに、ラジコンを操縦できるのは有資格者のみと定められている。秋田の知る限り暴走したという事故など初耳だ。

「静岡県警が捜査中ですが、メディアの情報では、操縦資格者の老人がコントローラーを孫に渡したために暴走したとか」

部下は淡々と説明しているが、それが事実だとしたらとんでもない〝事件〟だ。

「農薬の対象は？」

「イネのカメムシのようです」

だとしたら、これから復帰する部署に大いに関係がある。名称こそ食料戦略室という漠然としたものだが、その実態は〝強い米〟作りを強化するために設けられたセクションだからだ。

画面ではよく日焼けした男性の顔が大写しになっていた。偶然、事故に遭遇した養蜂家だと紹介された。

男がミツバチ大量死の問題解明に取り組んでいると知って、秋田は舌打ちした。厄介な相手が現場に居合わせたものだ。

〝撒かれた農薬は、大泉農創製の『ピンポイント』という農薬ですが〟

「『ピンポイント』って？」

「ネオニコチノイド系農薬です」

部下が気のない声で即答した。リモコンを握りしめる秋田の手に力が入った。一部の養蜂家が、ミツバチの大量死の原因だと名指ししている農薬群リストにあったのを思い出した。

「なんで、よりによって」思わずそう漏らした時に、代田という養蜂家が発言した。

〝原因は、ラジコンヘリの操縦ミスだったとしても、結果として高濃度の農薬が撒かれ大きな被害が出たという現実は、重く受けとめるべきです。そもそもこのメーカーは、ネオニコチノイド系農薬は絶対安全と言い続けていたんですよ〟

とんでもない言いがかりだ。責める相手をはき違えている。農薬が絶対安全とは言わないが、責任の全てを農薬になすりつけるのはおかしい。

「この事件の対策本部は立ち上がっているのかしら」

「そういう話は聞いてません。そもそもこの原因は悪質な使用方法にあります。我が省とは関わりのない問題では」

だがこの代田という男の発言からは、問題を大きくしようとする意図が透けて見える。また、スタジオにいるコメンテーターや司会者もそれに同調している。本省は無関係とあっさり言い切れるものかどうか、秋田には判断できなかった。

「黙殺はできないでしょう。管轄するとしたら、どこかしら」

「農薬被害ですから、農産安全管理課になるかと思います」

同期が一人いたはずだ。連絡してみよう。秋田は内線一覧を手にして同期の名を探した。ビデオ映像では、なおも代田が農薬被害の怖さを語っている。

〝農薬は放射能と同じですね〟

司会者の一言で、秋田は振り向いた。

「そんなはずないでしょうが。何を考えているの」

画面に向かって毒づきながら、秋田はプッシュボタンを押して同期を呼び出した。電話が繋がる一瞬前に、許し難い言葉が耳を打った。

〝農薬の恐怖は、放射能以上だと言っていいんじゃないでしょうか〟

5

「そんなに目くじら立てるほどのことじゃないだろう」

農産安全管理課係長の権堂正太郎は、パソコン画面から目を離さずに、秋田の懸念を一蹴した。

「でも、ネオニコによる農薬被害だと世間は考えるかも知れないじゃない」

「違うな」

力いっぱいリターンキーを打った権堂が、秋田の方に顔を向けた。

「あれは、非常識な孫バカジイさんが招いた不幸な事故だ」

「でもこのサイトは、一日三万ビューだそうよ」

秋田はプリントアウトしたものを、キーボードの上に置いた。インターネット専用のニュースサイトの記事で、スクラップしていた部下が教えてくれた。〝遂に起きたネオニコチノイドの悲劇〟と大見出しが打たれた記事は、A4用紙一〇枚分にも及んだ。写真提供者は代田とかいう例の男だ。さすがに元カメラマンだけあって、事故の惨状を見事に伝えている。さらに、原稿担当の露木伸二というジャーナリストの舌鋒も鋭い。

だが、権堂は穢らわしいものでも払うように、プリントアウトの束を秋田に返した。

「この二人には、うんざりしてるんだ」

「どういうこと？」

「ネオニコチノイド陰謀論者の急先鋒だからね。以前、この露木というオッサンに、ネチネチした取材をされて嫌な思いをした」

「でも、農薬に関する認識や情報は間違ってない。説得力もあるわ。放っておいて大丈夫かしら」

大きなため息を漏らした権堂は、デスクの抽斗から分厚いファイルを取り出した。そして、回転椅子を反転させて、秋田に向き合った。

「貸してやるよ。この二人が、今までにやってきた乱暴狼藉の記録だ。いいか秋田、農薬は殺虫剤なんだ。ミツバチだって殺しちまう。これ、常識だろ。だから、ちゃんと農家と養蜂家が連絡し合って撒いていた。被害も出なかった。それが、急にハチがいなくなり死んだ。そしたら農薬のせいだとなった。それは短絡的だろうが」

「でも、農薬メーカーもウチも、ミツバチの大量失踪と農薬に因果関係はないと断言しているって、この記事にはあるわ」

秋田が指摘しても、権堂は気にしなかった。

「断言はしていない。様々な原因が考えられており、原因解明には時間がかかると言っているんだ」

「それは、もみ消す時に使う役所用語じゃないの」

「やれやれ、おまえはどっちの味方なんだ」

「そういう話じゃないでしょ。いずれにしても、これからメディアで叩かれるわよ」

「ありえないね。世間は当分、放射能汚染米の話題一色だよ。ネジの外れたジイさんがしでかした事故なんてすぐ忘れちゃう」

いやな言い方だった。だが、反論できなかった。おそらく権堂の言うとおりだ。国民の関心は、放射能の恐怖に傾くだろう。だが、たとえ農薬でもコメに関するものが騒がれるのは、担当者としては不愉快だ。

「放っておくに限るって。元戦場カメラマンだかなんだか知らないけど、メディアにいいように使われてポイだから」

秋田の憤懣(ふんまん)を見透かすように権堂は言い足した。

「それより、俺たちは放射能対策で大変なんだよ。山風地区のようなホットスポットが他にも出てくるんじゃないかと、国民は戦々恐々としている。そのせいで、今日は朝から〝ウチの選挙区は大丈夫か〟という国会議員(センセイ)たちの問い合せが殺到している。はっきり言って農薬事故ごときで、対策本部なんてありえない」

秋田が反論する前に権堂のデスクの電話が鳴った。応答した権堂の態度が豹変(ひょうへん)したのを見て、電話の相手が〝センセイ〟なのだと察した。潮時だと思って廊下に出た途端に、バカバカしくなった。

権堂の言うとおり、静岡で起きたのは、農薬事故ではない。適切なラジコンヘリの操縦をしなかった農家の責任だ。それを代田という養蜂家は、別の問題にすり替えた。ある意味、卑怯なやり方だ。

しかし、使い方を誤れば甚大な被害が出るという現実は、厳然と存在する。放射能もしかり、危険物を取り扱う限りついて回るジレンマだ。それを無視していいのか。

ギョッとするほど大きな音で、携帯電話の呼び出し音が鳴った。

「まもなく会議が始まりますが」

「すぐ戻ります」

もう少しじっくり考える時間がほしいのに、現状では目先の仕事を処理するので手一杯。何とか打開しないと。そう思いながら、秋田は会議室に向かった。

6

「息子さんの容態が重かったのは、体質に起因していると思われます」

担当医の言葉を聞くと、隣に座っていた妻が平井の手を強く握りしめた。数時間おきに行われている検査の後で、医師から話があると呼ばれていた。

「化学物質過敏症という言葉をご存知ですか」

昨夜、ICUで治療を受けている時も、同じことを訊ねられた。

「ごく微量の化学物質に対しても激しい拒絶反応を示す病気ですか」

以前、農薬の反対運動をする連中が、その症状について騒いでいたので、平井にも大まかな知識はあった。

「病気とは少し違いますが、概ねそんな感じです。軽度ではありますが、顕浩君にはその兆候があると思われます」

医師の曖昧(あいまい)な表現が気になった。

「兆候があるというのは、どういう意味ですか」

「化学物質過敏症は、いわゆる病気と認定されたものではなく、診断が難しい症候群です。病気は原因と症状がはっきりしているのですが、症候群の場合は、因果関係がはっきりしません。ただ、明らかに何かの物質に触れると、体調が大きく崩れるのは間違いないのですが」

つまり、厄介なものなのだ。

「奥様に伺ったところ、小学校に上がるまではアトピー性皮膚炎を患(わずら)ってらしたとか」

　妻の手に力がこもった。

「ええ。でも、サッカーを始めると、すっかりよくなりました。アトピーとも関係があるのですか」

「一概には言えませんが、体質的に過敏症であるのは間違いないと思います。軽度と申し上げたのは、今回、高濃度の農薬を曝露(ばくろ)したせいで、その症状が表出したと思われるからです」

　深刻な話ではなかったと安堵しつつも、担当医の煮え切らない口調が気になった。

「では、日常生活には支障がないと」

「それは、まだ何とも言えません。なので、長期的に観察をしたいと思います」

「先生、あんなひどい痙攣(けいれん)を、また起こすかもしれないんですか」

　昌子の声が震えた。

「可能性はゼロではありません」

　昌子は空いている方の手を口に当てた。そのまま泣き出すんじゃないかと心配したが、何とか堪えてくれた。

「先生、要するに、息子はまだ回復したわけではないということでしょうか」

妻にも医師にも苛立(いらだ)ちを感じていた。

「いえ、もう安心です。全ての数値も正常です。ただ、ご存じのようにアナフィラキシー・ショックは、突然発症します。今回の顕浩君の症状もその可能性があるので、経過観察が必要だと思います」

「クスリで抑えられないんですか」

昌子がもどかしそうに言った。

「どの化学物質に対して過敏なのかが、はっきりしません。血液検査である程度は分かると思います。抗ヒスタミン剤をお出ししますが、それで万全なわけではない」

「じゃあ、どうすれば大丈夫になるんです」

昌子はそろそろ限界だった。平井は妻のひ弱さにいい加減うんざりし始めていた。

「それを、これからじっくり見ていきたいんです」

「そんな悠長な。もし、誰もいないところで、あんな症状が出たら、あの子」

昌子の嗚咽が始まった。平井は担当医に断って席を立ち、妻を廊下に連れ出した。

そして、壁際(かべぎわ)にある長椅子に座らせて、背中をさすった。

「あまり大袈裟(おおげさ)に考えるな。化学物質過敏症の専門医も知っているから。それに、顕浩はすっかり元気じゃないか。医者は何かにつけ大袈裟に言うんだ。あとは私一人で聞くから、おまえは顕浩のところに戻れ」

妻は暫く首を左右に振って泣いていたが、やがて少し落ち着くと立ち上がった。納得した妻がエレベーターに乗り込むまで見送ってから、平井は部屋に戻った。

「失礼しました。それで当面、私たちが気をつけることはありますか」

担当医はカルテから目を離さないで口を開いた。

「原因はおそらく農薬成分にあると思われますので、あの農薬が散布されるような場所は避けて下さい。あれはネオニコチノイド系という農薬だそうですね。ニコチンの分子式に近く、ニコチン同様、ニコチン性アセチルコリン受容体に作用するとか。だとすると、タバコも避けた方がいいかもしれません」

息子がアトピー性皮膚炎だと分かった時から、平井はタバコをやめた。昌子ももちろん吸わない。身内で吸うのは、平井の父や兄、そして妹の真智子だが、いずれも会うのは年に数回だ。

「顕浩の症状はいずれ完治するんでしょうか」

カルテに書き込みをしていた医師が顔を上げた。

「完治するかどうかは分かりません。何しろ病気ではないので。ただ、サッカーを始めてアトピーが治まっておられるので、顕浩君の免疫力が高まれば再発は防げるかも知れません。いずれにしても、長い目でみるべきですね」

医師は何一つ断定しない。「思われます」とか「かも知れません」などという答えを、患者の身内は求めてない。嘘でもいいから断定して欲しかった。

「いつ頃、退院できますか」

「あと一週間ほど様子をみましょう」

一週間で何かが改善されるのか。そう訊ねたかったが呑み込んだ。病気やケガなら時間と共に回復するが、体質にそんな劇的な変化を期待するのは筋違いなのだろう。

面談を終えて息子の病室に向かおうとしたが、気が変わって中庭に出た。携帯電話の着信を確認するためだ。

まだ一一時前だというのに、外はむせかえるような暑さだった。二時間ほど電源を切っていただけなのに、留守番電話だけで一七件もあった。半分はマスコミだった。どうやって電話番号を調べたのかを考えるだけでも不快だ。ひとまず実家の母に折り返そうとした時、先に着信があった。広報室長の湯川だった。今、一番話したくない相手だ。

「その後、いかがです。女の子の方は分かりましたか」

本当は心配など一切していないというのが、言葉の端から滲み出るような口調だった。

「ありがとうございます。元気になってきました。女の子も、意識を回復したようです」

「それは、良かった。ところで平井さん、出社はいつ頃になりそうですか」

気にはしていたが、催促されると気が沈んだ。

「明日には」

「では、千駄ヶ谷にいらしてください」

本社に上がってこいという意味だ。

「どういう用件ですか」

研究開発センターを二日も空けたので実験中のものが気になっていた。本社なんかに行く暇はない。

「社長のご希望です。明日の朝、午前一〇時半にお願いします」

「励ましのお言葉なら、辞退したいのですが。社長からは昨夜、お電話も戴いたし、高価な果物やお花も頂戴(ちょうだい)しましたから」

「いえ、たってのお願い事があるそうです」

おそらく湯川は、用件を知っているのだろう。だが、話す気はないらしい。

「承知しました。では、明日朝」

「それにしても息子さん、本当に良かったですね。じゃあ、明日」

湯川に「良かった」と言われて、何かが穢されたような気がした。

ダメだ、相当疲れている。平井は、イチョウの大木の下にあるベンチに腰を下ろした。湯川の態度は、いつものことだ。そもそも本社の連中とは、距離を置くよう心がけてきた。研究のこと以外は無関係だと割り切ればいい。

なのに今日は我慢できなかった。何から何まで腹立たしかった。こんな時ですら気丈になれない妻。担当医の言葉遣い、無神経な同僚、……社長。なぜ、みなこうも他人事(ひとごと)なんだろうか。

いや、自分もまた同じかもしれない。息子がこんな目に遭っても、農薬開発の実験経過が気になって今朝からずっとセンターに戻りたいと焦(あせ)っている。あそこにいれば安心なのだ。誰も干渉しないし、実験設備はすべて長年かけて整えてきたものだ。居心地が悪いわけがない。

俯(うつむ)いた視線の先に人の影が現れた。顔を上げると、髭面(ひげづら)の男が立っていた。

「平井さんですよね。フリージャーナリストの露木と申します」

またマスコミか。男は名刺を差し出したが、平井は受け取らなかった。

「何も話したくない。失礼する」

「お子さんの具合はいかがですか」

男は悪びれもせずに話しかけてくる。平井は無視して病棟に戻ろうとした。

「今回は、大活躍でしたね」

立ち止まるなという意志に反して、平井の足が動かなくなった。

「悲惨な事故を最小限の被害で救ったのは、平井さんの的確なアドバイスのお陰だそうですね」

露木はずけずけと訊ねてきた。

「おっしゃっている意味が、分かりかねる」

「農薬が『ピンポイント』と分かった段階で、すぐに処置の指示をされたそうですね。それで、重症だった被害者が一気に回復した。ある意味、被害者たちの恩人じゃないですか」

この男は何を言っているのだ。平井は相手にするのをやめて歩き始めた。病棟に入る鉄扉のノブに手をかけようとした瞬間、露木の体が割り込んできた。

「皮肉ですよね。ご自身が開発された農薬で、ご子息が死にかけるなんて」

その一言が平井の臨界点を越えた。

「いい加減な解釈はやめてほしい。今回の事故は、ラジコンヘリを操縦していた農家の問題だ。農薬とは一切関係ない」

「でも、農薬に曝露したから、ご子息が重体になったのは事実でしょ。農薬は安全じゃない。それが証明されたわけだ」

ジャーナリストの鋭い眼が、じっと平井を見つめている。

「正しく使用すれば、農薬は安全です。それに、皆回復に向かっているのを忘れてもらっては困る」

「まさに、会社にとってあなたは大殊勲者だ。でも、胸が痛むんじゃないですか」

露木の太い人差し指が、無遠慮に平井の胸を突いた。

「失礼だね。君は被害者の家族に対して、いたわりの気持ちすら持てないのか」

「持っていますよ。だからこそ、平井さんにお話を伺いたいんです。あなたの複雑な心中を多くの人に伝えたいんです。ぜひ時間を戴きたい」

平井のワイシャツの胸ポケット目がけて、露木が名刺をねじ込んできた。一瞬、彼の手が体に触れて、言いようのない嫌悪感に襲われた。

「私は、農薬メーカーを一方的に叩こうなんて思っていない。この社会の危うさを糾弾したいんですよ。原発や農薬がなければ生きていけないくせに、何か問題が起きると大騒ぎする社会に警鐘を鳴らしたい。ご賛同戴けませんか」

勝手にやってくれ。

力まかせに露木を押しのけて、平井は扉を開いた。エアコンの冷気が、火照った顔を冷ましてくれた。だが、その程度では、体内に溜まった不快な気分は晴れそうもなかった。

7

千駄ヶ谷の大泉農創本社の最上階から、代田は明治神宮の森を眺めていた。東京生まれだが、小学生の時に校外学習で行ったぐらいで、ほとんど緑のない場所だった。こうしてビルから見下ろすと、緑の深さが際立って見えた。

都心のど真ん中にこんなに広大な森が鎮座している――。その絶妙な配置は、かつて日本という国が大自然と共生していた証のように思えた。

さんざん悩んだ末に、代田はその夜のプライム・タイムへの出演を承諾した。ただし第二の放射能問題という表現を使わないという条件をつけた。ディレクターは「自分の権限では、約束できない」と難色を示したが、代田は譲らなかった。結局、了承の知らせを聞いたのは、つい先ほどだ。

　――期待していますよ、代田さん。ガツンと言ってやってくださいね。

　調子の良いディレクターに励まされてまた憂鬱(ゆううつ)になったが、これ以上深く考えるのをやめた。局入りの時間まで少し余裕があったので、大泉農創の記者会見をのぞいてみることにした。受付で名刺を出しても咎(とが)められなかったのが意外だったが、自分の知名度なんてそんなものだと解釈した。

　散布された農薬が「ピンポイント」と判明して以来、大泉農創は精力的に記者会見を行っていた。既に三度、社長自らが会見に臨んでいる。

　会場は大会議室で、二〇〇人以上が座れるように椅子が並べられていたが、埋っているのは前方の席だけだ。二〇人ほどだろうか。重体者まで出した事故の翌日にしては数が少ない気がした。理由を知りたかったが、顔見知りはいなかった。

　代田は適当な場所に座ると、隣でノートパソコンを打っている男に訊ねた。

「記者の数が少ないですね」

「こんなもんじゃないですか。事故直後は溢(あふ)れ返っていたけど、原因が操縦者側にあるって分かったし、農薬ネタはあまり字にならないですからね」

　パソコンの横に置かれた手帳の表紙をさりげなく確認してみた。〝日本農業新聞社〟

と刻印されている。たった一日で業界紙の記者の興味を引くに過ぎないバリューにな
ってしまうのか。
「放射能米が出ましたからねえ。みんな現地に行ってるんじゃないんですかね。私も
そっちに行きたかったんですけど、じゃんけんで負けちゃって」
これは、じゃんけんで負けて来るレベルの会見なのか。だが、ネオニコチノイド系
農薬の危険性を訴え続けてきたこの二年を思い出せば、納得できる反応ではあった。
農薬が危険だという確たる証拠がない状況では、農薬への問題提起は、限られた市民
運動家が好む〝運動〟に過ぎない。
——農薬散布で死者が出ない限り、農薬を糾弾するのは、言いがかりに近い。
露木と共に作成したルポを持ち込むたびに編集者にそう言われて、相手にされなか
った。
一九六〇年代にアメリカの生物学者レイチェル・カーソンが『沈黙の春』で農薬の
危険を訴えて、農薬に関する社会の関心は一気に高まった。だがそのブームが収束し
た後は、それ以上の大きな関心事にならないまま現在に至っている。かと言って「農
薬は安全」だと思っている者も少ないだろう。ただ、適正に使用されるのであればい
いのでは、というグレイゾーンにいるだけだ。いやもっと言えば、「そういうことを

考えるのが面倒」というのが一般人の本音か。

　だからこそ今回の事故は、多くの人に農薬の怖さを喚起するチャンスなのだ。ただ、言葉を慎重に選ぶべきだとは自覚している。恐怖を過剰に煽る愚行だけはこれ以上したくなかった。

「定刻になりましたので、記者会見を開始します」

　アナウンスに続いて、三人の男が現れた。中央に社長の疋田忠、左手に広報室長、そして右手に営業本部担当専務が座った。まず、広報室長の湯川が、被害について報告した。

　農薬を曝露したのは、三歳から七三歳までの合計八三人で、そのうち入院したのが二六人いた。全員が快方に向かい、重体だった二人を除き、今日中に退院する予定だと告げた。

　続いて、疋田社長が立ち上がった。端正な身のこなしで、黒髪をきっちり七三に分けている。起立すると会場をまっすぐに見据えて話し始めた。

「お忙しい中、お集まり戴いてありがとうございます。一部のテレビ報道で、弊社が発売しております農薬の『ピンポイント』の危険性が指摘されました。使用方法を誤れば、確かに農薬は人体に影響を及ぼします。今回の事故は、誠に不幸なことに、人力散布では四〇〇〇倍に希釈する農薬が、ラジコンヘリによる散布のために一六倍の希釈であったことが原因だと考えております」

何人かの記者が質問しようとしたが、社長は話を続けた。

「昨夜の会見で、ある記者の方から、四〇〇〇倍で薄めて散布するものを、ラジコンヘリに限って二五〇倍も濃くするのは問題ではないかというご指摘を戴きました。私個人としても、大変重要なご指摘だと考え、すぐさま社内に対策チームを設置して検討を始めました。ただ、この規定は農水省のご指導の下で決められた濃度でありまして、そういう意味で、監督官庁ともども協議する必要があると考えております」

「それは無責任じゃないんですか。問題があるとお考えなら、率先して変更されるべきでは」

記者の問いは尤もだった。

「確かに。そこで、私どもは農協や農薬の販売業者の方に、当分の間、ラジコンヘリの散布であっても、地上散布と同じ濃度で散布戴きたい旨のお願いの文書を作成して本日、関係各所に配布致します」

社長の合図と共に資料が記者席に配られた。「農家の皆様へのお願い」と書かれた文書は素人がパソコンで製作したようなつくりで、発表と同じ内容が太い大きな文字で書かれていた。

「それじゃあ農薬の効果がないのでは」

「若干効きは悪くなるでしょう。しかし、人命には替えられませんから」

社長の右隣にいる太々しい面構えの専務が答えた。嫌な言い方だ。まるで、自分たちも被害者だとでも言わんばかりの態度だ。

「また、ラジコンヘリのメーカーには、より安全な操縦のためのシステムの変更をご検討いただくよう弊社より要請しました」

農薬メーカーにしては随分積極的な動きだった。全てがそうではないが、農薬メーカーのスタンスは常に消極的な事なかれ主義だと、これまでの経験で代田は理解していた。自分たちが製造している農薬は、国の厳しい安全基準をクリアしているのだから、マスコミの取材にも応じないし、反対運動も黙殺するという社がほとんどだ。

「つまり、疋田社長としては『ピンポイント』は安全だ、と」

社長の真正面に陣取っていた年輩の記者が嘲るように訊ねた。

「正しい使用方法を守って戴ければ、人体には甚大な影響を与えません」

社長は記者を見据えて返した。

「いやいや、疋田さん。それじゃあ答えになっていない。『ピンポイント』は安全ですか」

記者に容赦なく責められて、社長は下を向いて黙り込んでしまった。その瞬間、ストロボの放列が光った。しばらくそのままの姿勢でいたが、やがて意を決したように社長は顔を上げた。

「『ピンポイント』は安全でございます」

別の女性記者が挙手した。

「今回の事故に際して、偶然にも御社の社員のご子息が被害に遭われたと伺っています。しかも重体だったと。にもかかわらず、その社員の方は迅速に処置法を医師らに伝え、身内の心配よりもまず被害者全員の救済を最優先されたと伺いました」

それを聞いて疋田は何度も頷いた。

「仰る通りです。その社員の行動を誇りに思っております。また、ご子息も無事に回復したと聞いて、安堵しております」

「差し支えなければ、その方のお名前と所属をお教え戴けますか」

社長がマイクを手で押さえて、広報室長と相談しようとしたが、それを無視して専務が発言した。

「平井宣顕、弊社のアグリ・サイエンス研究開発センターの第一研究室次長を務めています。ちなみに、彼は『ピンポイント』の開発責任者でもあります」

8

若森の帰庁が遅れていたせいで、秋田は大臣官房室の大臣室に繫がる扉の前で椅子に座り続けなければならなかった。

「いい加減、教えていただけませんか。なぜ、私は大臣に呼ばれたんですか」

一緒に並んで待つ食料戦略室長の印旛は、スマートフォンを操作する手を止めずに答えた。

「君が期待の星だからだろう」

「ご冗談を。室長こそ期待の星じゃないですか」

「私の場合、もう星じゃない。だが、君は大臣のお眼鏡にかなったんだ。せいぜい馬脚を露わさないように頑張るんだな」

印旛は大臣官房の審議官だが前室長の急な異動で、食料戦略室長を兼務している。同期の出世頭で、省内での影響力も着実に広げていた。

何度会ってもすぐに忘れそうな特徴のない面相で表情も薄いが、見た目とは違って、省内きっての改革者として、その名を轟かせている。変化を極端に嫌う霞が関で改革など志そうものなら、すぐ異端のレッテルを貼られるが、徹底した根回しでトラブルの芽を摘み、そのうえで大きな成果を物にしてきた印旛の存在感は大きくなるばかりだ。若手のキャリア官僚の憧れだったが、当人は常に淡々としている。では、部下に冷たいかと言うとさにあらずで、部下の面倒見の良さは省内一だった。各人の得意分野でチャンスを生かすことを奨励し、また部下が動きやすいよう配慮もしてくれる。

「いやあ、お待たせした」

若森が上機嫌で戻ってきた。二人が慌てて会釈すると、若森は秋田の肩を叩いて、大臣室に誘った。そして秋田らを二人掛けのソファにかけさせ、大臣は向かい側のソファに腰を下ろした。

「早速だが、君たちに取り組んで欲しいプロジェクトについて相談したい」

印旛はいつも通りのポーカーフェイスだが、若森の口ぶりからすると、彼にだけは既に打診があったのだろう。

「一恵は、ＴＰＰについてどう思う」

ＴＰＰ、環太平洋パートナーシップを一言で言うなら、参加国全ての関税を撤廃し、自由貿易を促進しようという国際交渉の舞台だ。関税撤廃は農業の死を意味すると、農水省は反対しているが、政府は条件交渉に参加するのではないかと見られていた。

　省の立場として答えるべきなのか、個人としての意見を求められているのかが分からず、隣席の上司を見て救いを求めた。だが、印旛の反応はない。

「遠慮しなくていい。個人的な見解を聞かせて欲しい」

　若森は国際派で、規制よりも自由主義による日本のビジネス拡大を訴え続けている。それに適う意見を口にすれば間違いはないだろう。

「バスに乗り遅れるな、と思っています」

「その通り！　さすが、印旛君の秘蔵っ子なだけはある」

　いつから印旛の秘蔵っ子になったのか。だが、印旛は小さく目礼して「恐れ入ります」と返した。

「じゃあ、君はＴＰＰ参加すべしという積極論者なんだね」

「日本の農業はもっと戦略的になって、世界に打って出るべきだという大臣のお考えに賛同致します。そういう意味で、ＴＰＰはピンチではなく、チャンスです」

　若森は嬉しそうに何度も「そうだ」と言って頷いた。人気タレントによく似た容貌を日頃から自慢している若森だが、実際、間近で見るとほれぼれするほど男前だった。

「だが、農協や古い頭の君の上司たちは猛反発している」

「それも致し方ないと思います。既得権の維持も官僚の使命ですし、農協はTPPによって存在意義を失いかねないですから」

日本屈指の圧力団体であり、日本農業そのものと言っても過言ではないJA全国農業協同組合連合会に、もはやかつての力はない。二一世紀の農協を支えているのは、兼業農家ばかりだ。農業をビジネスとして成功させようという農家は、画一的な農法を指導する農協から離れ、独自の道を歩んでいる。そして、TPPは、一部の兼業農家を犠牲にする可能性があった。

「私も同感だが、日本の農家のためにTPP導入賛成とはさすがに言い難い。そこで、極秘でTPP協定批准後の日本の農業のあり方を考えるセクションを立ち上げようと考えているんだ」

「素晴らしいお考えだと思います」

本音だった。反対ばかりしていても、何も変わらない。大切なのは前に進むことだと思う。

「ついては、君に、プロジェクトチームの実行部隊を任せたい」

一瞬、何を言われているのかが分からなかった。私のような若造に何ができるというのか。

「なんだ、不服なのか」

「そういう訳ではないのですが」

そこから先の言葉は飲み込んだ。また無理難題を押しつけられるのではと思ったが、嫌だと言えば、ここで自分の将来は終る。

「現在の食料戦略室を大臣直轄のセクションに移行する」

若森の言葉を受けて、印旛が説明を始めた。

「人員は、現在の一〇倍。叩き上げの農政のプロばかりを集める。私が専任で束ねるが、君には私の補佐役の一人として現場で行動してもらう」

所属するセクションが大臣直轄になるというだけでも驚きなのに、そのうえ省内のうるさ方連中を専任で束ねるなんて、いくら印旛が優秀でも無謀すぎる。

「農政のプロ集団というところがポイントだよ。君らには申し訳ないが、キャリアで農業の本質を理解している者はほとんどいない。だから、日本の農業がダメになる。今こそ叩き上げの諸君が腕を奮う時なんだ」

印旛の説明を補足しながら大臣は目を細めている。気分が高揚した時の彼の癖だ。

「そんな大役が私に務まるんでしょうか」

「厄介な山風地区の一件だって、やり遂げたじゃないか。秋田なら大丈夫だ」

印旛が断言すると、若森も大きく頷いた。

「あれはテストだったんだよ。君の現場力を知るためのね。印旛君の補佐役は三人いるし、君だけに負担はかけないよ。とにかくニッポンの未来のためにいい汗をかいてくれたまえ」

そう言って若森が立ち上がったので、秋田たちも慌てて倣った。若森の両手が伸びてきて秋田の右手を握りしめた。

「期待しているよ、一恵」

何がなんだか分からぬままに「粉骨砕身努力致します」と返していた。

9

タクシーのヘッドライトの先に人だかりが見えた。

「何かあったんですかねえ」

相模原駅から平井を乗せた運転手は、ハンドルから身を乗り出して様子を窺っている。後部シートにいる平井にも、脚立を持ったカメラマンの姿が見えた。もしかしてマスコミではないかと思い当たった。

「ここで、いい」

だが運転手の反応が鈍くて、連中に気づかれてしまった。あちこちで照明やストロボが焚かれ、手をかざして光を避けなければならなかった。

「大泉農創の平井さんですよね」

記者らしき男がマイクを突き出してきた。

「そうですが」

「ご子息の容態はいかがですか」

なぜ、マスコミが顕浩のことを知っているんだ。いや、たとえ知っていたとしても、自宅まで詰めかける理由が何かあるのか。

「息子に何かあったのですか」

「えっと、それは我々が伺いたいところで。今回は大変でしたね」

「ご心配をおかけしました。もう元気ですので」

平井はマイクを手で払い、自宅に向かった。昌子を病院に残しておいてよかった。一緒にいたら収拾がつかないところだった。門扉の向こうで、愛犬が主人の帰りを喜んでいる。

「ご自身が開発された農薬で、ご子息が重体になられたのはショックだったのでは」

女性レポーターの問いで、足が止まった。それがいけなかった。あっという間に平井の周りに二重三重の人の輪ができた。

「ショックでしたよね」

「何の話です？」

声が震えていた。誰がこんな話をマスコミにしたんだ。

「今日の午前の記者会見でそういうお話が出たんですよ。いかがですか」

会社が言っただと……。

その時、門に前足を掛けてシベリアンハスキーが顔を出した。異常な雰囲気にも構わず、ひたすら平井だけを見つめて尻尾(しっぽ)を振っている。威勢よく吠(ほ)えたお陰で、平井を囲む輪が緩んだ。平井はそこで人垣を押しのけて、門を開いた。

「さあ、タロー。いい子だ、もう吠えなくていいぞ」

声を掛けると、タローは激しく尻尾を振って飛びついてきた。あっという間にズボンにヨダレが飛び散ったが、今日ばかりは気にならなかった。

「そうか、寂しかったか。よし、じゃあ飯食うぞ」

平井の名を連呼する記者たちを尻目(しりめ)にタローの頭を撫(な)でると、玄関に入った。

第二章　ライフスタイル

1

リビングのカーテンをそっと開けると、いつもと変わらぬ風景が見えた。昨夜は真夜中を過ぎても家の周りでざわついていたマスコミ連中も、ようやく諦めて撤収したようだ。

庭に面したサッシに何かがぶつかる鈍い音がして、思わず身構えた。タローが嬉しそうに尻尾を振っている。戸を開いてやると、タローは勢い良く飛び込んできた。

「ステイ！　タロー。ステイだ」

だが、久しぶりに室内に上がったタローは、じゃれるように平井の周りを駆け回っている。勢いあまったタローの足がリビングテーブルの上のコップをひっくり返し、その反動で横にあったビール缶が倒れた。缶に少し残っていた中身がソファに飛び散ったが、犬は気にもしない。

平井はため息をついたが、叱らなかった。ここで騒ぐと、タローはなぜか褒められたと勘違いして、さらに大騒ぎする。

「よし、タロー、散歩だ！」

平井は裸足で庭に駆け出た。タローは大きく一度吠えて、続いた。

犬舎に掛けてあるリードを手にすると、タローが全力で飛びついてきた。三〇キロ近い体重に押されて、平井は尻餅をついた。タローが覆いかぶさるように飛び乗ってきて、主人の顔を舐め回した。あっと言う間にヨダレまみれになったが、暫く好きにさせた。顕浩が事故に遭ったとばっちりで、ずっと放ったらかしだった。ろくに散歩にも行ってない鬱憤を晴らしてやりたかった。タローに組み伏せられたままじっとしていると、朝露が背中に染み込んできた。

「さあ、いい子だ、散歩行くぞ」

Tシャツがすっかり濡れてしまったが、今朝の日射しならすぐに乾くだろう。タローの首筋を撫でてから、リードを装着した。

タローはさっそく門めがけて突進している。平井はベランダにあったサンダルを突っかけた。

今年で六歳になるタローは、人間なら平井とほぼ同年代だった。だが、その振る舞いはまるで〝子供〟だ。

タローが来たのは、顕浩の五歳の誕生日だった。アトピー性皮膚炎のうえに虚弱体質でもあった顕浩に同情した妹の真智子が、知り合いからシベリアンハスキーの子犬をもらってきてくれたのだ。顕浩は三歳頃から、きたやまようこの絵本〝ゆうたくんちのいばりいぬ〟シリーズが大のお気に入りだった。街でシベリアンハスキーを見かけると「じんぺい、じんぺい！」と大騒ぎした。

犬や猫を嫌う妻は義妹のお節介に眉をひそめたが、長女の陽子も大喜びしたため、犬の世話はすべて平井の担当というのを条件に、タローは家族の一員となった。毎朝父子三人で、散歩に出掛けた。夜の散歩も、どんなに疲れて遅く帰ってきても、平井が連れて行った。

小学校に上がってサッカーに夢中になると、顕浩はタローに興味を失った。陽子は高校生になった今も気が向いた時には夕方の散歩を買って出てくれるが、昔と変わらずタローと付き合い続けているのは平井だけだ。

にもかかわらず、タローは、子犬の頃に一緒に遊んでくれた顕浩が大好きで、学校に行く時も帰ってきた時も、一目散に駆けていっては飛びついた。顕浩がこけようが嫌がろうが、お構いなしだ。顕浩は上手にあしらうのだが、昌子は気に入らないようで、タローを靴べらで叩いたりするらしい。時折、すっかりしょげて犬舎から出てこないこともあった。

平井の仕事が忙しくなり海外出張も増えてくると、人間に対するタローの渇望感は一層激しくなった。それだけに、自宅にいる時はせめてたっぷり構ってやるよう心懸けていた。

「あら、タローちゃん、おはよう」

散歩コースである相模原公園の入口で、隣に住む主婦に声を掛けられた。ダックスフントを三匹連れている。すかさず三匹の臭いを嗅ぎ始めたタローを、平井は引き寄せた。

「顕浩君、大変だったわね」

近所で噂が広がるのは早い。平井は曖昧な笑みを浮かべた。

「ご心配戴きありがとうございます。もうすぐ退院できそうです」

「それは、良かったわ。でも、お父さんも大変ですね。会社でお作りになった農薬だったそうじゃないの」

どう答えようかと迷っていると、タローが急に吠えて駆け出した。それに引っ張られて平井は主婦から離れた。タローのお目当ては、ジョギングスーツに身を包んだ痩身の女性が連れているゴールデンレトリバーだ。

「あらタロー君、おはよう」

女性に声を掛けられると、タローは答えるように一吠えしてから、レトリバーの口元を舐めた。

女性は朝の散歩であっても、いでたちが洒落ている。だが彼女の名前も住まいも知らない。知っているのはレトリバーが雌で、名がハニーということだけだ。互いによく知らないという関係の気安さが今日はありがたかった。

「おはようございます。今日も暑くなりそうですね」

「これだけ暑いと、この子の毛を全部刈ってあげようかと思っちゃいます」

手入れが行き届いた金色の毛は、確かに暑そうだ。当のハニーは飼い主と同様に涼しげに、タローの行動を受け流している。

「さあ、タロー行くぞ」

道路にまでヨダレがべたべたと垂れてきたのを認めて、平井は犬の首の辺りを軽く叩いて、先を歩いた。

「タローちゃん、またね」

女性はそう言うと、ハニーとともに公園を後にした。

彼女が去った後には、シトラスの香りが漂っていた。いつも颯爽としている彼女に会えて、気分が幾分晴れた。

昨夜は最悪の気分だった。苦手な酒にも手を出してみたが、いくら飲んでも頭は冴えるばかりだった。事故だと分かっていても、集中治療室の中で苦しむ息子の姿を思い出すたびに、罪の意識を感じる。

だが、農薬開発者としては、日本の農業を支えているという強い矜持がある。ここで怯めば、多くの研究者に与える打撃は大きいだろう。そもそも平井自身が立ち直れない。そのジレンマで独り悶絶した挙げ句に、酔い潰れてソファで寝たまま朝を迎えた。

既に日射しは強く、タローは嬉しさを全身で表して歩いている。思い切って散歩に出て良かった。顔見知りの〝散歩仲間〟と会釈をかわすだけで、平常心を取り戻した気がした。完全に迷いが払拭されたわけではないが、本社に出向く気力ぐらいは蘇ってきた。

「よし、タロー、久しぶりに走るぞ。ランだ、タロー」

軽く駆け足を始めると、タローは何度か吠えた後、勢い良く駆け出した。リードをしっかり握りしめながら走ると、公園に漂う草の匂いが体に染み込んでくるようで気持ち良かった。

2

目覚まし時計と数度格闘した末に、秋田はベッドから体を起こした。

カーテンの隙間から、暑そうな日射しが覗く。リモコンでエアコンのスイッチを入れると、大きな伸びをした。

四日ぶりに自宅のベッドで眠ったお陰で、体の芯に溜まっていた疲労が幾分薄れたような気がする。とはいえ、このまま横になったら、いくらでも眠れそうだ。それが許される身分ではなく、必死でベッドから這い出て、バスルームに向かった。

熱めに設定したシャワーを、打たせ湯のつもりでうなじに当てた。ぼうっとした頭を覚醒させるには、これが一番効く。

軽い刺激と共に体が徐々に目覚めていく。体中に血が巡ってきたので、シャワーを水に替えた。冷たさに声を上げたが、おかげで寝起きの倦怠感は、きれいさっぱり流れ落ちた。頭と体を丁寧に洗いながら、今朝からスタートする新しい職場に向けて気合を入れた。

大臣直轄の特命チームというのは、自尊心をくすぐる。しかし、省内の官僚全てを敵に回しかねない使命（ミッション）を達成するのは、至難の業だ。その上、叩き上げ官僚という人種が秋田は苦手だ。そんな連中を束ねるなんて、できるんだろうか。

　これからの成長産業は農業だと確信して、農水省に入った。入省して八年余、キャリアとしては上々で現在に至っている。ただ、食料戦略室に所属していた時の上司が、大臣と問題を起こして左遷（させん）された。その煽（あお）りを食って地方勤務を経験したが、一年で復帰した。今の上司は次官候補の一人で、彼には気に入られているという自負もある。それだけにこの使命は何が何でも結果を出したかった。

「いや、今が正念場よ。ここで成果を上げれば、私の将来は大きく開ける。ならば、闘うのみ」

　そう声に出して決意表明して、バスルームを出た。散らかり放題の部屋を見ないようにして、手際（てぎわ）よく身支度を済ませると、朝食の準備に取りかかった。

　パンを一枚トーストする間に、野菜ジュースを一気飲みする。サラダと紅茶を用意してから大好きな蜂蜜（はちみつ）の瓶をテーブルに置けば、準備完了だ。

　ポットの中で紅茶の葉が開くのを待ちながら、昨日の農薬騒動を思い出していた。昨夕もう一度、農産安全管理課係長の権堂を電話で呼び出して、事故の検証をしっかりやるべきじゃないのかと粘ってみた。

――我々が守るべきは、コメか蜂蜜か。考えるまでもないだろう。

だが、蜂蜜だって大事だと思う。おいしいし健康にも美容にもいい。第一、多くの果樹の授粉にも、ミツバチは重要な役割を果たしている。

何よりもマスコミのせいで騒動が拡大したら、コメ農家に悪影響を及ぼしかねない。

軽快な音がトーストの焼き上がりを伝えた。パンを皿に取ると、バターを塗ってから蜂蜜をたっぷりとかけた。トーストの熱で蜂蜜が溶けて、甘い薫(かお)りがうっすらと立ち上がる。

「いただきまぁす」と両手を合わせて、パンをかじった。バターと蜜がたっぷり染み込んだトーストの食感と甘さが、秋田はたまらなく好きだ。

「コメが日本人の主食なのは間違いないけど、パンもおいしいんだよね」

さらにトーストに蜂蜜をかけて、濃厚な味を楽しんだ。

そもそも養蜂(ようほう)と米作が対立すること自体が問題ではないだろうか。

対立からは何も生まれない。異論がある時こそ、相手を納得させるように話すのが大事だよ――と、元上司の米野(よねの)太郎(たろう)は言っていた。

だとすれば、煩(わずら)わしいなどと思わず、自分に何ができるか考えて動かなければ。

3

大泉農創アグリ・サイエンス研究開発センターは劇薬を扱っているだけに、警備も厳重だ。約一〇〇〇坪の敷地を囲む鋼鉄製の柵（さく）には高圧電流を流し、五〇〇メートルおきに監視カメラも設置している。二〇年勤務する社員であっても、人定（じんてい）されなければゲートは開かない。

センターは、平井の自宅から車で二〇分ほど西に行った相模川流域にある。周辺の田園地帯を見下ろす立地で、大きな果樹園を有している。まるで庭園のようで、警備の厳重さを除けば、のどかという言葉がもっとも似合う。

時計を見ると、午前七時二二分だった。千駄ヶ谷の本社には一〇時半に行けばいいから、しばらくはセンターで作業ができる。国内にいるのにセンターを三日も留守にするのは、平井にとっては異常事態だ。不在中の実験の状況が気になって仕方がない。

駐車場に車を停めると、パソコンの入ったバックパックを背負って、研究棟に向かった。駐車している車種とナンバーで、部下二人が既に出社しているのに気づいた。いや、実験で泊まり込んでいるのだろう。

第一研究室次長の平井が個々の実験に直接携わることはない。一一人の研究員の監督と情報集約が彼の職責だった。ただ、全ての実験は彼のプランニングの下で行われている。言い換えれば、第一研究室の研究は全て平井のものとも言えた。それだけに責任も大きく、どこにいても実験状況を把握出来るよう心懸けている。だから、三日もセンターに顔を出さないと落ち着かないのだ。

昨夜遅くにセンターに連絡したら、佐野と浅井が残業していた。半年ほど前から、この二人にはミツバチに対する『ピンポイント』の薬害試験を任せていた。併せて、農薬散布後のイネをミツバチが忌避できるような工夫も探らせていた。ミツバチ騒動に加担する気はなかったが、可能な限り自然と共生できるのが理想の農薬だと考えている。ミツバチを殺さずに害虫駆除が叶う薬品開発に挑戦したいと考えていた。その実験成果が最近ようやく出始めていた。

センターでの勤務体制には、自由度の高いフレックスタイム制が敷かれている。成果を上げたと上司が認めれば、週四〇時間以下の労働でも査定には影響しない。尤も、実際はほとんど全員が週二〇時間以上残業しており、常に人事部から改善を求められていた。

泊まり込む社員のための宿泊設備も充実している。シティホテル並の個室に大浴場、フィットネスジムまで完備されている。そんな快適な職場を気に入って、なかなか家に帰りたがらない研究員も少なくない。

第一研究室には誰もいなかった。平井は自席に着くと、コンピュータを起動してから、窓のブラインドを開けた。朝日が眩いばかりに注ぎ込んでくる。窓のない実験室もあるが、研究員がデスクを並べるワーキンググルームの採光は申し分ない。コンピュータの前に戻ると、モニターの縁に貼られたポストイットのメモに気づいた。

〝宿泊棟にいます。御用があれば、携帯鳴らして下さい。ＡＭ５〟とある。佐野と浅井は明け方まで頑張ったのか。いくら若いとはいえもう少し寝かせてやろう。そう思ってポストイットをゴミ箱に捨てた。他には、不在中の電話や人事から夏期休暇の消化状況が悪いという〝お叱り〟などのメモが並んでいる。

決裁待ちの文書が山積みになっていたが、それらを脇にどけてメールをダウンロードした。それを待つ間に、急ぎの処理が必要な文書に判を押す作業に取りかかった。

大量のメール受信が完了した。事故のお見舞い、学会の案内などに混じって海外研修の案内があった。〝米国トリニティ社研修旅行概要〟という文書が添付されている。

トリニティ社は大泉農創の薬剤の米国総代理人で、『ピンポイント』をはじめ多くの商品を任せていた。近年、トリニティは遺伝子組み換え作物（ＧＭＯ＝genetically modified organism）の開発に力を注いでいる。ＧＭＯは日本ではまだ厳しい規制下にあるが、農薬メーカーとしては黙殺もできないと、トリニティ社が開催する研修に参加することになったのだ。研修には研究開発センターからも大勢が参加する。GMOに懐疑的な平井は、業務多忙につきという理由で不参加と申告していた。

とはいえ、社命であれば行くしかない。添付文書から名簿を探し出して、自分の名がないかを確かめた。センター長以下、第一第二の室長ら二四人の名があった。GMOについては第二研究室が担って(にな)いるため、そちらの方が数が多い。どうやら幹部研究員で不参加なのは、自分だけのようだ。

「あら、お早いんですね」

振り返ると、第二研究室次長の中山美香(なかやまみか)が立っていた。米国のシティ・オブ・ホープ研究所で遺伝子学を修めた才女で、三五歳の若さで平井と同格のポストにいる。

「おはよう。君こそ早いじゃないか」

「昨日、ウエストコーストから帰ってきたばかりで、時差ボケなんです」

日本人というより東南アジア系と間違われそうな顔立ちの中山の目が腫れ(は)て、見るからに眠そうだ。

「そういう時は思いきって一日休んで、たっぷり眠る方がいいぞ」

「仰る(おっしゃ)通りなんですけど、不在中の研究状況が気になって」

自分と同じワーカホリックが、ここにもいた。

「それより、息子さんのお加減はいかがですか」

「ありがとう。お陰で回復に向かっている」

「大変な時に不在で、お役に立てず申し訳ありません。お手伝いできることがあれば遠慮なく仰ってください」

平井が礼を言うと、中山は着信を告げるスマートフォンを手にしながら、自身のセクションに戻っていった。その後ろ姿を見送っていると不意に、なぜ、奈良橋専務は中山にだけは特別待遇を与えるのかが気になった。

未だに旧弊な考え方が抜けない奈良橋は、男尊女卑を隠そうともしない。また、社内で英語が飛び交うのもよしとしない。それなりに英語は話せるはずだが、「ダイセンは、日本の会社だ」と、社内のリポートを英語混じりで報告する社員を詰ったりもする。

また、バイオテクノロジーについては、「カネの無駄」だという考えの持ち主だった。特にGMOは「農薬の天敵であり、神への冒瀆」と非難している。

にもかかわらず、破格の支度金を出した上に、新しい部署と研究設備まで用意して、中山を迎え入れている。入社して三年足らずなのに、中山が希望する機材や実験道具は、どんな高価なものでも認められた。愛人だと噂されているが、さすがに信じがたかった。だとすると、やはり奈良橋はＧＭＯ開発を検討していると考えるべきなのかもしれない。バイオテクノロジーが大嫌いでも、それが会社にとって莫大な利益をもたらすと分かれば、奈良橋は躊躇なく己の信念を曲げるだろう。

日本では、実質的には国内で遺伝子組み換え作物の栽培は行われていない。だが、輸入飼料の大半はＧＭＯだし、菓子などの加工食品の原料としては、既にそれなりの量が国内に流入している。アメリカのみならず、中国などでもＧＭＯの開発が盛んで、農薬の世界的企業の多くも、ＧＭＯへとシフトし始めている。

今回の研修旅行が、ＧＭＯ事業への布石だとしたら、事故は最悪のタイミングで起きたといえる。

いや、それは考えすぎだ。あまりにもショッキングな出来事のせいで、妄想が広がっているのだ。

そこで時計に目が行った。本社に向かおうと予定していた時刻をとっくに過ぎている。平井は慌ててパソコンをシャットダウンすると、〃本社に呼ばれているので行ってくる。夕方に、また覗きに来る〃と佐野宛にメモを残して、部屋を出た。

4

「東北の田舎に逃げ帰ったというのは、本当だったんだな」

代田を熟睡から叩き起こした電話の声が、容赦なく責めた。

「朝っぱらからなんですか、露木さん」

ムッとしたおかげで目は覚めたが、まだ寝足りないのか力が入らない。全身に疲れが重く垂れ込めていた。

「もう昼前だぞ。真面目なサラリーマンは、とっくに仕事をしている」

「生憎、そういう生き方をしてませんのでね。で、何のご用ですか」

全身が汗でじっとりしている。代田はコードレスフォンを手にしてベッドから起き上がった。

「約束をすっぽかした奴の台詞とは思えんな」

「約束？　何かしましたっけ」

「静岡の一件について改めて話を聞かせてくれって連絡したろ。そしたら、ホテルのロビーで一〇時半に落ち合おうと、おまえ言ったよな」

そうだった、確かにそんな約束をした。

「すっかり忘れてました。すみません」

「大丈夫か」

露木の口調が変化した。心配しているようだ。

「何がです？」

「スケジュール管理だけは厳格なおまえにしては、あり得ないミスだろ」

昨晩出演した報道番組のせいだった。あれだけ事前に約束したのに、ネオニコチノイド系の農薬は放射能以上だという発言をキャスターは蒸し返した。あれは失言だと詫びると、ゲストの農薬専門家から攻撃された。

——ラジコンヘリで散布する農薬の総量は人が地上で撒く量と変わらない、という重大な事実に、あなたは言及しなかった。その結果、ラジコンヘリの農薬散布は、害毒を撒き散らすという誤解を招いた。

そんなつもりはなかったが、指摘された点を無視したのは事実だった。

出演時間はせいぜい一〇分ほどだ。しかし代田には、一〇時間とも思えるほどの長さだった。出番が終って席を立った時、立ち眩みに襲われた。慌てて飛んできたＡＤの手を払って、挨拶もそこそこに局を出た。そしてホテルに戻ると、荷物を慌ただしくまとめてチェックアウトし、まっすぐ自宅を目指してしまったのだ。

「プライム・タイムのことは、気にするな」

沈黙の意味を忖度したのか、露木が気遣ってくれた。

「気にしますよ。僕が浅はかでした」

「おまえは真面目過ぎるんだよ。あんな野郎なんぞ、堂々と喧嘩を吹っかけてやればよかったんだ」

「でも、指摘された点は尤もです。視聴者に、あらぬ先入観を与えてしまったのは間違いない」

「これから新幹線に乗る。最寄りの駅まで迎えに来てくれるか」

相変わらず露木の行動は早い。「了解」と返すと、リビングルームに貼ってある新幹線の時刻表を確かめた。

代田の住む奥白河村は東北新幹線の新白河駅が最寄りだ。今からなら一一時四〇分東京発のやまびこ59号で郡山まで行って、なすの２７２号で戻る経路で露木は来るはずだ。だったら郡山まで迎えに行こう。そう決めると、代田は寝汗の不快さをシャワーで洗い流すことにした。

一五分で準備すると、自宅から数百メートル離れた診療所に向かった。明け方に帰ってきたので、妻とは一言も会話していない。それに、診療所の裏山に置いた巣箱も気になっていた。

三五歳で養蜂業を始めるまでは、代田は世界の紛争地帯を飛び回るカメラマンだった。

大学時代に貧困問題に関心を持ち、現地に足を運んでいるうちに、プロのカメラマンになろうと決めたのだ。

やがて関心の対象は、紛争地帯に変わった。最初は、戦場カメラマンなるものへの憧れもあったかもしれない。だがそれ以上に、何不自由なく暮らす自分たちと同じ時間に、絶望的な飢餓や病で苦しんでいる人たちがいるという現実を直視し伝えたい。そこに使命感を覚えたのだ。

飽食を貪る先進国の連中を腕ずくで瞠目させたい――という気負いもあった。

だが、すぐに現実の壁にぶち当たる。目の前でバタバタと死んでいく子どもたちに、カメラを向けることしかできない。感情などとっくに消え失せ、生命力が蒸発していくような目に見つめられて、代田は己の無力さに打ちのめされた。

一体、自分は何をしているのか。何を訴えたいのか。そもそもこれが、僕のやりたいことなのか……。

そんな時、銀座のビルの屋上で養蜂を教える養蜂家、菅原寛太と出会った。日本で活動資金を稼ぐために雑誌編集部からの依頼を受けて、菅原たちの活動を撮影したのが縁だった。

東北の山で育った菅原は、五〇を過ぎた男とは思えぬ無邪気な笑顔で養蜂とミツバチの魅力を熱く語る。自分はミツバチの僕で、彼らが生きていくためのお手伝いをしている。そのおこぼれで蜂蜜を戴いて、なんとか生活をさせてもらっているんだと、本気で思っている男だった。

なぜかウマが合い、取材を終えても話が尽きなかった。その中で「ハチは未来のために生きている」という菅原の言葉が、印象に残った。

「種を守り、種の未来のためにプログラムされた生き方を貫くんだ。その掟に対してけなげなほど忠実なハチを見ていると、人間ってなんて愚かな生き物なんだろうなあと反省する」

衝撃的だった。人間以外の生き物をそんな目で見たことがなかった。そして、ハチと暮らす生活に興味を覚えた。

取材後に誘われた酒席で、菅原はあっけらかんと言った。

「まあ、ミツバチ様に言わせれば、俺なんて大して働きもせずに、対価ばっかりを求める強欲オヤジだろうね。でもさ、こいつらもだんだん暮らしにくくなっているだろ。それを守るのは、結構大変なんだよ」

代田は紛争地帯での撮影についての悩みをつい吐露してしまった。

「そんなすごい仕事をやってるんだ。立派だねえ。俺なんて、鉄砲の音を聞くだけで、きっと布団被（ふとんかぶ）って隠れちゃうよ」と言うが、この人なら戦火の中でも、元気いっぱいでハチを守り育てそうに見えた。

夜も更（ふ）けた頃に、不意に菅原は真顔になった。

「どうだい、一度、ハチを育ててみたら」

後で聞けば、菅原は酔うと誰にでも養蜂を勧めるのだという。だが、あの時の彼の言葉が、養蜂家を目指すきっかけとなったのは間違いない。

加えて家族の問題があった。スーダンのダルフールで「国境なき医師団」を取材した時に出会った潤子と結婚後、二人は帰国した。彼女は東京郊外の市立病院で外科部長を務めていたが、長男の誕生と同時に退職した。続いて三年後に藍（あい）を出産し授乳を終えるまで復職はしなかった。

代田は一家の大黒柱として、雑誌やポスターなどの撮影で生活費を稼いだ。紛争地域での撮影と違って、命の心配をする必要はなくなったが、それに比例するように写真に対する情熱が日々薄れていった。

撮影対象者の人間性を浮き彫りにするようなポートレートや、ただひたすらに心地良さや美しさだけを切り取る撮影も、それぞれに意義のある仕事だとは理解している。だが、写真とは問題提起と同義語だと考える代田にとって、商業写真の世界はまるで別世界で、いくらやっても馴染めなかった。

ちょうどその頃に長女が小児ぜんそくを患った。折良く潤子の恩師を介して東北の山間にある診療所が後継者を捜していると聞いて、山村への移住を決めたのだ。

ならば、暫くカメラマンという仕事を休んで、養蜂をやってみようか——。最初は現実逃避に過ぎないかと悩んだが、考えるほどに養蜂への興味は高まった。妻に相談すると、「あら面白そうね」と、あっさり賛成してくれた。

話が決まると、菅原が住む盛岡に出かけ、三箱のセイヨウミツバチの巣箱を分けてもらった。

福島県奥白河村古乃郷に来て六年、菅原の指導もあり、今では五四箱のハチを育てるまでになった。

妻が所長を務める診療所の待合室は数組の患者がいるだけで、珍しく空いていた。

夏休みが終わるこの時期は、体調を崩したり怪我をした子どもでごった返すのだが、朝のピークは過ぎたようだ。

「あら、悠介さん。お帰りなさい。昨日のテレビ見ましたよ」

ベテラン看護師の池森はなが、ふくよかな顔に笑みを浮かべて言った。

「かっこよく映っていたでしょう」

「じゃあウチのテレビは歪んで見えるのかねえ。何だか、ずっと梅干し食べとるような顔しとったよ」

「今度映りのいいテレビをプレゼントするよ」

さすがに見透かされているなと思いながらも冗談を返して、代田は診療室を覗いた。

白いカーテンの向こうからは、幼児の泣き声が聞こえた。

「ほら、強い子が泣いちゃだめだろ。よし、我慢だ、いいぞ」

妻が男言葉で宥めると、幼児は泣くのをやめた。中待合の長椅子に座っている老婦人に目礼してから、妻に声をかけた。

「あら、コメンテーターのお兄さんじゃないの、おはよう」

「今朝は明け方にごそごそ帰ってきて悪かったな」

「さっき、露木さんから電話あったわよ、約束をすっぽかされたってお冠だったけど」

「自宅にも連絡があったよ。これからこっちに来るそうだ」

男の子の二の腕に注射してからアニメキャラクターの絆創膏を手際よく貼り付けた潤子は、左手で手品師のように同じキャラクターのシールを取り出した。

「ちゃんとお母さんの言うことを聞くんだぞ。そうしないと、また注射するから」

素直に頷いた男の子の頭を撫でながら、母親に自宅での処置法を説明した。代田は診察の邪魔にならないよう、窓際に立って外を見遣った。巣箱が規則正しく並んでいるのが見える。そこでネットの付いた麦わら帽子と白いつなぎを身につけた女性二人が作業している。

「あれは」

「宏美さんのお友達みたいよ。夏休みで、遊びに来たんだって」

母子を送り出してから、潤子が答えた。土屋宏美は、三年ほど前に古乃郷に引っ越してきた主婦だった。元生保マンの夫との日常を綴る「素敵！　田舎暮らし」というブログも書いている。養蜂に興味があるらしく、代田の巣箱をボランティアで管理しているが、何をするのも雑で、これまでも巣箱に甚大な被害を及ぼしかねないミスを何回もやっている。友達を連れてくるのは構わないが、養蜂を手伝わせるのは、危なっかしくて見ていられなかった。

「放っておきなさいよ。ちょっとぐらい刺されればいいのよ。いい薬になるわ」

土屋のことをよく思っていない潤子は、剣呑なことをさらりと言い放った。

「それは、まずいだろう」

窓から顔を出して注意しようとする夫を、潤子は立ち上がって制した。

「それで、露木さんは来るの？」

宏美の様子を気にしながら生返事を返すと、いきなり頬をつねられた。

「ちゃんと、こっちを向いて」

「ああ、悪い。そうなんだ。静岡の一件をもっと詳しく聞きたいらしい」

「大丈夫なの、悠介」

今朝は心配ばかりされている。

「昨日テレビであんな酷い目に遭った後だし、ちょっとゆっくりすれば」

「あれぐらいで、へこたれないよ」

頬をつねる指に力がこもった。

「強がらないの。そもそもあなただって農薬に曝露しているんだし、事故からずっと緊張の連続でしょう。体も精神も持たないわよ」

自覚はある。食欲はないし、いくら眠ってもだるさが取れない。

「でも、大事な時なんだ。僕や露木さんが今までどれだけ頑張っても黙殺してきたマスコミが、ようやく耳を傾けようとしているんだから」

「でも、あの程度の攻撃で怯んでいるようじゃ、おぼつかないわよ。まあ、突撃隊長の露木先生は誰にも止められないでしょうけど、自重はしてよ」

妻は小型の冷蔵庫から、ユンケルの箱を取りだした。

「私のとっておきを分けてあげる。気分だけでも元気になって」

一本四〇〇〇円もする〝ユンケルスター〟を手渡された時、窓の外で悲鳴が上がった。宏美が巣板を落としたようで、ミツバチの黒い大群が、魚網を広げるように空中に舞い上がった。代田は窓を開くと、「そのまま、動かないで！」と叫び、外に飛び出した。作業小屋へ行き燻煙器(くんえんき)を手にすると、駆け出した。

5

農林水産省は、霞が関一丁目の中央合同庁舎ビル一号館にある。かつて海軍省があった場所に建つ鉄骨鉄筋コンクリート造りの地上八階地下一階のE字型のビルで、

「庁舎としての威厳よりも公共の実用性を重視する」という方針の元に一九五四年に完成した。

「やあ、カズちゃん久しぶり」

昼食を終えて、省に戻ってきたところを背後から声をかけられた。省内で秋田をそう呼ぶ人物は一人しかいない。まさかと思って振り返ると、赤銅色に焼けた大男が、白い歯を見せていた。

「米野さん！」

かつての上司、米野太郎だった。

「どうされたんです、確か今は、ベトナムだったんじゃ」

「先週帰ってきたんだよ。元気そうじゃないか」

元気なわけがないが、米野に愚痴ったところで仕方ない。秋田は笑顔で「何とかやってます」と返した。

「見たよ、一昨日のプライム・タイム。颯爽としてかっこよかったじゃない」

どこがだ。与えられた役目の重さに押しつぶされて死んだような目をしているのを、カメラはしっかり捕えていた。

「やめてください、恥ずかしい」

「照れなくてもいいよ。それよりどうだい、ちょっとお茶でも」

腕時計を見た。会議まで少しある。

「三〇分ぐらいなら」

「カズちゃんはいつも忙しいなあ。まあいいよ、じゃあ、『咲くら』で我慢するか」

秋田の返事を待たず、米野は北別館に向かった。米野は我慢などと言っているが、農水省の食堂「手しごとや咲くら」は、グルメ番組で何度も紹介されるほどの人気スポットで、観光客がわざわざランチ目当てにやってくる。安いだけでなく味も良く、「鯨ステーキ膳」など個性的な料理も揃っている。

昼食時間を過ぎていたが、食堂内はまだ大勢の人でごった返していた。それでも、米野は抜け目なく空席を見つけた。

「ほら、コメのポスターの手前の席があいてるよ。あそこで待ってて。コーヒーでいいかい」

「ここ、コーヒーはなかったと思いますが」

「僕が頼めば出してくれるさ」

米野がそう言うなら、コーヒーは出てくるだろうと、それ以上は反論せずテーブルに向かった。ざっと見渡す限り、職員より観光客とおぼしき客の方が多いようだ。何人もの客が、料理を写真に収めている。

　世間様の評判がいいとはけっして言えない農水省に、国民が喜ぶ場所があるのは何よりだ。秋田はスマートフォンを取り出すと、部下宛てに「咲くら」で人と会っているとメールした。

「いやあ、相変わらずの人気で嬉しいねえ。皆さんが、こうやってコメを食べてくださるのを眺めるのは気持がいいもんだ」

　米野は大きな声で喜ぶと、コーヒーを載せたトレイを勢いよくテーブルに置いた。とても良い香りがする。インスタントではなさそうだ。

「こんなおいしいコーヒーが咲くらにあったなんて、知りませんでした」

「これは僕だけの特権。ここで働く皆さんに、時々プレゼントするんで、そのお裾分け。これもベトナム土産なんだ」

「そういえば、ベトナムはいかがでした」

「まあ、楽しかったよ。連中は勉強熱心でね。近い将来、魚沼のコシヒカリよりおいしいコメを日本に向けて輸出するんだって、いきまいていたよ」

　米野は食料戦略室の前室長だった。名は体を表す典型で、米野はコメを愛してやまないコメオタクで、日本の米作振興に命を懸けている。食料戦略室を立ち上げたのも、彼が「強いコメ推進」を省内で運動した結果だった。今年で六〇歳になるはずだが、コメ振興に奔走する米野の勢いは一向に衰えない。

だが、いかんせん省内での毀誉褒貶が激しい。過去に何度も農水省の危機を救った実績があるものの、農産物、特にコメに愛情を注がない幹部を容赦なく糾弾する。何かと敵を作りがちで、前大臣とも一悶着起こしてしまい左遷の憂き目にあっている。

しかし、それでめげないのが「コメ太郎」のすごいところだ。現在は大臣官房付特命部長という変な肩書きでアジアやアフリカ、南米を飛び回り、JICAとの共同事業として農業支援とコメ生産の指導を続けている。

「放射能米の対応は、あれで良かったと思われますか」

「まあ、しょうがないね。けど、優先的に除染してあげるんだね。あそこはね、コメがうまいんだよ。だから、来年は大々的に応援してあげようよ」

「米野さん、山風地区に行かれたんですか」

「もう一〇年以上も前だけどね。熱心な農家さんが多くて、勉強になった」

国内の稲作地帯でこの人の知らない場所なんてないのではないか、とふと思ってしまった。

「だけど、お世辞じゃなくカズちゃんの対応は立派だったよ。辛い役目をよく果たした」

そっけない口ぶりにもかかわらず、なぜか胸が熱くなった。思わず鼻の奥がつんとして、うつむいてしまった。

「それよりカズちゃん、大抜擢だね。活躍期待しているよ」

いきなり話が飛んだ。米野との会話は筋道がないので、合わせるのが骨だったのを思い出した。

「えっと、何の話ですか」

「食料戦略室で、印旛君の補佐官になったんだろう」

省内政治など全く興味がなさそうで、その実ぬかりない情報通だった。

「そう言うと聞こえがいいですが、癖のあるオヤジたちのお守り役ですよ」

今朝の初顔合わせで、秋田は一気に気持ちが萎えていた。能吏というより、頑固一徹の農業バカばかりがそろっていた。年下の女の指示など真っ平御免と、ものの五分で意思表示された。

「でも、彼らは農水の宝だからね。学ぶべきことがたくさんある。僕からも、ちゃんと言っておくから、臆せずビシビシ命令するんだ」

それができれば苦労はしない。

「ぜひ一言お願いします。私にはとても手に負えそうにありません」

米野は任せろという顔でコーヒーを勢いよく飲み干すと、カップを静かにソーサーに戻した。動きは派手なクセに物の扱いは丁寧という米野のアンバランスさは、何度見てもおかしかった。

「そうだ。カズちゃん、よかったら明日から淡路島に一緒に行かないか」

「淡路島？　どういうご用です」

「それは言えないなあ。でも、きっとためになる経験がいっぱい出来ると思うよ」

そんな口車に乗ってはいけない。確かに良い経験は出来るかもしれないが、その前に、とてつもない苦労が待っている場合が多いのだ。

「残念ですけど、当分は新体制の足固めをするように室長に言われているんです。でも、いつかぜひ」

いきなり米野は小指を突きだしてきた。

「じゃ、指切りしよう」

否と言えず、秋田は約束させられた。そろそろ切り上げようと思った時に、相談したいことがあったのを思い出した。

「一昨日、静岡県で農薬散布のラジコンヘリが暴走したのをご存じですか」

「大泉農創の『ピンポイント』が高濃度で撒かれたんだよね。元戦場カメラマンがテレビでうまいこと言ってたね。第二の放射能だっけ」

いや、全然うまくないでしょ。

「認めるんですか、あんな発言」

「認めるかどうかじゃなく、ああいう考え方をする人がいるのは事実で、上手に言うなあと感心したよ。ただね、カズちゃん、僕は放射能で騒ぐのも変だと思ってるんでね」

なるほど、そこから考え方が違うのか。

「ネオニコチノイド系農薬の問題って、私たちはずっと黙殺していますよね。それでいいんでしょうか」

「黙殺は良くないね。あれは、材としては優秀だよ。とにかく農薬散布は、除草と並んで重労働だ。散布回数が少なければ、それだけ農家の作業は楽になる。しかも、ネオニコは半減期も短いしね」

「でも、ああいう事故は想定すべきでは」

「あれは非常識すぎるよ。あんなものを想定する代わりに、農薬についてもっと情報開示をすればいいんだよ。ミツバチに被害があるのは間違いないし、だとすれば、重要なのは対策でしょ」

　農業は思想ではなく現実だと、米野は何度も繰り返していた。今の発言にも、その精神が貫かれている。

「だとすればこの際、ネオニコチノイド問題について農水としての見解をはっきりと示した方がいいと思うんです」

「農水の見解というより、ありのままを述べればいい。隠蔽体質こそが諸悪の根源なんだよ。情報を開示した上で、米作農家、養蜂家、農薬メーカー、そして消費者が、どうすれば被害を抑えられるかを話し合えばいい。難しいことじゃない」

　いや、それが一番難しいのだ。皆、自分たちの既得権ばかりを主張して、譲らないのだから。

「そんな顔をしない。やりもしないで無理だと嘆くのは、ダメだと教えたろう。カズちゃんならできるよ。久しぶりに話ができて良かった。ほんと、今度一緒に淡路島に行こうな」

　そう言って米野は立ち上がった。どうやら話は終わりらしい。

「ぜひ。でも、淡路島に一体何があるんですか」

「農業の未来図だよ。楽しいよ」

人間到る所青山あり、米野と話すたびに思い出す格言がまた浮かんできた。

6

ＪＲ総武線千駄ヶ谷駅を降りるなり噎せ返る暑気に襲われ、平井は顔をしかめた。暑さには強い方だが、着慣れないスーツとネクタイのせいで息苦しさを覚えた。どこかでひと息入れたかったが、約束の時刻が迫っている。仕方なく、都道４１４号線沿いに歩き始めた。

左手に明治神宮の森、右手に新宿御苑という緑に恵まれた環境にもかかわらず、都道沿いに鉄道と首都高が走っていることもあって、垢抜けない印象が強かった。津田塾大の千駄ヶ谷キャンパスを過ぎると左手に薄茶色の九階建ての建物が見えてくる。屋上に〝日本の農と食と共に　ダイセン〟という横長の看板が掲げられた大泉農創本社ビルだった。

ビル手前の木陰で立ち止まった平井は、皺だらけのハンカチで額と首筋の汗を拭った。そしてストラップ付きの社員証を取り出して首に掛け、カフェの窓の映り込みを鏡代わりに、ネクタイの歪みを直した。

冷房の効いた一階ロビーに入ると、体にこもった熱気が一気に引いた。生き返った心地で、研究開発センターを所管している開発本部のある七階を目指した。エレベーターから降りると、ちょうど庶務係の女子社員と鉢合わせした。

「あっ、平井さんお疲れさまです。この度は大変でしたね」

心配してくれる若い庶務係に、平井は笑顔を返した。

「お陰様で、快方に向かっているよ」

「良かった！　もう大丈夫なんですね。私たち、千羽鶴を折ろうかと話し合っていたんです」

「お気持ちだけ戴いておくよ。部長はいる？」

庶務係が頷くと、平井は礼を言って開発本部に足を向けた。通路を歩く間、あちこちから労いや見舞いの言葉を掛けられた。その度に礼を返しながら、平井はフロアの一番奥に陣取る開発本部第一部長に挨拶した。

「おお、来たか。さあ、こっちへ」

その声に釣られて、部長と話していた男が振り向いた。広報室長の湯川だった。

「いやあ、大変だったな。息子さんはどうだね」

部長は見舞いを口にすると、応接セットに平井を誘った。湯川も同席するらしい。

「お陰様で、快方に向かっております。色々ご心配をおかけしました」

「不幸中の幸いと言っていいのか分からんが、君がいち早く病院に駆けつけてくれたお陰で、我が社の株も上がった。本当に感謝している」

部長がその一件を評価してくれていることに、決まり悪さを感じた。

「とにかく色々大変だと思うが、君も頑張ってくれたまえ」

そこで会話が途切れると、湯川が腰を上げた。

「じゃあ平井さん、参りますか」

「そうだね、社長を待たせてはいけないから。じゃあ、湯川君あとは頼んだ」

なぜ、社長に面談するのに直属の上司である部長ではなく、湯川が同行するのか。平井には解せなかったが、二人の様子を察して黙って湯川に続いた。

「あなたは運の良い人だ」

エレベーターに乗り込むなり、湯川が呟いた。

「どういう意味です」

「もうすぐ分かりますよ。それより平井さん、スーツの袖のボタンが取れかけていますよ」

指摘されるまで気づかなかったが、右袖のボタンの糸がほつれ、今にも落ちそうだかった。

上着のポケットにしまった。湯川は呆れ顔で口元を歪めたが、それ以上は何も言わなかった。昌子が家にいれば、こんな見落としはしなかったろう。ボタンを引きちぎり、

社長室は八階にある。他のフロアの内装とはカネのかけかたが違う。初めて足を踏み入れる訳ではなかったが、何度来ても緊張してしまう。

「社長の用向きを知っているのなら、教えてくれませんか」

少しでも気持を落ち着かせたくて、先を歩く湯川に声を掛けた。だが、湯川は無視して社長室に入ってしまった。

「アグリ・サイエンス研究開発センター第一研究室の平井宣顕次長をお連れしました」

社長室にいた全員が立ち上がって一礼したので、平井も慌てて頭を下げた。

「平井君が来ました」

社長室長の稲葉亮が隣室の扉を開くと、大きな壺型の花瓶にたっぷりと生けられたトルコキキョウの花が、視界に飛び込んできた。

「やあ、いらっしゃい。さあさ、こちらへ」

窓辺に立っていた社長が、にこやかに応対した。稲葉や湯川も同席するものだと思

っていたのだが、平井の背後で扉は閉められた。二人きりで話すのか。

「遠慮しなくていい。君もこちらへ来ませんか」

平井は恐縮しながら、社長と並んで窓外に目を遣った。明治神宮の森が眼下に広がっている。

「素晴らしい景色だと思いませんか」

「はい」

「そう固くならないで下さい。私はね、明治神宮の森を眺めるたびに、自分たちの使命を思い出すんですよ」

社長が言う使命とは、「自然と共生し、農家を支援し、食文化の安全を守る」という企業哲学を指すのだろう。

「私も神宮の森を見る度に、文明と自然は共生できるのだと確信します」

「まさしくその通りだ。わずか九〇年余りであれだけの鬱蒼(うっそう)とした森を育てあげた。そこには人間の並々ならぬ努力がある。自然の力だけでは、とてもああはいかない」

疋田社長は、こうした観念的な言い回しを好む。もともと営業セクションが強い社だけに、生え抜きではない疋田の悠揚とした考え方は、社員に新たな刺激を与えてくれるのではと、平井は期待していた。

明治二八年に創業した大泉農創は、半官半民で成長してきた経緯もあり、農水官僚が社長を務めるのが慣例だった。疋田もその一人だったが、それまでの〝天下り社長〟は皆お飾りに過ぎなく、営業畑の叩き上げの専務が実権を握っていた。ただ、それではエリート官僚のプライドが許さないのだろう。社長派と専務派に分かれて対立することもしばしばで、無駄な社内政治が事業を妨げることもあった。

しかし疋田は農薬への理解も深く、経営者としても評判が良い。通常は二期四年で会長に退くのだが、次期社長と目された取締役が不祥事を起こしたため、異例中の異例で、一年間だけ任期を延ばした。ただし次期社長については社内選抜を明言しており、それを現実のものにするために、現取締役から農水省ＯＢを排除した。世間の天下り批判に配慮してという観測が強いが、社長一流のモチベーション向上策だと平井は解釈している。

「顕浩君は、随分よくなったそうだね」

大勢の同僚から心配の声を掛けられたが、息子の名を口にしたのは疋田が初めてだった。

「ご心配をおかけしました」

「それにしても、君にとっては堪らない事故だったね」

単に息子が農薬に曝露したという意味だけではあるまい。

「あくまでも使用者の重大な過失による事故です。『ピンポイント』に問題があったわけではありません」

「もちろん、その通りでしょう。とはいえ、やはり心中は複雑ではないのですか」

返す言葉に迷っていると、心配するように社長が見ている。

「農薬が『ピンポイント』で良かったかも知れません」

「どういう意味だね」

「私が知っている材だったからこそ、応急処置にも協力できたんです。あれが他社製品だったら、対応が遅れた可能性もあります」

社長が頷きながら目を閉じた。

「研究者らしい考え方なんだろうな。いずれにしても、今回の事故に際して君が取った行動は、賞賛に値する。本来なら、一ヶ月ぐらい休暇をとって顕浩君の看病に専念させてあげたいところです」

社長の親身な言葉が心に沁みた。

「恐縮です。しかし、一部のマスコミは『ピンポイント』の安全性を曲解して伝えています。それが気掛かりで休んでなどいられません」

「そのあたりは、湯川君に任せておきましょう。おっ、立ちっぱなしで失礼。掛けましょうか」

疋田は平井の背中に手を添えて、ソファに誘った。平井は柔らかな革のソファに腰を下ろすと、背筋を伸ばした。

「今日、君を呼んだのは、私からたってのお願いがあるからです」

どんな話が出ても動じないよう、平井は腹に力を入れた。

「今年六月の株主総会で表明したとおり、我が社もＣＳＲに本腰を入れたいと思います」

企業の社会的責任を意味するＣＳＲ活動は、二〇〇〇年代初頭から日本でも活発になった。しかし所詮は、本業に余裕のある企業の〝きれい事〟的要素が拭えない。そのうえ二〇〇八年のリーマンショックを機に、形ばかりのお題目を並べるだけで、現実にはほとんどの活動が縮小されている。大泉農創でもＣＳＲ活動は今や絵に描いた餅だった。

だが、疋田は新年度からスタートした五ヶ年計画の最大の重点目標として、ＣＳＲ活動を掲げた。それは彼が提唱する企業哲学の実践だった。

「株主総会で発表したプロジェクトでは、一〇月を目標に、社長室直轄のＣＳＲ推進室の権限を拡大して、専任の室長の下、徹底した活動を展開します」

それが、自分とどう関係するのか、平井には分からなかった。

「そこで君への相談です。CSR推進室長をお願いしたい」

社長の言葉が思考回路に行き渡るのに、暫く時間を要した。これはとんでもない人事を命じられているのだと、ようやく理解すると、平井は愕然とした。

「お言葉ですが、私は、農薬の開発しか出来ない研究バカです。社の命運を左右するような重責を担うのは無理です。光栄なお話であるのは重々承知しておりますが、謹んで辞退致します」

「驚くのも尤もです。しかし、君しかいないんだよ」

絶対、こんな辞令は受けられない。平井は首を振って拒絶した。

「平井さん、今回の事故を通じて、私は痛感したんです」

聞きたくなかった。今すぐ研究室に帰りたかった。だが、社長は話し続けている。

「農薬事故が起きても、適切に事態を掌握して判断できる役員が誰もいないんです。開発担当常務は元研究者ですから、今回の非常事態についても、それなりの対処ができると思っていました。ところが、彼の知識は既に古く、現在の材については疎かった。それでは困るんです」

おとなしく聞いていたら抜き差しならないことになる――。平井は本気で焦った。

「それならば、事故対策のためのマニュアルを作成します。たとえ非常事態になっても、事故対策会議のメンバーを招集すれば済みます。私がその末席を穢すのも吝かではございません。しかし、企業の社会的責任を推進するセクションの責任者を私が務めるなんて……」

「確かにこんな話をいきなり振られるのは、不本意でしょう。しかし、私はずい分と前から決めていたんです。CSR推進室長は、大泉農創の農薬に誇りと自信を持った人物にお願いしよう、と」

「ふさわしい者は他にいくらでもおります。自社製品に誇りを持てないような社員なんておりません」

「本当にそう思いますか」

すかさず切り返されて、平井は言葉に詰まった。

「例えば湯川君には、そんな矜持を感じません。稲葉君にしてもそうだ。彼らは農薬は必要悪だと割り切っているようです」

湯川に矜持がないのは同感だった。あの男にあるのは、出世欲だけだろう。飲み会の席で、稲葉社長室長が農薬を必要悪だと豪語するのを聞いたこともある。だが農薬は「悪」ではない。日本の農業を守るために必要不可欠な資材なのだ。農産物のために良質な土や水が必要なように、上質で安全な農薬も要るのだ。

「我が社の資材を信頼していない社員はたくさんいると思います。残念な話ですが、それが現実です」

農薬メーカーの社員ですら信用しない材って何だ。平井は自分まで否定されたような気分になった。

「奈良橋専務は、心からの矜持と自信をお持ちでは」

「確かに彼はそうでしょう。いいですか平井さん、この人事は私の一存ではないんですよ。まず、奈良橋君に打診した。彼も、君が最適だと太鼓判を押したんですよ」

バカな。奈良橋に嫌われているとは思っていないが、高い評価を受けているという実感もない。それに奈良橋の右腕は、湯川のはずだ。

「信じられません」

「私も意外でした。でも、それで決めたんです。センター長も説き伏せました。ですから、この通りです。この人事を受けて下さい」

社長が頭を下げた。

「私は現在、次世代の材の開発に心血を注いでいます。ミツバチの問題を解消するだけではなく、狙った害虫だけに効果を発揮するピンポイント性を強化したいんです」

「知っています。しかし、今の薬剤で充分ですよ。むしろ力を注ぐべきは、農家とのコミュニケーションです。あなたには、そこも担って欲しい。素晴らしい材を、より的確かつ適切に使用する活動も我が社のCSR活動ですから」

「しかし」

平井の反論を封じるように、社長が立ち上がり、デスクにある文書を取り上げた。

「これは決定事項です。本当は君が得心してから辞令交付したかったのですが」

そう言うと、社長は姿勢を正して辞令を読み上げた。

「平井宣顕、九月一日付をもって、CSR推進室長を命ず」

7

「落ちましたよ」

前のシートに座っていた乗客に鞄を拾われて、平井は目も合わせず会釈だけ返した。

停車駅のホームを見遣ると〝成城学園前〟という文字が見えた。なぜ、こんなところにいるのだろう。どうして小田急線に乗ったのか、記憶が曖昧だった。

社長に異動を命じられたのは覚えている。目の前に突き出された辞令を素直に受け取れなかった。

――何とか考え直していただけませんか。私は根っからの研究バカです。ＣＳＲ推進室長など荷が重すぎます。

社長は困った顔をしたが、それでも平井の希望を聞き入れるつもりはなさそうだった。

――あなたのように農薬を知悉した人こそが、社の社会的貢献を担う部署に必要なんです。

自らが開発した農薬に息子が曝露しただけでも、立ち直れないほどの衝撃だったのだ。それを踏ん張って、より良い農薬作りに邁進するためにこの経験を生かそうと自分なりに納得した矢先に……。事故処理の手際を誉めたくせに、なぜ羽をもぎ取るような仕打ちをするのだ。

湯川は栄転だと言って祝ってくれたが、嘲笑っているとしか思えなかった。堪えられなくなって、平井は逃げるように社を出た。そこから先はどうしたのか、まるで覚えていない。

車内は冷房が効きすぎているにもかかわらず、平井の脇の下には汗が滲んでいる。

額の汗も引かないので、ズボンのポケットから皺だらけのハンカチを取り出して拭った。

入社以来ずっと研究職のエースとして結果を出してきた。自負もある。それに「ピンポイント」に次ぐ、新薬のプロジェクトも立ち上げたばかりだ。自分自身の理想でもある生態系を乱さない夢の新薬になるはずだったのだ。それが成功すれば、平井は農薬業界のスターに上り詰めると確信もしていた。ここで全てを手放すのは、平井にとっては死刑宣告と同じだった。

携帯電話が振動していた。発信者を確かめもせずに出た。

「平井さん。大丈夫ですか」

声だけでは誰か分からず、ディスプレイを確認した。湯川鋭一と表示されている。

「今、どちらです」

「電車の中です」

平井らしくない返答に驚いたのか、相手は暫く沈黙した。取り繕おうと平井は言葉を継いだ。

「センターで急ぎの用ができたので、戻るところです」

「そうでしたか。突然いらっしゃらなくなったんで、気になりましてね」

湯川に冷笑されている気がした。

「大丈夫です。何か、ご用ですか」

「特には。ただ、社長には、一言ご連絡された方がいいかと思います。青い顔をしていたと、ずい分心配されてましたから」

勝手に心配してろ、と言いたかったが、しがないサラリーマンに言えることではない。

「明日も本社にいらしてください。新部署に関するオリエンがあります」

なぜ、広報室長に命ぜられなければならないのか。話をするのも嫌で、平井は適当に返事をして電話を切った。これから、あの男と毎日顔を合わせると思うだけで、気分はさらに滅入った。

「電車を降りたら、電話します」

何とかあの辞令を取り消す方法はないだろうかと考えたが、都合の良い妙案などあるはずもない。

そもそも社長直々の辞令交付など、我が社ではあり得ない事態だった。通常は、部長から伝えられる。その意味の重さを考えると、嫌なら辞職するしかない。

転職の当てなどない。いや、同業他社で平井の研究に興味を示す社が一社だけある。

外資系企業で、平井より若い役員が農薬学会などの会合で会うたびに「ダイセンさんの倍の報酬と潤沢な研究費をご用意します」とヘッドハントしてくる。だが、さすがにそれは道義に悖る気がした。

　大学の研究室に戻るという手もある。二年前に恩師から頼まれて、母校で非常勤講師として短期間だけ務めた。その際に、研究室に戻るならいつでも歓迎すると教授は言ってくれた。しかしこの選択で、今の生活レベルを維持するのは無理だろう。

「あの」

　視線の先に黒いパンプスがあった。仄かな香水に誘われて平井は顔を上げた。

「やっぱり、タロー君の」

　今朝も挨拶を交わした相手が、黒いシックなスーツに身を包んで微笑んでいた。散歩の時は颯爽としたスポーツウーマンに見えたが、見違えた。

「あっ、どうも」

「ご気分が悪そうですが、大丈夫ですか」

「ちょっと暑さにやられたみたいで」

「ほんと、今日は暑いですものね」

　言葉とは裏腹に、涼しげな表情で彼女は笑った。彼女に見つめられるのが照れ臭く、平井は横に放り出してあった鞄を慌てて膝に乗せた。

「隣、よければ、どうぞ」

「ありがとうございます。確か研究所にお勤めでしたよね」

名前も知らない相手に自分の仕事を知られているのに驚いて、平井はますます焦った。ようやくおさまっていた汗が、再び全身から噴き出した。

「大泉農創の研究開発センターに勤めてます」

それももう終りだが、ついそう返してしまった。

「農薬メーカーの研究所ですよね」

「ウチのようなマイナーな社を、よくご存じですね」

社名を聞いて農薬メーカーと分かる者は少ない。

「すみません、いきなり図々しいですよね。私、個人でFPの仕事をしているんですが、御社のセンターにも時々お邪魔しているんです」

「FPというと、生保か何かですか」

ファイナンシャル・プランナーの略なのは知っていたが、生命保険を売りつけに来る営業マンのイメージしかない。

「そうですね、生保の方にもいらっしゃいますね。私の場合は、個人投資家へのアドバイスなんです」

「かっこいいお仕事だ」

「そうでもありません。派手に見えますが、なかなか大変で」

彼女の身につけているものを見る限りでは、成功しているように思える。

「いずれにしても、私のようなしがないサラリーマンには縁がないな」

「そうですか。今は低金利時代ですから、少しでも余裕のある資金は、銀行に預けずに投資されるのが賢明ですよ」

「でも、投資に失敗すれば、財産を失っちゃうんでしょ」

「否定はしません。特にリーマンショック以降は、不安定な状態が続いています。案外、タンス貯金の方が安心かも知れませんね」

いきなり営業されるのかと身構えたが、そのつもりはないらしい。

「意外だな。金融関係の方は、とにかくお金を動かせと言い続けるもんだと思っていました」

「おいしい儲け話ばかりするのは、私たちの悪い習性です。でも、投資をされる方ご自身ももっと賢くなる必要があると思いますし、その覚悟がない方には助言しないようにしているんです」

初めて会った時から好印象だったが、話をしてさらに好感を持った。

「じゃあ、一度相談に乗ってもらおうかな」

「あら、私、いつの間にか営業しちゃってますね。今のお話は忘れてください。また、朝の散歩でお会いしましょう」

停車のアナウンスが流れ、彼女は次で降りると言った。扉が閉まる直前に会釈された。電車が走り出しても、暫く彼女の姿を目で追っていた。名前を聞き損ねたのが悔やまれた。また、会いたい――。そんなことを思う自分が意外だった。

相模大野の駅で降りた時に、妻から電話が入った。

「あなた、顕浩は明日にも退院できるそうよ。会社を休めるかしら」

妻の声が弾んでいた。湯川から指示されたのを思い出したが、「何とかなるよ。いや、必ず休む」と返していた。

8

露木を迎えての賑(にぎ)やかな夕食が終わると、代田は彼を仕事部屋に案内した。玄関の横にある洋室で、天井ぎりぎりまで作りつけた棚にはカメラ機材と養蜂(ようほう)関係の資料が隙間(すきま)もなく詰め込まれている。さらにデスクトップパソコンもあるので狭苦しいことこの上ないが、アウトドア用のテーブルとディレクターチェアを引っ張り出してきて、男二人がなんとか寛(くつろ)げるようにした。

「第二の放射能問題という表現を、おまえがなぜそこまで気にするのか、俺には解せないな」

　露木が持参した焼きいも焼酎(じょうちゅう)「黒瀬」の封を切る代田の手が止まった。

「あまりにもデリカシーがなさ過ぎるでしょ。農薬は放射能と同じではないし、原発事故で酷(ひど)い目に遭っている人の気持ちを考えると、どう考えても失言ですよ」

「だが、それぐらい言わないと、問題意識の薄い一般人には届かないぞ。俺はよく言ったと思う」

　扇情的なニュースで人を動かしても、それは一過性のブームで終わる。

「もう少しうまいアプローチってないんでしょうか。感情を煽(あお)るようなやり方じゃ、結局は宗教論争みたいになってしまうでしょ」

　ロックグラスを露木に渡し、乾杯した。初めて飲む酒だったが、焼きいもの香ばしい味がした。露木は味わう風でもなく一気に半分ほど流し込んだ。

「甘いな。上品に言ったところで、誰も見向きもしないことくらい、おまえも知ってるだろ。情報氾濫(はんらん)の時代になって、まず人の目を惹(ひ)くインパクトが大事になった。おまえが絶対やめてくれって言うから編集部に出さなかったけど、農薬に曝露(ばくろ)して目を真っ赤に腫(は)らした子どもの写真を使うべきなんだ」

それは「かわいそう」という感情を刺激するだけで、農薬問題の本質とはかけ離れた無責任な嘆きに過ぎない。

「冷静な認識と議論が必要だと思うんですよ」

「分かっている。だが、無関心な連中の意識をこっちに向けなくちゃ、何も始まらないぞ。ミツバチの集団失踪(しっそう)問題を提起してから、どのぐらい経(た)つんだ」

「二年あまりですかね」

東京で露木と久しぶりに深夜まで痛飲している最中に、ミツバチが大量に消えたという連絡を養蜂家仲間から受けた。夜通し車を飛ばして養蜂場に駆けつけると、代田の巣箱も大半がもぬけの殻だった。調べてみると、日本全国で、〝いないいない病〟と呼ばれる似たような〝現象〟が起きているのが分かった。いずれもミツバチが、何の前触れもなく大量に失踪する――。

真っ先に疑ったのは、アメリカで起きていたＣＣＤ（蜂群(ほうぐん)崩壊症候群）だった。働きバチが一斉に巣箱から消えたにもかかわらず、死骸(しがい)が発見できない。巣箱には女王バチとサナギや羽化したばかりのハチがいるだけだ。働きバチがいなくなれば、食料となる蜜が枯渇してやがて群は全滅する。

「遂に日本にもＣＣＤが上陸した」と代田は確信した。そして、かつて紛争地帯の取材でコンビを組んでいたフリーライターの露木に相談したのだ。露木が精力的に取材を始めると、ＣＣＤ上陸と一言でくくれない事例がいくつも浮かび上がってきた。

既に社会問題となりつつある状況で、政府や専門家の調査も始まっていた。しかし原因が特定できず迷走した。地球温暖化によってダニなどの害虫が増加したという説もあれば、蜜源の減少やウイルスの感染、さらには輸入された女王バチが原因という説もあった。米国では、農産物の授粉にミツバチを酷使したために起きるストレスが原因という説が有力視されている。

実際に養蜂業を営んでいる代田には、いずれも腑に落ちなかった。そもそも米国の養蜂ビジネスは、大農園内での授粉が主流だ。そのため養蜂家は大農園を転々とし、一シーズンで何千キロも移動する。それも、大型トラックに何百箱も巣箱を縛り付けて運ぶ。日本の養蜂とは規模が違うし、国内の養蜂家で、蜜源を求めて全国を移動する者は今ではほとんどいない。日本の〝いないいない病〟を、単純に米国のＣＣＤと同列で考えるべきではない気がした。

それよりも、古乃郷内でも早くから養蜂家の間で囁かれていた〝農薬真犯人説〟の方が、納得できた。なぜなら〝いないいない病〟が発生した地区では、コメに付くカメムシを駆除する農薬の種類を変更していたからだ。これまでは、カメムシ駆除に使用するのは有機リン系の農薬が主流だったが、その年を境にネオニコチノイド系農薬に変わっていたというのだ。

ネオニコチノイドとは新しいニコチン様物質という意味で、ニコチンと似た働きをする。昆虫やヒトの副交感神経や運動神経の末端からはアセチルコリンという物質が放出され、アセチルコリン受容体を刺激して、様々な反応を起こす信号を伝達するのだが、ニコチンもネオニコチノイドも、アセチルコリン受容体と結合しやすい。その結果、自律神経や運動神経の反応に異常が生じる。アセチルコリン受容体は種によって微妙に異なり、ターゲットとする害虫だけに効くように開発されたのが、ネオニコチノイド系農薬だった。

ところが商品化後に、一部のネオニコチノイド系農薬がカメムシだけではなくミツバチにも影響を与えることが判明した。さらに、ネオニコチノイド系農薬に曝露すると、ミツバチは方向感覚を失うという研究データも露木は見つけ出してきた。

ミツバチは極めて方向感覚に優れた生物で、半径三キロ圏内であれば迷わず巣箱に戻ってくる。その帰巣本能がネオニコチノイド系農薬によって狂った結果、集団失踪という事態を引き起こした。つまり迷子になって帰れなくなって餓死したというのだ。巣箱付近で採取した数匹のミツバチの死骸を民間の検査機関で調べてもらうと、ネオニコチノイド系農薬が検出された。

「ネオニコが検出されたとおまえが教えてくれた時、これで叩けると意気込んだんだがなあ」

当時を振り返って露木が渋面を作った。

その事実を農水省に提示したのだが、「それが死因かどうかは特定できない」と全く相手にされなかった。欧州でも、この農薬が問題となり、いち早く使用禁止を決定した国もある。にもかかわらず農水省は〝原因不明〟を貫き続けていた。

「農薬と放射能を同列で語るなんて、インモラルだと俺も思う。だが原発事故以降のこの国の狂乱ぶりを見ていると、それぐらいの劇薬的発言は必要だったと俺は思うけどな」

露木は空になったグラスの氷を鳴らしながらぼやいた。露木が突き出す空のグラスを受け取りながら、代田は渋々認めた。

「大体、問題意識が強いと威張っているような奴らに限って、風評やブームで右往左往するんだ。その連中が、農薬は放射能と同じぐらい怖いと知ったら、おまえの主張に耳を傾けるんじゃないのか」

そうかも知れない。だが、やはり見えない恐怖を煽るのは気が進まない。

「よく言いますね。露木さんは、恐怖を煽って人をたぶらかす奴はカスだと、いつも悪態ついてるじゃないですか」

紛争地帯を取材する中で、独裁者の狡猾さをいやというほど見てきた。彼らの多くはとにかく恐怖を煽って国民を混乱に陥れて、権力を握るのだ。知性や教養が豊かな人でも、恐怖に取り憑かれると脆い。そしてヒステリックな群集心理に同調していく。

「それは筋が違う話だ。見て見ぬふりをしている危険に目を向けさせるためには、それなりのショックが必要だと言っているんだ」

代田は壁に掛けた一枚の写真パネルに目を遣った。〝いないいないない病〟の被害で瀕死のミツバチを撮った写真だ。農水省との攻防で気が萎えそうになると、この写真を見つめて、己を鼓舞してきた。

「いいか悠介、情報を発信する者があれこれ考え過ぎちゃだめなんだ」

「それって無責任じゃないんですか」

「いや、違うな。受け手の解釈によって、情報は化学反応を起こすものなんだ。場合によっては、全然別の意味を持つことだってある。情報は生き物なんだ。影響を恐れていては、大切な情報も死んでしまう」

その通りだとは思うものの、やはり発信者にはモラルがいるのだ。風評被害を煽ったり、放射能の危険性を必要以上に誇張するような報道が、代田には許せない。それと同じ事を、露木はやれと言っている。

時計が午後一一時を回りかけた頃、携帯電話が着信を告げた。カメラマン廃業後、こんな時刻に電話をしてくるような相手は、目の前にいる露木以外に心当たりがなかった。〇三で始まる番号がディスプレイに浮かんでいる。またマスコミの出演依頼かと思いながらも電話に出た。

「代田さん？〝くらしの党〟の早乙女麗子です。夜分にごめんなさい」

名乗られても、すぐにはピンとこなかった。

「もしもし、聞こえてますか」

党名と〝サオトメレイコ〟の名をメモに書いて、露木に示すと、〝必殺仕分け人！新党結成〟と彼が書き加えた。とんでもない相手だった。

「失礼しました。〝くらしの党〟と言われたので、すぐに分かりませんでした。ご無沙汰しております」

「大変な目に遭われたわねえ」

「お気遣い戴きありがとうございます」

「それにしても酷い事件ね。でもね、あなたの勇気ある発言に感動したわ。代田さん、一緒に戦いませんか」

「何と戦うんです？」

「食の安全を考えるシンポジウムを開催するの。あなたにも出席して戴きたいわ」

以前、ネオニコチノイド禍を訴えて彼女に会った時は、全く相手にされなかった。それが、一体どういう風の吹き回しだ。

「講演とパネルディスカッションに、ぜひ参加してよ。第二の放射能を放置してはダメよ。資料を送るから、前向きに検討して。国民に正しい情報を与えて、目覚めさせなければ」

早乙女の一方的な話をえんえんと聞かされた挙げ句、返事もろくにできないまま電話は切れた。

「あの女、何を考えているんだ」

呆気に取られている代田より先に、露木が吐き捨てた。〃必殺仕分け人〃などと持て囃された早乙女は、政府の無駄を査定する仕分け作業で名を馳せたが、震災後の官邸の対応が許し難いと半年前に離党して、無所属や野党の一部の若手と新党を結成した。そんな人物が、なぜ、あの事故に興味を持ったんだ。

「いいじゃないか、あの女は、生活者目線だの何だのと言って今、支持率を上げている。話ぐらい聞いてやれ」

露木のような割り切りはできなかった。どうすればいい。事態は思わぬ方向に向かっている。代田は戸惑いながら、ミツバチのパネル写真に問いかけていた。

果たしてこれはチャンスなのだろうか……。

第三章　心機一転

1

田園地帯のど真ん中で、目的地周辺に辿(たど)り着いたとアナウンスして、レンタカーのカーナビは案内を終了した。

「ちょっと、どこに目的地があるって言うのよ」

秋田の抗議にカーナビは答えなかった。周辺にそれらしき建物は見つからない。ただ、黄緑色の稲穂が並ぶ田んぼが、四方に広がっている。

八月最後の休日、代田の養蜂(ようほう)場で開かれる養蜂教室に参加するために、朝一番の東北新幹線やまびこに飛び乗って来た。車を路肩に停めると、カーナビの画面を詳細モードにして、現在地を確かめた。目標地点に設定した福島県奥白河村古乃郷診療所は、停車している車のすぐそばにあると表示されている。

これなら歩いても知れているだろうと思って、車から降りた。強い日射(ひざ)しは残っているが、都心よりは風が心地良かった。

ナビが正しければ、村道の先にあるはずだ。少し進むと、坂の下に集落が見えた。

「あれか」

数軒並ぶ木造民家から少し離れて、一軒だけコンクリート造りの平屋があった。インターネット上に掲載されている写真と同じ建物だった。ここからゆうに五〇〇メートル以上はあるし、この残暑に徒歩は避けたい。ひとまず目指す先が見つかったので車に戻った。

こういう所で暮らす生活というのは楽しいんだろうなと思いつつ、自分には無理な気もする。あまりにも何もなさ過ぎて、退屈で死んでしまいそうだ。だが、熾烈な紛争地帯を歩いてきたカメラマンが養蜂を始める場所としては、適地なのかも知れない。

会場は、診療所の裏だと聞いている。きっと大半が地元の参加者だろう。そんな中だと目立つだろうが、その時はその時だ。とにかく、代田悠介なる人物の人柄を知りたかった。彼は信頼に足りそうな人間なのか。あるいは、権堂が言ったような〝札付きの市民運動家〟に過ぎないのか……。

診療所の手前で、長身の男性が車を誘導していた。

「養蜂教室に来られた方ですか」

パワーウインドウを下ろすと、東北訛りで訊ねられた。男が身に着けた黄色いTシャツには、〝俺たち、ミツバチお助け隊〟と毛筆文字とハチのイラストが描かれていた。

「駐車場は、この細い道を五〇メートルほど行ったところにあります。これ、今日のプログラムです」

礼を言って指示通りに車を進めた。思った以上に本格的なイベントだった。

徐行運転しているとマスコミらしき一団とすれ違ったが、その中のひとりが肩に担いでいるカメラには、ＰＴＢというステッカーが貼られていた。他にも、車体にテレビ局のロゴがある東京や福島ナンバーの四駆車を数台見かけた。

このマスコミの多さは〝第二の放射能〟発言の影響かも知れない。

日焼け止めをしっかりと塗り直し、白いキャップを目深に被って秋田は車を降りた。今日は上から下まで白一色だ。趣味ではないが、ハチは黒色に攻撃的な反応を示すため白の衣服を着用するよう、申込時に指定があった。上着も長袖を薦めていた。そこまで徹底するのであればと、履物もスタンスミスの白のテニスシューズを選んだ。

いきなり目の前をミツバチが通過した。虫に対する恐怖心がほとんどないので、平気だった。ミツバチの羽音を身近に感じながら、むしろ歓迎されているような気がした。

受付を見つけて、駐車場の案内人と同じ黄色いTシャツを着た女性に名を告げると、「東京から、わざわざありがとうございます」と嬉しそうに返された。彼女にはまったく訛りがなかった。

「今日は、マスコミの人が多いですね。いつもこんなですか」

「とんでもない。マスコミの人なんて来たことないんですよ。代表がテレビに出た影響でしょうね」

それを代田自身が喜んでいるのかどうかも、興味があった。

彼女は色々しゃべってくれそうな気がして、話しかけた。

「東京の方なんですか」

「分かりますか。夫の実家があるんで、こっちで暮らし始めたんですよ。それで養蜂と出会って、手伝っているんです。良かったら、〝ミツバチレスキュー隊〟のホームページもありますから、覗いてください」

土屋という名札を付けた女性からリーフレットを受け取ると、秋田はハチ場の中に入った。安全のためか、巣箱の手前に蚊帳のような幕が張られている。幕の向こう側で、代田が大勢の記者やレポーターに囲まれているのが見えた。

「教室の邪魔はしないでください。今日は、先日の事故についてのお話は一切しませんから」

　近づいてみると、代田が神経質そうに訴えているのが聞こえた。

「ここにある巣箱のハチは、皆元気なんですか」

　場違いな黒のスーツを着たレポーターの問いに代田は頷いた。

「農薬の影響がないってことですか」

「じゃなくて、農薬散布の時期が、まだなんです。散布は、イネの花が咲く直前です。この辺りだと来週から始まります。なので、明日には巣箱を移動します」

「あれを移動させるんですか」とレポーターが驚くと、カメラが一斉に巣箱の方に向けられた。

「ハチは農薬に弱いんです。大変だけど、慣れましたよ」

　代田の言葉に嘘はない気がした。

「でも、ネオニコ農薬をやめてもらえれば、そんな苦労はないわけでしょう」

　すごい質問をする……。レポーターは、代田に過激な発言をさせたいのだろう。

「そうですね。ただ、現況を考えると、農薬を全てやめてくださいとは言えません」

「でも、原発を停めてくださいと勇気を持って発言している人もいますよ。農薬も同じでは」

代田が困ったように考え込んでいる。彼らの周りに多くのミツバチが旋回していた。黒いスーツ姿のレポーターや無帽のカメラマンの周りにハチが多いように見えるのは、気のせいだろうか。

「原発のことはよく分かりません。農薬については、やめてくださいという前に、子どもやミツバチにどういう影響を与えるのかを、もう一度きちんと調べて欲しいと思っています。それと、ヨーロッパでは使用禁止になっている農薬を、なぜ安全と言うのかの理由も知りたいですね」

それは秋田も知りたかった。一部のネオニコチノイド系農薬を使用禁止にした仏英独の農業当局に問い合わせをしているが、回答は未だない。

「今日のところは、この辺で勘弁してください。そろそろ養蜂教室を始めたいので」

「先の事故で使用されていた農薬の製造元である大泉農創は、事故後一貫して『ピンポイント』は安全だと訴えていますが、どう思われますか」

別の年配記者が問うた。

「あの事故は、ラジコンヘリの誤操縦が原因です」

意外な答えだった。ここはチャンスなのだから、もっと農薬の危険性を訴えればいいのに。

「しかし、実際に子どもたちは、『ピンポイント』を浴びて中毒を起こしたわけで。そんなものは、使うべきじゃないでしょう」

代田の顔つきが険しくなった。

「心情としては、僕もそう思います。でも、都会の人が思っているほど、単純じゃないんですよ。農薬がなければ、大半の農産物は商品にならないし、無農薬だけで、国民の需要を満たすだけの収穫量があるのかも怪しい」

「なんだか弱気じゃないですか。農薬メーカーから圧力とかあるのでは」

代田の口元が冷めた笑みで歪んでいる。

「圧力をかける必要もないと考えていると思いますよ。今日も変わらず、農薬を撒いて収穫した野菜やコメが出荷されているわけです。僕たちの声は、所詮、少数意見でしかないですから」

なんで彼はこんなに控え目なんだ。

代田の心中が計り知れなかった。が、だからこそ、ますます直接話してみたいと思った。

「農水省が、農協や農薬メーカーとグルになっているという意見もありますが」

「そういう陰謀説を軽はずみに言うもんじゃないです。敢えて農水省に注文を付けるとしたら、農薬が実用化された後の追跡調査を、徹底して欲しいですね。何でもそうですけど、いざ使ってみるといろいろと問題が出てくるものでしょ。それをチェックして、初めて安全といえるのでは」

耳が痛かった。農水省にそんなきめ細かなフォロー体制はない。なぜなら、誰も農薬被害を訴えないからだ。深刻な問題が起きない限り、重い腰を上げない。それは何も農水省だけではない。日本の官僚の悪い体質だった。

米野に言われた言葉が蘇ってきた。

――米作農家、養蜂家、農薬メーカー、そして消費者が、どうすれば被害を抑えられるかを話し合えばいい。難しいことじゃない。

2

「というわけで、養蜂は、自然と一緒に暮らすという感覚を体験するチャンスにもなるわけです。やってみたいと思われる方がいらっしゃったら、ぜひ、黄色いTシャツを着たスタッフに、気軽に声を掛けてみてください」

代田がそう締めくくり、二時間に及ぶ養蜂教室が終わった。

楽しかった——秋田は、素直にそう思った。場所と時間が許せば、自分も挑戦してみたいとさえ思った。それにマスコミとのやりとりを聞いてからは、代田の誠実さに好感を持った。

若いカップルが代田に近づいて、熱心に話を聞いている。会場ではこの後、懇親会が始まるようで、スタッフの多くは準備に追われている。

「手の空いてる方、準備を手伝ってもらえますか」

さっき受付で話した土屋という女性が声を張り上げると、何人もの参加者が応えた。

秋田も彼らに混じった。

「土屋さんも、ご自宅で養蜂をされているんですか」

紙コップや皿を並べながら、さりげなく話を振ってみた。

「私のところは、まだ子どもが小さいんですよ。それで、もう少し大きくなるまでは自粛中です。でも、ほんとハチって可愛くて。暇があれば、ここに来てあの子たちを見ているんですよ」

上空を疲れも見せずに飛び交うハチを見上げながら、土屋は嬉しそうだ。

「テレビの発言で、代田さんはすっかり有名人になって大変でしょう」

「ご本人はすごく嫌がってますけど、私はあっぱれだと思いますよ。だって、虫が死んじゃうような薬をまいた農産物なんて食べられませんよ。放射能を怖い怖いって言うなら、農薬はもっと怖い。それを彼は、勇気を持って訴えたんですよ」

　虫を殺すために殺虫剤を撒くのだから、虫が死ぬのは当然ではと思ったが、言わなかった。彼女の口ぶりを聞けば、どういうタイプか察せられたからだ。

　テレビのワイドショーや週刊誌などから得た偏った情報だけで、すべてを知った気になる〝賢いママ〟の類だ。社会に対して問題意識を持つべきだと思うが、手当り次第に批判するのがいいとは思わない。問題を正しく理解した上で反応するならそれは素晴らしいのだが、生半可な情報で早合点して、自分は正しいとか、騙されたなどと騒ぎ立てるのは、知らないままでいるよりもっと不毛な気がする。

「私ね、東京で雑誌の編集をしていたんです。あの頃、何の問題意識もなくて、高級スーパーで売っているものなら、何でも安心だと思っていました。愚かでした。その反省も込めて、〝ミツバチレスキュー隊〟の広報担当として、食の安全についてのブログを始めようと思うんです。子どもたちの未来のためにも、もっと賢くなるべきですから」

　それは勘違いではと言いそうになるのを堪えていると、土屋は他のスタッフに呼ばれて離れていった。代田の姿を探すと、彼は別の参加者に捕まっていた。ここまできたら、待つしかない。

　懇親会が始まって一時間ほど経った頃だった。代田が人の輪から離れて、枝振りの良い桜の木の下でひとり座って休んでいた。秋田は缶ビールを手にして近付いた。

「お疲れさまでした」

　代田にビールを勧めると、素直に受けてくれた。車の運転があるので、ウーロン茶で乾杯した。

「大盛況でしたね」

「こんなのは初めてです。皆さんに楽しんでもらえたか心配です」

「面白かったですよ。私もハチを飼いたくなりました」

　代田の隣に腰を下ろした。立っていると感じられなかったが、ひんやりとするほど涼しかった。

「ぜひ、チャレンジしてください」

「でも、東京のマンションに独り暮らしなんで、なかなか」

「わざわざ東京からいらしてくださったんですか」

「代田さんにお会いしたくて、やってきました」

「僕にですか」

「霞が関で働いています。代田さんのこのところの発言に興味を持ったので」

明らかに落胆したようなため息が聞こえた。

「中央合同庁舎第一号館の方ですか」

農水省のビルを名指ししてきた。

「今日は、一個人としての参加です。それに私は担当も違うので」

敵視されるかと思ったのだが、代田は平然としている。

「教室が始まる前に、マスコミに囲まれていましたね。そばで聞いていました」

「彼らには困ったものです。僕もその端くれではありましたが、連中はとにかく思い通りの発言を誘導することしか考えていない」

「確かに酷い質問ばかりでした。でも、おかげで代田さんのお人柄がよく分かりました」

「人柄ですか」と言って、彼がこちらを向いた。視線が合った時に、この人はきれいな目をしている、と思った。

「例の発言を聞いた時は、過激な方だなと思ったんですが、今日のご様子で、言葉の重みをよくご存知だなと感じました」

「買い被りだなあ。僕は、ただ不器用なだけです」

　それが、誠実の証なのだと思う。

「彼らとのやりとりを聞いていて、ネオニコの問題の深さを改めて実感しました。それと同時に、関係者が一堂に会する場が必要だとも」

「まったく同感です。ぜひ、そういう場を仕切ってくださいよ。僕が叫んだところで、誰も集まりはしませんから」

「もし、霞が関がお声がけしたら、ご協力いただけますか」

　これは彼にとっては、難しい問いのはずだ。市民運動家は政府の協力要請には及び腰になりがちだ。転向したとみなされるからだろう。だが、代田は「喜んで」と即答した。

「秋田一恵と言います。どこまでやれるか分かりませんが、やってみます」

「期待しています」

　別れぎわに、「名刺をもらえませんか」と言われた。どうしようかと迷ったが、ここは誠実さの証として出すべきだと腹をくくった。

「食料戦略室、ですか。お若いのに係長だということは、キャリアですか」

「おちこぼれです」

「遠いところをありがとう。ちょっと待っていて下さい」

代田は懇親会場に走って行くと、暫（しばら）くして白い手提げ袋を手に戻ってきた。

「ウチで今年とれたハチミツです」

「わあ、いいんですか。嬉しいです。私、毎朝トーストにハチミツを付けて食べているんです。それが一番の活力剤です」

「それは良かった。気をつけて」

代田が手を差し出してきたので、握手を交した。感謝の思いを握る手に込めた。来て良かった。

独り駐車場に向かう秋田の周りを数匹のミツバチが寄り添うようについてきた。まるで見送られているようで嬉しかった。

代田にプレゼントされる前に、会場の即売所で既にハチミツを数瓶買い込んでいたのだが、白い手提げ袋に入った二瓶のハチミツは、秋田を前向きな気分にさせた。

明日からは、新部署が本格始動する。激務とストレスの日々になるのは目に見えているが、明日の朝の楽しみを考えながら、今日は帰ろう。

さて、これから一時間半。新白河駅までしっかり運転しなければ。

3

「行ってきます！」

洗面所で髪を整えている平井に向かって、顕浩が元気よく言った。

「おっ、早いな。もう学校へ行くのか」

まだ午前七時を少し過ぎたばかりだ。今日は二学期の始業式なのに、息子は大きなバッグを背負っている。

「サッカーの朝練に行くってきかないんですよ。仕方ないから、私も一緒について行きます」

白のポロシャツにジーパン姿の昌子が困ったように言った。

「練習に参加しても大丈夫だと、医者は言ってるんだろ」

妻の過保護ぶりが気に障(さわ)った。

「でも、心配でしょ。あなたも千駄ヶ谷まで行くのなら、そろそろ出発しないと」

夫の返事を待たずに、昌子は息子に続いた。玄関先では、タローが尻尾(しっぽ)を振って吠(ほ)えている。

それにしても、顕浩の存在が嬉しいのだろう。

それにしても、子どもの回復ぶりには目を見張る。病院に運び込まれた時には命すら危ぶまれていたのに、退院して三日も経つとすっかり元気になった。昨日は珍しくタローの散歩にも付き合うほどだった。もうすぐ少年サッカーのトーナメントがあるため、一日も早く遅れを取り戻したいという気持ちも、回復を早めたのだろう。

「なんだか、心配して損した気分」

長女の陽子が歯ブラシをくわえたままで言った。起きぬけらしく、まだ着替えもしていない。

「そんな言い方はないだろう。元気になってくれて何よりだ」

「まあね。でも、損した気分は消えないよ」

「お父さんは、おまえがあんなにしっかりした娘だと知っただけでも、心配得だったぞ」

顕浩の事故で母親や祖母がおろおろしている中、陽子が気丈に振る舞ってくれたのが救いだった。

「じゃあ、ご褒美に買って欲しいものがあるんだけど」

陽子が抜け目のない顔つきになった。

「何が欲しい」

「嵐のね、ドームライブのＤＶＤ」

剣道部の主将で成績もトップクラスだったが、アイドルの話をする時だけは、年相応の顔になる。そこに少女らしい幼さを感じて父としてはホッとするのだが、昌子はいい顔をしない。

「メールでタイトル送ってくれ。アマゾンで注文しておくよ」

「ありがとう！　お父さん、今日は格好いいよ。でもそのネクタイ、ちょっと派手じゃない？」

普段なら絶対に選ばないサーモンピンクのブランドネクタイだった。

「やっぱりそう思うか。今日は本社勤務の初日だから、明るい色でイメチェン図れってお母さんに押しつけられたんだ」

なぜか昌子は、夫の異動を喜んだ。「だって昇進でしょ。しかも、社長さんが頭を下げてくれたなんて、凄い話じゃない」と言っていたが、平井はそれだけが理由ではない気がしていた。

顕浩が事故に遭って意識不明の時、彼女がこぼした言葉を覚えているからだ。

――なんで、よりによってあなたの作った農薬で顕浩が……。これって天罰じゃないの。

息子の悲惨な状態を目の当たりにして思わず漏らした一言だろうが、平井にはこたえた。

あれが妻の本音なのだろう。いつもは夫の仕事に嘴(くちばし)は挟まないが、本当のところは、農薬の研究開発なんて、他人に自慢できる仕事ではないと蔑(さげす)んでいるのだろう。

鏡に映る自分の姿を眺めながら、平井はあの夜の無力感を思い出していた。

「お父さん、大丈夫？　目がどっか遠くに行っちゃってるよ」

後ろから揺すぶられて、我に返った。

「ああ、悪い悪い。ちょっとボーッとしてた。やっぱりネクタイ替えるよ」

そう言って緩めようとするのを、陽子が止めた。

「それってお母さんが今日のために買ってきたんでしょ。だったら、使わなきゃ」

「子どもの癖に生意気だぞ」

「子どもにとって家庭円満は重要案件だからね。それよりお父さん、バスで行くなら、そろそろ出ないと遅刻するかも」

そうだった。本社勤務が始まると同時に、マイカー通勤の気楽さが消え失(う)せる。今日からバスと電車で通うのだ。

玄関を出るなり、タローに捕まった。飛びついてきたが、珍しくすぐに引き下がった。後ろ足で耳を掻(か)いている。

「そういえば、昨日からタロー、体痒そうよ。お母さんが、ノミでもいるんじゃないのって顔しかめてた」

ドアを半開きにして顔を出した陽子が教えてくれた。

「そうなのか、タロー。ノミで痒いのか」

手を出すとヨダレを垂らして舐めてくるタローを思いきり撫でた。

喋りかけられたのが嬉しかったようで、タローは盛んに吠え始めた。しつこくじゃれるのを宥めて、平井は早足でバス停に向かった。数分歩くだけで汗が噴き出した。バスを待つ長い列に並びながら、首筋の汗を拭った。

わずか一〇分ほどの乗車ではあったが、平井はバスから降りると、目についたベンチに思わず座り込んだ。考えてみれば、入社以来ほとんど通勤ラッシュを経験していない。研究開発センターへの通勤はもちろん、本社に出向く場合も誰かに車で送ってもらうか、自分の車を使った。それだけにバスの混雑はこたえた。

足下に置いたパソコンバッグから水筒を取り出すと、一気に半分ほど飲んだ。こんなサイズじゃ保たないかも知れない。五〇〇ミリリットル入りの水筒を仕舞いながら、平井はため息をついた。通勤通学客が、へたりこむ平井の前を通り過ぎる。彼らは一様に無表情で、まるで川の流れのように小田急線の改札に吸い込まれていった。

その流れの中に知った顔を見つけた気がして、平井は立ち上がった。朝の散歩で出会うゴールデンレトリバーの飼い主だった。ほんの数メートル手前までは何とか近付けたのだが、そこから先は人の波に押されて進めなかった。ただ、見間違いでないことは確認できた。

朝っぱらからバカなことをしているという自覚はあった。だが先日も電車内でばったり会ったし、この偶然に巡り合わせを感じたのだ。

改札を抜けたところで、思いきって強引に前進した。

「おはようございます」

人混みを割った勢いで肩を叩いて声を掛けると、彼女はイアホンを外して振り向いた。

「あら、おはようございます」

「よく、お会いしますね」

安っぽい常套句を吐いて、すぐに後悔した。

「ほんとに。今朝はお早いんですね」

「暫く本社勤務になったものですから」

「そうですか。本社はどちらですか」

「千駄ヶ谷です。あなたも早いんですね」

ホームは人で溢れ返っている。もっと列を詰めるようにと構内アナウンスががなりたてた。のろのろと列が動きはじめ、その流れで自然と彼女との距離も接近した。いつものシトラスの香りが強くなり、バスでげんなりした気分が癒される気がした。構内放送がさらに大きくなって電車の到着を告げた。

「今朝は、大手町で投資家セミナーがあるんです。私も講師として参加するんです」

「講師ですか、すごいですね。どんな話をされるんですか」

電車が停止し、扉が開くと同時に、列が動いた。果たしてこんな大量の乗客が乗れるのかと思ったが、どんどん車内に吸い込まれていく。平井は彼女と密着しないように踏ん張りつつ進んだが、最後は後ろから強く押されて、なだれこむように乗車した。気が付くと彼女と顔をつきあわせて体を密着させていた。

「こりゃ殺人的だなぁ。こんなのが毎日続くと思うとうんざりです」

「そうですね。私も久しぶりにこの時間帯に乗って、びっくりしています」

扉が閉まって動き出したと思った瞬間、急停車した。その反動で彼女の顔が平井の胸の辺りに押しつけられた。

「大丈夫ですよ。無理に動かないで」

一旦扉がもう一度閉まって、電車が動き始めた。それからは、話をするのも困難なほどのすし詰め状態が続いた。女性と面と向かって話すのが得意ではない平井には、却ってありがたかった。結局、その体勢がほとんど変わることなく、新宿に到着した。

そこから地下鉄に乗るという彼女との別れ際、平井は名刺を差し出した。出来上がったばかりの新部署の名刺だ。

「ちゃんと自己紹介もしないのは失礼だと思って」

「そうですよね。お互い名前もろくに知らないままお話しするのも変ですよね」

彼女の名刺には、結城さおりとあった。ぴったりの名だと思った。

「CSR推進室長になられたんですね。すごいわ」

「しがない閑職ですよ」

「私、CSR活動についても勉強会をしています。ぜひ、お話を聞かせてください」

「私の方こそ勉強させてください。なにしろ実験しかやったことないので、右も左も分からなくて」

それだけ交わすのが精一杯だった。名残惜しく思いながら、平井はJRの乗り換え改札へと進んだ。

　人生悪いことばかりではない。そんな言葉が頭に浮かんだ。

4

「私たち食料戦略室の目的は、強い農業の確立にある。強い農業とは何か。それは国際競争力のある農業を指す」

　経済産業省から出向してきた新課長、盛田信一がよく通る声で言った。秋田のみならず、出席者は彼の勢いに戸惑った。

　経産省ではFTA交渉などの国際貿易分野が長かったらしい盛田はスマートで、見るからに切れ者だ。課長クラスで出向してくるのは珍しいが、かつて経産副大臣を務めた若森農水相直々のご指名だという。

　新部署が正式に動き始めた九月一日午前一〇時の直後、盛田は二三人に膨れあがった室員全員をいきなり会議室に集め、演説をぶち始めた。

「我々の最初の第一歩は、農水省的なるものの破壊だ」

　秋田自身も旧態依然とした農水省を改革すべきだと日頃から思っているが、それを破壊などとことさら言うのは逆効果の気がした。同席者の多くが驚いたようにざわめいている。ただ独り、室長の印旛だけが端然と盛田の隣に座っている。農水省を背負って立つ男が、こんな暴言を認めるというのだろうか。

「静かに。別に農水省を壊そうというのではない。農水省的なるもの、すなわち既得権益を守ることだけに汲々として、農業の未来を一顧だにしないという体質を改善するだけだ」

ベテランの何人かが苦笑いを浮かべている。やれるもんなら、やってみろと言わんばかりだ。だが、盛田はそんな反応などものともせずに続けた。

「具体的には、“Selection and Concentration”、つまり選択と集中の徹底にある。選択とは日本の農業振興のために必要な部門の選別であり、集中とは主業農家への徹底投資を指す」

「あの失礼ですが、課長」

思わず秋田は手を挙げてしまった。自らの大演説に陶酔している盛田は、不機嫌そうに指名した。

「折角の含蓄あるプレゼンテーションの最中に済みません。今、主業農家への徹底投資とおっしゃいましたが、その予算はどう捻出されるんです」

主業農家とは、農業収入が農業外収入を超え、六五歳未満の働き手が年間六〇日以上農業に従事する農家を指す。かつては専業農家と呼ばれていたが、九五年に名称が変更された。全国で約三四万戸、農家全体の二〇パーセント余りに過ぎず、年々減少傾向にある。

「簡単だ。疑似農家や副業的な農家の支援を打ち切る。それだけで一兆円のカネが浮くじゃないか」

会議室のざわめきのボリュームが、一気に上がった。とんでもない暴言だった。そんなことをすれば、農水省的なるものは簡単に瓦解するだろう。

かつて農水省の存在意義は、戦後復興の一環として国民全てが飢えないための施策の実現にあった。そのためには農業と農地を守ることこそが、農水省の最大、いや、唯一の使命だった。しかし、高度経済成長を経て先進国の仲間入りをした今となっては、そのあり方自体に問題があるのは自明だ。ところが、選挙対策と農協保護のため、農水省は未だにその美名を貫き続けてきたのだ。

「にわか勉強だが、コメ農家約一四〇万戸のうち、七割の一〇〇万戸が一ヘクタール未満の農家で、農業所得は三万円以下だそうじゃないか。そんな農家に、一ヘクタール当たり年間九五万円もの補助金を出すなど犯罪行為だ。そうは思わんか」

農政の先輩達が固唾を呑む中、秋田は答えを探して立ち尽くした。

「経済的合理性から言えばそうかもしれません。でも、それによって農地が守られているわけですし」

「何が〝守られている〟だ。この一五年で耕作放棄地面積は一・五倍、すなわち四〇万ヘクタールにも及んでいるんだ。零細を手厚く守った挙げ句に出た弊害だ」

盛田の見解は事実ではある。だが、農業には数字を並べるだけが全てではない〝事情〟もある。

「あの、室長。室長も盛田課長と同じ意見なんですか」

腕組みをして微動だにしなかった印旛の目が、こちらに焦点を合わせた。

「私に異論があるかどうかは、この際問題ではない。これが大臣の考える改革案ということだ。従来の農水省のイメージを打ち破り、強い農業を構築するために、この部署は生まれた。今まで目をつむっていたタブーに切り込むのが我々の使命だ。それを畏れてはならない」

次官候補と目されている人物の発言とは思えなかった。官僚は出世するほど、明言を避ける。問題が発生した際に、責任をとらないためだ。さらに、一年ごとに大臣が替わるような時代に、大臣の意向に律儀に従う高級官僚はいない。大臣の言葉より省益こそ、官僚が守るべきものだからだ。なのに印旛は大臣に忠実すぎた。

高級官僚にもかかわらず、現実的で時に大胆な施策を遂行すると評価される印旛だが、それでも、この改革は強引すぎる。長い時間をかけて固まってきた構造をこんな乱暴に壊して、何かが変わるとは思えなかった。

「先ほども言ったが、TPP問題は農水変革のチャンスだと考えて欲しい。食料戦略室の使命は、ニッポンの農業にイノベーションを起こすことだ。そのためにはまず、大胆なクラッシュ・アンド・ビルドが必要だと覚悟して欲しい」

室長は、腹の内の全てを明かしていない――秋田はそう感じた。時期尚早だと考えているのか、あるいは何か深謀遠慮があるのだろう。確信的な印旛の目つきを見る限り、単に大臣に媚びるために大風呂敷を広げたとは思えない。ならば、印旛に乗るしかない。

「室長、よくぞおっしゃってくださいました。面白いじゃないですか。農業ではなく農家を守るのにうんざりしている職員は大勢います。室長にそこまでの覚悟がおありなら、我々は乗りますよ」

ノンキャリアとしては最高峰に近い課長にまで上り詰めた増淵三平が、エールを送った。食料戦略室には三人の課長が配されている。一人が筆頭課長である企画課長の盛田、次いで農水キャリアが第一課長に就き、増淵は第二課長として現場での農業振興の旗振り役を担う。秋田は、増淵直属の課長代理だった。

ナマズというあだ名がある増淵の頭は、両脇に僅かばかりの髪を残してはげ上がっていた。丸顔に離れた目と団子鼻は、いかにもナマズに見えた。だが増淵は省内随一の知恵者として知られている。彼が鼻息荒く賛成するのを見て、自身の読みは正しいと思った。

「増さんに褒めてもらえると、私も大船に乗った気分になるよ」

役職としては印旛の方が遥かに上位だったが、入省時代に世話になったと言って、増淵に対しては細やかな気遣いを見せる。

「私ごときが応援したところでたいして船は進みませんけどね。まあ、そちらのお若い課長さんのご高説を、もう少し伺おうじゃないですか」

出番がなくて手持ち無沙汰そうに見えた盛田が、再び勢いを盛り返した。

「では、具体的にどんな戦略がいいのか。私案を叩き台にして、印旛室長をはじめ、農政の強者を自任されている室員諸兄の意見を取り入れながら、検討を重ねたいと思う」

スクリーン上にパワーポイントで提示された〝私案〟には、三つの柱があった。第一に国際競争力強化のための商品作物支援、第二は農業における〝ジャパン・ブランド〟の創出とある。そして、第三の柱として〝準主業・副業的農家への適正対応〟とあった。

〝適正対応〟とは、個別補償制度などによる兼業農家の支援を廃止するという意味だろう。盛田の口ぶりからすると、農水省は今後、主業農家だけを農家とみなすぐらいは言いかねない。

そうなると、数字的には主業農家の四倍近い兼業農家だけではなく、政治家や農協などからも猛烈な反発が予想された。

またもや、印旛の顔を見てしまった。視線が合うと、彼は力強く頷いた。印旛の自信と決断の原因は何なんだろう。

それが無性に気になった。その時、背後から肩を叩かれた。

「急ぎで、お電話です」

会議中は緊急の用件以外は取り次ぐなと室長から厳命されていたはずなのに、それを押してきたのだから、緊急か厄介な人物が相手なのだろう。秋田は覚悟して差し出されたメモを開いた。

〝くらしの党、党首早乙女麗子先生からお電話です〟

かつて仕分け作業の際に、米野にやり込められて怒り狂っていた美人代議士だ。一体、私に何の用だ。

「用件は聞いてないの？」

会議室を出てから、庶務係に聞いた。

「すみません、おたずねしたんですが、とにかく高飛車で。さっさと秋田さんを呼んで頂戴（ちょうだい）とおっしゃるばかりで」

ほとんど面識もないのに、何を話すというのだろう。仕分け作業の時だって、私の存在なんて全く気にもしていなかったはずなのに……。不自然なコンタクトに戸惑いながら、秋田は受話器を手にした。

「お待たせしました、秋田です」

「タイム・イズ・マネーよ、田畑（でんぱた）にしがみついているおたくの省じゃ、まだ伝播（でんぱ）していない格言かもしれないけどね」

開口一番喧嘩腰（けんかごし）に言われて、秋田は天井を仰いだ。

「失礼致しました。会議中でして」

「会議が好きなのも、あなた方の悪癖ね」

「ごもっともです。それで先生、どういうご用件で」

「あなた、米野太郎の部下だったでしょ」

何でそんなことを覚えているんだ。意外に思いながら「はい」と返した。

「彼は暴言が祟(たた)って飛ばされたそうだから、あなたにお願いしたいの。今すぐ議員会館にきてくださるかしら」

何か言う前に、電話は切れていた。

5

汗だくになった平井が、本社七階のフロアに辿(たど)り着いたのは九時一五分で、室会の開始時刻だった。全力で廊下を駆け、CSR推進室のドアを勢い良く開いた。

室員全員の注視を浴びる中、「遅れて申し訳ない」と息切れの合間に言い、膝(ひざ)に手を当てて喘(あえ)いだ。

若い女子社員が「大丈夫ですか、室長」と気遣ってくれて、おしぼりが目の前に差し出された。冷蔵庫で冷やしてあったらしく、ひんやりした冷たさがありがたかった。

「失礼した。ええと」

心配そうに見つめている女子社員に礼を言おうとしたが、名前が出てこない。

「菊池です、室長」

片えくぼの笑顔と共に名乗られて、平井は取り繕うようにおしぼりを返した。

「菊池君だったね。ありがとう。皆さん、初日から失礼した。余裕を持って家を出たつもりだったんだが、通勤ラッシュの怖さを忘れていたよ」

「室長のご自宅は相模原ですもんねえ。小田急線の朝のラッシュは壮絶ですから」

平井と同様に、本日付で室員になる遠藤耕作が助け船を出してくれた。入社以来ずっと営業畑の遠藤は、空気を読むのが巧いらしい。

「おはようございます、室長」

せっかくなごんだのに、課長の村瀬美穂子が切り口上で割って入り、室内が静まった。津田塾大卒で語学が堪能な村瀬は、国際部で鳴らしてきた才女だ。美人なのに人当たりがきついせいか、未だに独身だった。まだ汗が引かない平井を横目に、才女が口を開いた。

「本日からCSR推進室は、専任の平井室長をお迎えしました。さらに総務部から千葉さん、営業部から遠藤さんに加わって戴き、五人態勢でスタートします。先月末に起きた不幸な事故によって、農薬業界は逆風に晒されています。我がセクションに課せられた責任は重大です。この新態勢で、我が社の社会的貢献を強くアピールしたいと思います。では、室長ご挨拶をお願いします」

　一晩かけて今朝の挨拶を考えてきたのに、その大半を村瀬に言われてしまった。仕方なく手にしたメモを握りつぶすと、平井は立ち上がった。

「本日付でＣＳＲ室長の大役を仰せつかった平井です。ご存じのように私は、入社以来、農薬の研究開発一筋でやってきました。それだけに、今回の拝命に驚いています。ですが、村瀬さんのお話にもあったように、資材の安全性や役割を社会に正しく理解して戴くのが我々の使命であるならば、専門家としてお役に立つこともあると思います。何分、慣れないことばかりで、暫くは皆さんに迷惑をおかけすると思いますが、ベストを尽くしたいと思いますので、ご協力をお願いします」

　平井が頭を下げると、ぱらぱらと拍手が起きた。顔を上げると、遠藤と菊池が笑顔で手を叩いていた。村瀬は表情一つ変えず、黙ってこちらを見ている。ロートルの千葉栄介は手元に視線を落としたまま、身動き一つしない。

「このあと一一時から、社長を交えたＣＳＲ推進会議が予定されています。その議題についてご説明します」

　村瀬が切り出すと、菊池が全員に文書を配布した。パワーポイントで作成された文書をめくりながら、平井はその内容に引っかかりを覚えた。

表紙にいきなり〝改めて農薬の安全性を強く訴えるプロジェクト〟とある。そんなアピールは、農薬が実は安全でないかのような誤解を招くだけだ。農薬メーカーとしてあるまじき姿勢だった。

「説明を受ける前から申し訳ないのだけれど、私はこれを初めて見るんだが」

「そうだと思います。この叩き台は、前回の推進会議の際に、社長より命ぜられて前CSR室長と私で急遽（きゅうきょ）まとめました」

村瀬が冷ややかに言った。前室長は、広報室長の湯川が兼務していた。

「でも、今日からは私がその任に当たるわけですよね」

「この叩き台に、ご不満がおありでしょうか」

平井の言葉にかぶせるように村瀬は言うと、縁なし眼鏡の向こうから明らさまに睨（にら）み付けてきた。

「不満も何も。私が与り知らない（あずか）ものを、CSR推進室として提案するのはどうだろうか」

「今からご説明しますので、それでご理解戴きたいと思います」

「いや、あなたに説明して戴くまでもない。これを社長に出すのはやめよう」

冒頭の数ページをめくっただけではあったが、問題が多すぎる。

「これは社長のご意志をまとめたものです。それを否定されるんですか」

村瀬の態度はやれるもんならやってみろと言わんばかりだったが、引き下がるつもりはなかった。

「私が責任を持って社長には謝ります。とにかく、これは提案できない」

「一体、どこに問題があるのでしょうか」

村瀬の声が一段と高くなって、平井は大きなため息を漏らしてしまった。反論する代わりに、菊池にお茶を頼んだ。

「彼女はお茶くみのために、ここにいるわけではありません」

ますますヒートアップする相手に呆れながら、平井は立ち上がった。

「それは失礼した。じゃあ、私が淹れましょう。ここから先の話は、とにかくお茶でも飲んで一息ついてからにしたいんでね」

「あの、私がやりますんで」と菊池が立ち上がった。

「既に社長にもご了解いただいてるものを覆すのは、いかがなものでしょうか」

どうやら村瀬の怒りは遅刻が原因ではないらしい。だがそれほど嫌われる理由が、平井には思い当たらなかった。

「だからといって専門家として見過ごせないものを提案するのは、無責任じゃないですか。これも研究者気質だと諦めてください。それより村瀬さん、ボタンが取れかけていますよ」

　それまで我関せずの態度だった千葉が、「ほんとだ」と嬉しそうに声を上げた。白いブラウスの第二ボタンがボタンホールからぶら下がっていた。村瀬は無表情で「ちょっと失礼します」とだけ言って部屋を出た。

「いやあ、室長もなかなかやりますなあ。社内随一の女傑をやりこめましたよ」

　布袋腹でシャツがはち切れそうな千葉は、手にした扇子をばたばたと煽いだ。

「そんなつもりはないんですがねえ。それにしても、村瀬さんはなぜ、あんなにお冠なんです」

　腰掛けている椅子のキャスターを転がして、千葉が近づいてきた。

「室長の昇進が気に入らないんですよ」

「どういうことです？」

「元々ここは、社長の道楽みたいな部署ですから、前任者の湯川さんは村瀬さんの好きにさせていたそうですよ。彼女にしてみれば、いずれは自分が室長になると思っていたんですよ。それを、いきなりあなたが横取りした」

　つまらん話だ。やりたいなら、いつでも交代してやるのに。

「その上、知恵を絞った案を問答無用で叩きつぶされたわけですから、我慢ならんのでしょう。まあ、彼女には、いい薬です。気にせんことです」

入社以来、社内政治や同僚への気遣いなどとは無縁で、ひたすら研究に夢中だったし、研究者同士なら気軽に何でも口にしたところで、あまり角が立たない。どうやらここでは、それが物議のもとになる。あんな喧嘩腰で反論してくる部下なんて初めてだ。せっかく奮起して乗り込んだ新しい職場で、早くもやる気が失せかけていた。

何日も悩み抜いた上で、ＣＳＲ推進室長の辞令を受ける決心をしたというのに……。今、辞めるわけにはいかない――。その一念が理由だった。自身が開発した資材に、息子が曝露(ばくろ)して命を落としかけた。社は世間体を気にして、自社製品の安全性について自虐的(じぎやく)な態度を取ろうとしていた。

顕浩に対して申し訳ないという気持ちはあっても、「ピンポイント」の開発責任者として、この材を守らなければならない。そのためにも大泉農創に踏み止まり、改めて「ピンポイント」の安全性を訴えると共に、適正な利用法の周知活動に力を注ぐべきだ。

着慣れないスーツも満員電車の通勤も、そのためなら厭(いと)わないつもりだった。だが、新部署に受け入れられないというのは、一大決心を萎(な)えさせるほどの威力があった。

「失礼しました」

何事もなかったかのように、村瀬が席に戻ってきた。平井は、気持ちを切り替えた。

「村瀬さん、あなたが今まで推進室で果たされたお仕事を、私は否定するつもりはありません。ただ、研究畑の私がＣＳＲ推進室長に就いたのは、自社の製品について、社内外に正しい理解を求めてもらうためだと思うんです。そのあたりをご理解下さい」

「どうぞ、ご随意に。私は言わなければならないご忠告は、致しましたので」

まったくとりつく島もない。

平井は、渋々全員に同意を求めた上で、次の議題に移った。

6

改築して二〇一〇年七月に供用を開始した衆議院第一議員会館を訪ねるのは、その日が初めてだった。入るなり、秋田は嫌な場所だと感じた。厖大な資金を投下した最新鋭の建物には、人を寄せ付けない冷たさがあり、閑古鳥が鳴いている地方の仰々しい公共施設を思わせた。国会議員を目指したこともあった秋田だったが、ここに事務所を構えるのは気が進まない。

八階に上がると、くらしの党党首早乙女麗子が端整な顔で微笑むポスターが目に飛び込んできた。たかが二年生議員にすぎない彼女の部屋が、エレベーターホールの最寄りという便利な場所にあるのに違和感を持った。〝オヤジキラー〟の早乙女が、手練手管で手に入れたのだろう。

秋田がノックしようとした途端にドアが開いて、大柄の白人男性と早乙女が連れ立って現れた。男は場違いな白いカウボーイハットを被っており、早乙女と親しげにハグしている。続く白人たちも皆、早乙女と親しげに握手をかわした。彼らに押しのけられるように、秋田は壁際に寄った。早乙女は、秋田の存在に全く気づいていないようで、国会では見せたこともないような明るい笑顔で来客を見送った。

「早乙女先生、失礼します。農水省の秋田です」

「あら、いらっしゃい」

いつもの高慢な顔つきに戻ると、議員は先に自室に入った。旧議員会館に比べると、新議員会館は各議員の個室が随分と広い。国内外の著名人と笑顔で握手している早乙女の写真が壁一面に飾られた事務室を通り抜けて、議員の執務室に入った。

「思ったよりも早かったじゃないの」

デスクの上に山積みになっている贈答品を片付けながら、早乙女が高飛車に言った。

「タイム・イズ・マネーですから。先ほどのお客様は、アメリカからですか」

応接テーブルの上にも段ボール箱がいくつも置かれている。そのいずれにもこれみよがしに星条旗マークが描かれていた。それにしてもすごい量の手みやげだ。

「アメリカの農業団体の幹部達よ」

そう言われて、改めて段ボール箱の文字を見ると、スター・ガーネット・バイオ研究所と記されている。何が農業団体、だ。その研究所はアメリカの巨大農業コングロマリットの傘下（さんか）にあり、ＧＭＯの開発をしているはずだ。早乙女が正直に答えなかったのを心に留めて、秋田はお追従（ついしょう）することにした。

「お顔が広いですね。先生は、金融がご専門だと思っていました」

早乙女は外資系金融機関に勤めた後、現与党の公募で立候補して初当選を果たしている。当選後は〝必殺仕分け人〟などと持ち上げられて国家予算の無駄を省く仕分け作業で名を馳（は）せるなど、財政や金融行政の専門家を自負していた。

「金融は私のバックボーンよ。でも、これからの政治は農業だと、私は確信している。食の安全と高品質な食料の安定供給こそが成熟社会を支えるの」

「素晴らしいご見識だと思います」

突然呼びつけられたのは、その辺りで早乙女が何か考えているからなのか。これは無理難題を押しつけられると、覚悟した。

「実は、食の安全と農業振興についてのシンポジウムを福島で開催するの。農水省にもサポートしてもらうわ」

「そんな大きな話ですと、私では力不足かと思いますが」

「あら、おたくの信ちゃんは喜んで協力するって言ってくれたわよ」

「失礼ですが、信ちゃんというのは」

「盛田信一よ。あなたのとこの課長」

あの傲慢男と「信ちゃん」がつながらなかった。

「課長からはまだ何も聞いておりません。いずれにしても、いったん戻って確認してから、改めて返事を差し上げます」

「その必要はないわ。あなたをコーディネーターに貸してと、お願い済みだから」

秋田をデスクの前に立たせたまま、早乙女はお土産にもらったらしい星条旗の小旗を振り回してまくし立てていた。それだけでも不快だったが、知らないところで事が決まっているのには、さすがに黙っていられなかった。

「議員、大変申し訳ないのですが、少し事実確認のお時間を戴けませんか」

「あなた、さっき自分でも言ったじゃないの。タイム・イズ・マネーよ。そんな悠長な時間はないの。これが企画書よ。しっかり目を通しておいてちょうだい。三〇分後にミーティングをするから、あなたも参加して」

国会議員は皆、当たり前のように理不尽な要求をする。秋田もそれなりには経験を積んできたつもりだが、いくらなんでも早乙女のやり方は酷すぎた。

「あっ、ちょっと失礼します」

スラックスのポケットからスマートフォンを取り出すと、それを耳に当てて執務室を出た。見えすいた小芝居など本意ではないが、唯々諾々(いいだくだく)と議員の横暴に振り回されるのはまっぴらご免だ。電話がかかってきたふりをしたまま、事務室も通り抜けて廊下に出た。そして、今度は本当に食料戦略室にダイアルした。

「秋田です。課長をお願い」

離席中だと返されたので、代わりに室長に繋(つな)いでもらうように頼んだ。

「印旛だ」

秋田は、早乙女の理不尽を手短に説明した。

「こんな話聞いていません。一度、そちらに戻ってよろしいでしょうか」

「それじゃあ議員は納得しないだろう。すぐに事実確認するから、暫(しばら)く時間を稼いでくれ」

「どうやって稼ぐんですか」

「うまくやれ」

印旛に突き放されて、秋田は天を仰いだ。どうしよう。このまま戻れば、シンポジウムへの協力を受諾せざるを得ない。

早乙女の秘書が部屋から出てきたので、また電話を耳に当てて話し中を装(よそお)った。

「えっ、今すぐですか。しかし、大臣、そんな急なことを言われても」

大臣という言葉を聞いて秘書は気遣ってくれたのか、扉を閉めた。早乙女の執務室に戻ると、うまい具合に議員は電話で話し込んでいた。秋田を認めると眉(まゆ)を吊(つ)り上げて手で払った。彼女の頭は別件でいっぱいらしい。

デスクに放置されていたシンポジウムの企画書を手にすると、目礼して執務室を出た。そして、大臣からお呼びが掛かったので帰庁しますと秘書に断って、部屋を出た。

7

「社長のご提案ではありますが、このプロジェクトには反対です」

午前一一時から始まったCSR推進会議の冒頭で平井が発言すると、和やかなムードは一変した。

「理由を聞かせてくれますか」

何とか平静を装ってはいるが、疋田社長の顔つきは硬い。

「『ピンポイント』の安全性を改めて訴えるとありますが、それではまるで、この材には以前から問題があったかのようです。正しい使用方法を徹底すると訴えるだけで充分では」

「何を青臭いことを言ってるんですか。そんな理屈が、国民に通用すると思っているんですか。マスコミは既に、農薬は第二の放射能などと騒ぎ立てているんです。ここは原点に返って、農薬は安全であると訴えるのが、我々の社会的責任でしょう」

社長の代わりに答えた湯川は、侮蔑(ぶべつ)を隠す気もない口調で言い放った。

「この期(ご)に及んで農薬が安全だと訴えれば、そもそも安全でないから声高に主張するのではという疑念を招きます。マスコミが何と言おうと、彼らに媚びる必要はありません」

「開発担当者としては、尤(もっと)もな意見かもしれませんね。でも、ここは敢(あ)えて農薬の安全を訴えるべきだと思いますよ」

社長の手前、引くに引けないと思っているのか、湯川は執拗だった。ＣＳＲ推進会議は推進室のメンバーに加え、ＣＳＲ推進本部長の社長、社長室長、販促部長、広報室から室長と次長が参加していた。異を唱えているのは、自分一人のようだった。

「そもそも、〝ダイセン新安全基準〟とわざわざ銘打つのは、いかがなものでしょうか。農薬の安全を訴えるのなら、新たに基準を設ける必要はありません。品質保証については改めて徹底し、誤用防止のための啓蒙活動に取り組むことをアピールする方が、重要だと思いますが」

そう聞いて疋田は考え直したのか、隣で腕組みをして聞いている社長室長に意見を求めた。

「確かに〝新安全基準〟の設定というのは、誤解を生むかも知れませんな。文言は再考すべきかもしれませんが、ＣＳＲの観点からすれば社長が仰る通り、今は農薬の安全性を一から訴えるときではないかと」

稲葉らしい無難な言い回しに、平井は内心で舌打ちをした。研究者としてはけっして優秀ではなかったが、稲葉は開発セクションに長く籍を置いていたのだ。そんな後ろ向きな考えでどうするんだ。

「そうですか、〝新安全基準〟は誤解を生みますか。では、どのような表現がいいのでしょうね」

社長は何を言っているんだ。問題なのは言い回しではない。自社製品に対する信頼回復こそ急務だろう。

「ＣＳＲ推進室長の大役を拝命した際、社長は、素晴らしい材をより的確かつ適切に使用する活動を推し進めて欲しいと仰いました。ならば、『ピンポイント』の適切使用三箇条といった表現はいかがでしょう」

「固いなあ。まるでお役所言葉だ。〝より安全・安心な『ピンポイント』のすすめ〟とかはどうですか」

湯川が嘴（くちばし）を挟むと、販促部長が「そういう表現が嬉しいな」と追随した。

いちいち揚げ足を取られるようで不愉快だったが、ここは社長の判断を仰ごうと平井はあえて反論しなかった。疋田は手にした高級ボールペンを暫く見つめていた。もう口を開く者はなく、彼の決裁を仰いだ。

「ネーミングはともかく、では平井さん、来週までに骨子をまとめてください」

理解してもらえた。平井は安堵（あんど）して「承知致しました」と答えた。

「折角です。より安全・安心な農薬使用として織り込んだ方がよいと思う項目について、諸君の意見を聞きましょうか」

社長が出席者を見渡すと、末席の遠藤が手を挙げた。

「あの、発言してもよろしいでしょうか」

幹部は咎めるような視線を向けたが、社長は「ぜひ」と促した。

「営業で農家さんを回っていて、やっぱり高齢化が気になりました。もう少しお年寄りに優しい注意喚起が必要ではないでしょうか」

緊張しているのか、遠藤の声が上ずっている。

「例えばどんな案が考えられますか」

社長が興味を示したことに励まされたのか、遠藤は落ち着いて続けた。

「使用上の注意書きの文字を大きくしたり、希釈の方法を簡略化したり、取っ手を付けて使いやすくするなど容器の工夫もいいと思います」

聞き手を気遣いながら話す遠藤の声が、会議室に張り詰めた緊張感を緩めた気がした。研究センターではなかなかお目にかかれないコミュニケーション力だった。これからはこういう能力も身につけるべきなのだろう。平井にとっては難題だが、それも処世術だ。

「これ以上文字を大きくすると、現行のラベルサイズでは間に合わないぞ」

稲葉が高飛車に言い放ったが、遠藤はめげなかった。

「ボトルのラベルだけで注意事項を全て収めようとするのが、間違いだと思うんです。ラベルには、例えば希釈値だけを強調して、使用法の詳細については別に説明書を添えてはいかがでしょう」

「別添の説明書なんかをご丁寧に読む農家はいないだろう。年寄りは皆、経験則で行動するもんだ。わざわざカネをかけて改訂しても無駄に終わる気がするがね」

平井自身は稲葉と同意見だが、製造者の誠意を示すなら、この提案は一考に値する。

「しかし我々が努力しているというアピールにはなります。注意喚起のための説明書添付なら、検討の余地がありますよ」

湯川の発言に、社長も大きく頷いた。

「叩き台を、君にお願いしようかな。それ以外の提案についても、もう少し具体的に考えてくれないか」

遠藤は手帳に勢い良くメモしてから、「あともう一つあるのですが、よろしいでしょうか」と言った。

調子に乗るなという顔つきをした出席者が何人かいたが、遠藤はお構いなしだった。

「農薬メーカーって、陰気で怖いというイメージを持たれている気がするんです。それで、平井室長のようなお人柄の専門家の方に前に出てもらって、農薬を正しく理解してもらうイベントをやるべきだと思うんです」

「おいおい、何を言い出すんだ」

平井は思わず挙手もせずに発言してしまった。

「いや、面白い意見だよ。平井君には〝ダイセンの安全の顔〟になって欲しいと思っているんでね」

社長が乗り気になって、平井はますます憂鬱になった。冗談じゃない。

「よろしいんじゃないんですか。それこそCSR推進室長らしい仕事ですよ」

すかさず広報室長が追従した。話が大きくなる前に阻止したかったが、うまい言い訳が思いつかず、その間に稲葉が発言した。

「実は、私も同じようなイベントを検討していたんだ。シンポジウムのような形式になるのか、あるいは全国数ヶ所で安全教室のような催しにするのかはまだ未定だけれど、農家だけではなく消費者も参加出来るようなものが実現できないかと思っている」

消費者の参加を認めるというのが引っかかった。農薬を平気で〝第二の放射能〟などと騒ぐのは、マスコミと同様に消費者も無知だからだ。そんな連中まで参加できる安全教室など、かえってやぶ蛇ではないか。

「平井君はどう思う」

「不特定多数の出席者を招くというのは、逆効果になりませんか」

「危惧するところは分かるよ。でもね、ここは火中の栗を拾うぐらいの覚悟がいると私は思っているんですよ」

その矢面に立たされるのは、俺じゃないか……。目立つのが好きな湯川が珍しく平井を推したのも頷ける。

「社長がそのお覚悟なのであれば、とやかく申し上げるまでもありません」

いかにもサラリーマンぽい恭順を口にせざるを得ないのが悔しかった。

「他に意見はないかな。村瀬君は今日はやけにおとなしいね」

社長に指名されても、村瀬の反応は鈍かった。

「これだけ新しいメンバーの皆さんが活発にご発言されるのであれば、私が申し上げることなど今さら何もないと存じまして」

村瀬はわざとらしく、平井を注視して答えた。朝の出来事をまだ根に持っているようだ。

「何を謙遜しているんですか。遠慮なく発言してくれたまえ」

二人の気まずさを察してかどうかは分からなかったが、社長は気さくに声を掛けた。

「それでは僭越ですが、一つだけ。平井室長就任前の会議では、使用法を誤れば農薬は危険だという点は、農薬の安全性を語る上で強調すべきだという方針が出たと思うのですが」

本日付で推進室に異動してきた三人以外が皆頷いた。

「その点は、もう無視してよろしいのでしょうか」

「さすが村瀬君だ、今まですっかり失念していました。平井さん、どう思われますか」

村瀬の嫌みったらしい言い方は気に障ったが、社長があっけらかんと訊ねてくれたお陰で冷静になれた。

「重要だと思います。ぜひ、そういう観点も織り込むべきかと」

「平井室長はお嫌かも知れませんが、農薬は毒だというややショッキングな表現で踏み込む勇気を持つべきだとも決定いたしましたが、それはいかがですか」

「それは誤解を生みませんか？　確かに農薬は劇物ではあります。しかし、毒というのは、漠然と恐怖を煽るだけでは？」

これでは結局、振り出しに戻るようなものだ。今までの話し合いは何だったんだ。

平井はうんざりした。

「では、毒ではないと」

まるで因縁を付けるように村瀬はからんでくる。

「専門的な話で恐縮ですが、我々が開発した農薬で、毒物及び劇物取締法に定められた毒物の範疇に入るものは皆無です。厳密には一部に劇物の成分を含むものがありますが、希釈使用の厳守を前提に安全性を担保している以上、農薬イコール毒だと言い切るのは不適当です」

「それについては、私も何度も繰り返したんだよ。だが、消費者には分かりづらいという意見があってね、農薬は毒ですと認めた上で、使用上の注意を守りましょうと訴える覚悟がいるだろうという結論になったんだ」

稲葉の発言に、平井は呆れ返った。仮にも農薬開発現場の実状を知る者が、よくもそんな提案を了承したものだ。

「心臓病に使われるニトログリセリンを爆薬ですと表示しますか。あるいは、醤油だって一気に一升も飲めば死ぬかもしれません。毒物表示のある醤油をごらんになったことは？　そんなものはありませんよね。なぜなら、これらは医薬品や調味料として適切に使われることを前提としているからです。したがって、農薬の危険を訴えるにしても、もう少しデリケートな言葉選びが重要ではないでしょうか」

平井は努めて穏やかに反論した。いかなる場合でも、「農薬は毒です」などと農薬会社が言うべきではない。それだけは譲れなかった。またもや気まずい沈黙が支配した。

「確かに平井さんの指摘は傾聴に値する。しかしそれよりも、強い注意喚起と農薬メーカーとしての真摯(しんし)な態度を優先したいんです。その辺り、広報室ともすり合わせながら進めてもらえますか」

疋田に正論を提案されては、「承知しました」と言うしかない。

ＣＳＲ推進室長着任の初日、しかもまだ午前中しか過ごしていないのに、山のような仕事を賜わった。おまけにどれも、神経をすり減らす厄介事ばかりだ。果たしてこの先、任務を真っ当に遂げられるのだろうか。

「社長、この場を借りて社長のご許可を戴きたい案件があります」

気の重い会議の終わりがようやく見えてきた時、湯川が発言した。

「実は、先の事故を受けてマスコミの取材依頼が殺到しているのですが、その中でぜひ平井室長に対応して欲しい企画があるんです」

「ならば、平井君に頼めばいいじゃないか」

「かなりデリケートな内容なので、社長にもご許可をいただきたいんです」

どうせろくでもない話なのだから、さっさと本題に入って欲しかった。湯川は意味深な笑いを口の端に浮かべている。

「取材依頼の内容というのが、例の〝第二の放射能〟発言をした養蜂(ようほう)家と平井室長の対談なんです」

8

全ての巣箱を移動し終えると、代田はその場に座り込んでしまった。体力には自信があるが、さすがに今年の残暑は厳しい。昨日の養蜂教室の気疲れも影響していそうだ。

「お疲れさまでした」

「あっ、ありがとうございます」

作業を手伝ってくれた土屋宏美からビール缶を手渡されるなり、プルトップを引いた。喉(のど)がカラカラだ。

「じゃあ、みんなで乾杯しましょうか」

〝ミツバチレスキュー隊Aチーム〟と名乗る総勢七人のメンバーが、代田の掛け声で缶を掲げた。よく冷えたビールの味は格別だった。

巣箱移動の時に、ボランティアで出動する〝ミツバチレスキュー隊〟は、村の若い養蜂家と地元の主婦などに助っ人を頼み、三チーム、総勢約二〇人で編成されている。Aチームは、村でも最大規模の養蜂家の跡継ぎである木村嘉男と代田を中心に、主婦ら女性がメンバーだった。

三年前に奥白河村全域で大量のミツバチが死んだ翌年、役場の職員を兼務する養蜂家仲間と共に、地元の農家との協議会を設立した。農薬散布の日程などを農家が細かく情報発信して、養蜂家はミツバチが曝露しないように、農薬散布日は巣箱を移動させるなどの取り組みを始めた。それをサポートするために〝レスキュー隊〟は誕生した。その成果はめざましく、ミツバチの失踪や変死が劇的に減った。養蜂家にとっては手間が掛かる作業ではあったが、それでも悪夢のような光景を見ないで済むのであれば、苦労のしがいもあった。

ネオニコチノイド系の農薬は、イネに限らず農作物全般に使用されるので、当初は巣箱の避難場所を探すのに苦労した。ミツバチによる授粉が役立つ果樹園、巨大な温室や山の中腹などに分散させて、対処できるようになった。

「今年も、何とかしのげましたね」

嘉男は首に掛けた手ぬぐいで顔の汗を拭いながら、代田の隣に座り込んだ。

「嘉っちゃんが、避難場所と周辺の田畑を一日も欠かさずパトロールしてくれたお陰だよ」

「俺は暇ですから。それにパトロールしていると、今まで知らなかった場所を発見できるから楽しいっすよ」

まだ二〇代で若いうえに、気むずかしい父に逆らえないひ弱な印象の嘉男だったが、生真面目で何よりハチを愛していた。

「古乃川は上流に行くと細かい沢に分かれるじゃないですか。そこでヤマメの繁殖場所を見つけたんですよ。あと、久々に天然ウナギを釣り上げました」

漁が解禁になると、嘉男は毎日のように川釣りをする。たくさん獲れるとお裾分けがあり、代田家の食卓にも天然の鮎や岩魚が並ぶ。

「そりゃあ凄いな。今度連れてってよ」

「ぜひ、行きましょう。だけど、山の荒れ方が思った以上に酷くて。立ち枯れたものや根本が腐っているような木もあって、悲しくなりました」

それは奥白河村だけの問題ではない。産業としての林業が成り立たなくなり、間伐などの山の手入れも行われなくなった。山は大地の恵みの源であり、荒れた山の麓に実りはないとまで言われるが、今や日本各地の山が瀕死状態に陥っている。

「それ、正一さんも気にしてた。何かいい方法がないかな」

「〝レスキュー隊〟の活動範囲を広げませんか」

嘉男は、この活動が相当気に入っているらしい。メンバー全員のTシャツをデザインして配布し、今年は帽子まで誂えた。

「救わなければならないのは、ハチだけじゃないって思うようになったんです。今のところ〝レスキュー隊〟の活動は夏限定ですけど、村の実りを守るために年間を通してやりたいなと」

高圧的な父の下で萎縮していた青年とは思えないほど、最近の嘉男は積極的で行動的だ。

「じゃあ、来週の打ち上げの会で提案してみたら？　それまでに、何ができるか僕らで考えてみようか」

嘉男は嬉しそうに頷いた。

「代田さん、嘉男さん、こっち向いて」

土屋がデジカメを構えていた。写真を撮られるのは苦手だったが、今日は笑顔で嘉男と肩を組んでカメラに収まった。

「土屋さん、随分たくさん写真を撮るんですねえ」

嘉男の言葉に、土屋は嬉しそうに答えた。

「私、〝ミツバチレスキュー隊〟の広報担当をやらせてもらっているじゃないですか。せっかくだから、ホームページを作ろうと思っているんです」

広報担当という役割などなかったのだが、出版社勤務の経験があるという土屋が「多くの人に私たちの活動を知ってもらうべき」と主張して、自ら買って出たのだ。

「じゃあ僕らの写真も載るんですね」

嘉男は単純に喜んでいるが、代田は気になった。

「どんな内容を考えているんですか」

「まずは、私たちの取り組みの紹介ですね。この活動は画期的だと思うんです。以前、おっしゃったじゃないですか。相手を非難するだけだと何も変わらないって。だから私たちの取り組みを日本中に広げたいんです」

それは代田も考えていた。農家と養蜂家は本来パートナーであるべきなのだ。いがみ合ったところで何も得るものはない。協議会と〝レスキュー隊〟は、その努力の賜（たまもの）だった。

「いいアイディアですね。でも、あまり過激にやらないでくださいよ」

土屋は実行力はあるが、深く考えないタイプだ。代田はくどいくらい釘(くぎ)を刺した。

「私、〝第二の放射能〟という考え方、もっと多くの人に知って欲しいんです。それも併せてアピールしたいと思ってます」

「いや、それはちょっと……。あれは明らかに失言なので」

「何を仰ってるんです。あれは何の問題意識もなく生活をしていた私たちを、目覚めさせてくれた導(しるべ)だったんです。しっかり訴えるべきです。ねえ、嘉男君、そう思うでしょう」

嘉男は困ったようにうつむいてしまった。奥白河村ではコメ栽培の他にリンゴとサクランボが特産物として有名だし、レタス栽培もさかんだった。それらを商品として出荷するためには、農薬も必要だった。養蜂家としてミツバチを農薬の被害から守りたいとは思っていても、近隣の農家を蔑(ないがし)ろにはできない。嘉男が窮しているのを見て、代田が代わって答えた。

「問題意識を持つことは大事だけれど、恐怖で人を煽るのは反対だな」

「その辺りは注意します。でもね、ネオニコチノイド系農薬の害って、かつて〝悪魔の毒薬〟って非難された有機リン系の農薬より怖いそうじゃないですか。そんなの、放っておくわけにはいかないですよ」

代田の話をまともに聞こうとせずに、土屋は自説をぶった。東京から引っ越してきた彼女にとって古乃郷はナチュラルライフのパラダイスであると同時に、情報に対する無知が余りにも蔓延(まんえん)しているド田舎でもあるらしい。もっとも、彼女の知識はインターネットやテレビのワイドショーから上澄みをすくい取っただけの中途半端(はんぱ)なもので、ほとんどが偏見だった。

「ネオニコチノイド系農薬は僕も問題だと思いますよ。でも、怖い怖いと連呼するのはどうかなあ。それに無農薬農業というのは、産業として難しいという現実もあるし」

「そんな弱気でどうするんですか。ウチは夫と相談して、来年から田んぼと畑の半分を無農薬農業に変えるんですよ。やればできますって」

土屋の夫は実家の家業こそ農業だが、本人はずっとサラリーマンで、農業は高校生の頃まで手伝っていた程度だ。父の死を機に跡継ぎとして戻ってきたもののほとんど素人(しろうと)だし、家業としての農業はまだまだ失敗も苦労も多いと聞く。そんな大胆な方向転換をして大丈夫なのだろうか。無農薬農業は従来の農業と比べて、収穫高が二～三割は下がると言われている。さらに独力で販路を確保する必要もあり、たとえそれができても売れ残ることも少なくない。

「代田さんもお読みになったでしょう。レイチェル・カーソンの『沈黙の春』。あの本は五〇年ほど前に書かれたのに、農薬の危険を訴えているんです。なのにみんな金儲(もう)けの邪魔になるとばかりに無視していた。でも、福島第一原発の事故で気づいたんですよ。これ以上黙っていてはいけないって」

農薬の有毒性を指摘してきた米国の生物学者カーソンの名著は、代田も何度も繰り返し読んだ。彼女の勇気ある行動を見習いたいとも思っている。ただ、カーソンの警告を皆が無視してきたという土屋の見解は、誤りだった。

「土屋さんは勉強家ですね。『沈黙の春』は素晴らしい本だと思います。あの本が果たした役割は大きいですよ。かつては水銀やヒ素だって農薬として使われていましたけれど、今では全て使用禁止になりました。また、発がん性の高いＤＤＴも同様です。だから、無視された訳じゃない」

「あら、そうなんですか。でも、ネオニコは怖いじゃないですか。代田さん、勇気を持って日本のレイチェル・カーソンになってくださいよ。私たち応援しますから、ねえ嘉男君」

「俺は、そんな難しい話は分かりません。だけど、農薬も必要だと思うし」

嘉男が控え目に反論した。

「日本のコウノトリが絶滅したのも、農薬のせいっていうじゃないの。古乃郷のホタルが減ったのも、赤とんぼが激減したのも、みんなネオニコのせいなのよ。そんなのを放っておいたら、勇君や日向子ちゃんが大人になった頃には、古乃郷は生き物が住めない死の土地になってるわよ」

幼い我が子まで引き合いに出されて居たたまれなくなったのか、嘉男は「家で用事が残っていますので、この辺で失礼します」と腰を上げてしまった。

「ああいうのを、草食男子って言うんでしょうね。代田さん、私の考え、間違ってますか？」

土屋には全く悪気がないらしい。むしろ自分は正論を言っていると確信している。こういう熱血がもっとも始末が悪い。

「コウノトリの激減と農薬には強い因果関係はありません。明治時代に、田を荒らすコウノトリを農家が乱獲したのと、繁殖地の湿原が減ったのが一番の原因だと言われています。希少種になってからは、農薬の影響も若干ありました。でも、さっきの話はデマに近い」

「多少でも農薬は影響していたわけでしょう。コウノトリはいいとして、じゃあホタルや赤とんぼはどうなんですか」

そんなにあっさり意見を翻さないで欲しい。それに土屋の主張は言いがかりに近い。

「ホタルや赤とんぼの減少とネオニコチノイド系農薬との因果関係も証明されていません。僕もネオニコチノイド系農薬は怖いと思いますし、可能な限り農薬を使わない農業の方がベターだと思います。ただ、根拠のない批判をしても、何も生まれませんよ」

「でも、私たちに何も知らされてなかったのは事実じゃないですか。田舎暮らしを始めたら、子どもたちがもっと健康になると思っていたのに、実は都会の方が安全かも知れないなんて、悔しすぎます」

土屋の怒りや不安は理解出来るが、物事を単純な善悪に二分するのは、複雑化した先進国社会では危険な考え方だ。

「土屋さんが言いたいことも分かります。せっかくHPを作るんですから、正しい知識を勉強して、それを伝える場にしましょうよ。僕も協力しますから」

「それ、いいかも！　ありがとうございます。じゃあ、叩き台を作りますから、ぜひ見てください」

土屋とは距離を置くべきだと、何度も訴える妻の顔が浮かんだ。だが、このまま放っておけば、いずれ彼女はインターネット上で暴走するだろう。返事に困っていると、携帯電話が鳴った。露木だった。

また、厄介事が増えるのではないか——。ふと予感した。

「グッドニュースだ。大泉農創が、おまえと例の農薬開発担当者との対談を認めたぞ」

代田は携帯電話を強く握りしめて、天を仰いだ。

第四章　試練の時

1

今日からしばらく東京に滞在する代田は、早朝に蜂場に出かけて巣箱をチェックした。"いないいない病"の影響で一時は五箱にまで激減した巣箱も、五四箱まで増えていた。分蜂で群れを増やしたり、蜂群を巣箱ごと譲り受け、地道に回復してきた。

また、これを機にニホンミツバチの蜂群を九箱にまで増やした。この種は、セイヨウミツバチのように豊富な蜜量や単一の花蜜は期待できないが、高栄養かつ発酵臭のある独特の味わいのハチミツが採れ、根強いファンを持つ。

巣箱の設置場所は四ヶ所で、一番離れているリンゴ農園のものからチェックし始めて、午前中一杯をかけて全てを回った。細い山道でも機動力があるパジェロミニで古乃郷をほぼ一周すると、あちこちで彼岸花が咲いていた。二週間前は残暑が厳しかった古乃郷も九月半ばに入って、一気に秋めいてきた。この真っ赤な花が咲くと、標高が高い古乃郷のミツバチたちは越冬の準備を始める。花が減って蜜が集められなくなるため卵を産む量を減らし、雄バチの排除に取りかかるのだ。

ミツバチの世界は、圧倒的な女性社会だ。雄バチに与えられた仕事は女王バチとの交尾だけで、それ以外は巣の中でただ無駄飯を食らうしか能がない。

発情期を迎えた女王バチは一度に何匹もの雄バチと交尾して、一生分の受精卵を仕込むと言われている。不幸なのは雄バチで、交尾に成功すると腹部が破裂して絶命する。しかし、女王のお眼鏡に適わなかった雄は再び巣に戻り、次の機会を狙うのだ。

春から秋の蜜源が豊かな季節は、雄バチは一生に一度の交尾の日を夢見て巣で居候し続けるが、やがて越冬の時期を迎えると、働かざる者食うべからずの法則が断行される。雄バチへの餌の供給が止められ、最後は巣から追い出され、野垂れ死ぬ。

そのサイクルを知った時、代田は自然の掟の厳しさを感じた。これは残酷なのではなく、未来に種を残すために最適な手段なのだ。ミツバチと共に生きる暮らしを選んでから、彼らから多くの摂理を教わっていると実感する。ミツバチの死に無駄はない。ただ、種を残すためにせっせと働き死んでいく。女王ですら、生命の法則の奴隷に過ぎない。

地球上の生命に与えられた目的は、個の欲望を満たすことではなく、命の連鎖だ。人間はいつどこで、この法則を放棄してしまったのだろう……。

ミツバチのＤＮＡにプログラムされたルールが単純明快であるだけに、複雑に欲望が入り乱れる人間社会と比べてしまう。種の繁栄を迷いなく選択するミツバチと、可能な限り選択を避けて〝現在〟だけを謳歌する人間。一体どちらが〝賢い生き物〟なのだろうか……。

報道カメラマンとして世界中を飛び回っていた時に目にしたものは、権力者が欲望を満たすために、虫けらのように人を殺す修羅場だった。だが、人間以外の生物は、意味なく相手を殺さない。自然の中では全ては必然なのだ。

なぜ人はこんなにも残酷で愚かなのだろうと、カメラを構えながら何度も自問した。はたして、自分は何を写し撮ろうとしているのか。駆け出しの頃は、この悲惨な状況を切り取り、世界に伝えるのに意義を見出した。自分が感じた衝撃や怒り、そして理不尽を誰かと共有したかった。

しかし、撮るものが悲惨になればなるほど、メディアは無視した。挙げ句に「絶望の中の笑顔とか希望とかを撮ってこい」と言われて、代田は愕然とした。あの場所に希望なんてない。子どもたちがバタバタと死ぬ状況が何を意味するのか。それさえも考えずに、平和な場所で飽食の限りを尽くす連中が口にする希望の軽薄さに、腸が煮えくりかえった。難民キャンプや紛争地帯にも子どもたちの笑顔はある。それもまた日常だからだ。だが、あの地獄において束の間の平和は、ただ悲しみを増幅させるだけに過ぎない。

憤りに我を忘れていたら、「ならば、その絶望を増幅させる笑顔とやらを撮って送ってやれ」と相棒に言われた。

——起きている現実をありのままに写し撮って伝えるのがカメラマンだろ。悲惨な現場だからといって悲惨な光景だけを見るおまえのやり方が正しいとは、俺は思わない。

そう言われた時は露木に食ってかかったが、今なら理解できる。

その後、大勢が飢餓で呆然としている中でただ一人笑顔で赤ん坊を抱く少女の連続写真を撮った。それが世界中に配信され、その写真によって現地の悲惨な現状が多くの人に伝わった。

幾つかの賞を受賞し、カメラマンとして認められた喜びは感じるものの、苛立ちは募るばかりだった。「なぜ、写真を撮るのか」という根本的な疑問に対する答えが見出せなかったからだ。

そんな時に出会ったのが潤子だった。虐殺が続くスーダンのダルフールで、国境なき医師団の一員として難民キャンプで治療を続ける彼女を取材したのがきっかけだった。小柄で華奢な体格ながら、団員の中で一番タフで異彩を放っていた。そして、どんな劣悪な環境でも、彼女は冷静に治療を続けた。また、大人よりも、子どもの救助にこだわった。

潤子の目的は一つしかない。明日のためにベストを尽くす——。

紛争地帯の子どもたちにとって、生きることとは即ち苦痛ではないのか。そんな疑問を抱いていた代田には、彼女の割り切りが理解出来なかった。

——この子達の将来を心配してどうするの。それは、この子達自身が考えればいい。でも、子どもがいなくなれば、未来は終わる。

時に仲間とぶつかってでも、潤子は自説を曲げなかった。また、誰もが諦めるような容態でも、息のある限り治療を続けた。そんな彼女の強さは、代田には驚異だった。

——これ、いいわ。

トウモロコシにかぶりついている少女の写真を指さして、潤子が褒めてくれた。代田が一番気に入っている写真でもあった。〝戦場で生きる〟と題して、子どもたちの逞しさを伝えた雑誌の特集記事の一枚だった。このページでは他にも、水たまりに溜まった水を手で掬って飲む子、ヘルメットを被ってカラシニコフを構える少年——など戦場で必死に生きようとする子どもたちの姿を捕えた写真が何枚も採用された。

――代田君が撮る子どもの目が好きなの。私たちはこの目を忘れちゃいけないと思う。

それを聞いて初めて潤子が自分の写真を気に掛けていたのを知り、本気で驚いた。死にゆく子の傍らでただひたすらカメラを構える仕事なぞ、むしろ彼女は軽蔑していると思っていた。

どんな褒め言葉より嬉しかった。その後、時折開かれる難民テントでの飲み会の席で、潤子を撮らせて欲しいと頼んだ。

「遠慮しておくわ」と断られたが、勝手に撮り続けた。異性として彼女を好きになったからだが、被写体としても魅力的だった。救命中に見せる意志の強さ、子どもと向き合う時の優しさ、そして診察テントの脇で疲れきって地面に座り込んでいる時の姿も印象的だった。そして、ある日「あんなに撮ったんだから、被写体の権利として見せて頂戴」と詰め寄られた。

パソコンの画面に選りすぐりだけを並べた。それでも五〇枚近くあった。全てを見終わると、潤子は「いやな女」とだけ言い残して立ち去った。その直後、潤子が病に倒れた。マラリアだったが、過労で体力が衰えていたこともあり、重体に陥った。代田は戦火を潜り抜け、国連軍基地に彼女を送り届けた。

担架の上で意識がもうろうとする潤子を見て、これが永遠の別れになるのではないかと不安がよぎった。その瞬間に「生きてこの次出会えたら、結婚しよう」と口走っていた。四〇度以上の高熱でうなされながら、潤子は「バカ」と言って目を閉じた。その後、代田もマラリアにやられ、同じロンドンの病院に収容された。尤(もっと)も、彼女は既に回復し、病院で手伝いを始めていたが。まる三日間、眠り続けた後で目覚めた時、潤子に手を握られていた。これは夢か。ならば覚めないで欲しいと思いながら、代田は改めてプロポーズした。

限られた友人だけを招いて形ばかりの結婚式を挙げ、さらに二年、二人はアフリカで激しい日々を共に生きた。そして、どちらが言い出すでもなく、帰国を決めた。

二人をよく知る友人らは、一年もしない内に、戦場に戻るだろうと予想していた。しかし、そうはならなかった。

楽隠居したつもりはない。ただ、今は都会や紛争地帯から離れた場所で世界を眺めた方が良いかも知れないと思っている。

代田が休憩がてらに山の斜面に寝転がって空を見上げている間も、ハチは羽音を立てて懸命に働いている。その速度は目で追うのが困難なほどだ。ハチの元気の良さに安心して立ち上がった時、大きなオニヤンマが一匹のミツバチを捕食した。これ以上の被害を受けないように、ヤンマを追い払った。

白いつなぎ服のポケットで携帯電話が鳴った。養蜂の師匠である菅原寛太だった。

「いよいよ明後日だね」

その日、代田は大泉農創で「ピンポイント」を開発した人物と対談する予定だ。

「気持ちの整理はついたかい」

「整理というわけではないですが、あれこれ考えずに、とにかく会ってみようと思います。テレビじゃないですしね」

大泉農創が対談に応じるという連絡が、露木経由で来たのが二週間前だった。それからずっと悩み続けて、菅原に相談した。彼も代田同様、ネオニコチノイド系農薬の問題を社会に訴えるための努力を惜しまない。何に対しても単純明快な菅原は、「周囲の目を気にせず、聞きたいことを聞いて言いたいことを言って来い」と背中を押してくれた。

企画を持ち掛けられた当初は、代田もそうするつもりだった。また、単に「ピンポイント」の開発責任者というのであれば、平井との対談になんのためらいも感じなかったろう。しかし、例のラジコンヘリ事故で重症になった子が平井の息子なだけに、気が重かった。

「だからこそ、かえって忌憚なく話し合えるんじゃないかな。僕は単純な人間だから、この世からネオニコチノイド系農薬が消えてくれるなら、何でもしようと思っている。でも、悠介君はもっとバランス感覚のある人でしょ。ならば、遠慮なく自然体で話し合えばいいと思うよ」と言って励ましてくれた。一緒に乗り込んで糾弾しようと言いかねないと思っていただけに、嬉しいアドバイスだった。

当初、露木はテレビ局にも取材依頼をかけたがったが、それは大泉農創の広報室から丁重に断られた。テレビ取材では、発言が断片的に切り取られて放送されるという危険性を彼らは恐れたのだろう。そうでなくても不用意に放射能に言及してしまった後悔に今も苛まれるだけに、雑誌のみの取材というのは代田も気が楽だった。

「僕も明日から東京だから、終わったらご飯でも食べよう」

「ありがとうございます。ぜひ、そうさせて下さい」

「とにかく頑張ってね。そういえば、昨日、君の助手さんから、電話でインタビューされたよ。何でも、ミツバチと里山を守るホームページをつくるんだって?」

〝助手さん〟が誰を指すのか分からず菅原に訊ねると、「土屋さんって言ったかな。君のところで助手をしているんじゃないのかい」と返された。

そういえば、土屋が張り切っていたのを思い出した。

「どんなインタビューでしたか？」

「まあ、普段話しているようなことだよ。彼女は、全面的に賛同って言ってくれたよ」

急に心配になって菅原との話を切り上げると、土屋宏美の携帯電話を呼び出した。

2

ちょうどホームページを見てもらおうと思っていたところだというので、土屋宅に向かった。そろそろ東京に向かわなければならない時刻だが、土屋の好き放題を放っておくわけにもいかない。夫の実家を取り壊して建て直したパステルブルーの家屋は、古乃郷では異質の存在だった。田舎暮らしを謳歌しているはずなのに、どこかずれている土屋を象徴する外観だった。

庭先にスマートが停まっていた。彼女の愛車だ。その隣にランドクルーザーを停めた時、エプロン姿の土屋が玄関から出てきた。

「すみません、お忙しいのにわざわざ」

言葉ほどは気にしていなさそうな土屋の頬に白い粉が付いていた。ほのかなバターの香りもする。

「ちょうどクッキーを焼いていたんです。潤子先生への差し入れです」

妻は喜ばないだろうと思いつつ、代田は礼を言った。

玄関を入ると吹き抜けになっていて、気恥ずかしくなるような螺旋階段が正面にある。二〇畳以上はありそうなフローリングのリビングルームには、暖炉もあった。噂では、新居の建築に故義父の保険金をすべて注ぎ込んだらしい。

土屋は自慢げに「アトリエにどうぞ」と誘った。大きな出窓に北欧調のカーテンをあしらった〝アトリエ〟には天然木のテーブルがあり、壁には彼女が撮ったらしい写真が額装して飾ってある。そして窓ぎわに沿ってアップル社製の最新モデルが、ワークステーションのように配されていた。

「こんな感じにしてみたんですが」

〝ミツバチレスキュー隊が行く！〟というタイトルと、代田が撮ったサクラの花の蜜を吸うミツバチの写真がモニターに現れた。

「お茶淹れてきますので、見ててもらえますか」

さすがに東京で雑誌編集をしていたというだけあって、センスの良い読みやすいレイアウトだった。木村嘉男がデザインしたTシャツのロゴやイラストも上手にあしらっている。これなら問題ないかと思い始めた矢先、マウスでスクロールしていた代田の手が止まった。

〝里山を守る私たちからの提言〟というバナーだ。クリックすると〝放射能より怖い農薬の存在〟という見出しが目に入った。

ある日、私たちの郷からトンボもホタルも、そしてミツバチも消えました――。

そんなリードと共に、ネオニコチノイド系農薬に対する糾弾が始まった。大筋は、代田の発言がベースになっている。ただ、言葉の選び方が過激で断定的だった。

〝五〇年前、カーソン女史が危惧した通りの鳥も虫も鳴かない里山が、日本中に広がろうとしています〟という最後の一文まで読み終えると、ため息が漏れた。

「どうですか」

二人分の紅茶と焼きたてのクッキーをトレイに載せて、土屋が戻ってきた。テーブルにお茶とお菓子を並べた後、彼女が自信あり気にモニターを覗き込んできた。

「これは、もうアップしちゃってるんですか」

「ええ。何かまずかったですか」

「ちょっと過激だなあ」

「でも、ウソじゃないでしょ。コウノトリのことも書きませんでしたし」

土屋は根本的に分かっていない。たとえインターネットとはいえ、発信した以上は責任が生ずる。特に農薬問題に取り組んでいる奥白河村の養蜂家が発信すれば、さらに影響力は大きくなる。多くの人にネオニコチノイド系農薬の問題に関心を持ってほしいし、使用はやめてほしいとも思っている。だからといって、市民を脅かすような過激な主張は慎むべきだ。

「これだとまるで、農家は毎日毒をまき散らしているように読み取れますよ」

「あら、農薬は毒じゃないですか。虫を殺すんですから」

土屋のあっけらかんとした反論に、代田は呆れかえった。短絡的すぎる。

「虫は殺しますが、使用法を守れば人への害はほとんどないわけで。それを毒だと決めつけるのは、やめてください」

「代田さん、もっと強気でいきましょうよ。これぐらい過激に書かないと、一般人は目を覚ましませんよ。事故だったとはいえ、静岡の出来事はチャンスなんです。それを生かさないと」

土屋に修正するつもりはないようだ。

「それに、菅原寛太さんも、ネオニコチノイドは史上最悪の農薬だって書いていいとおっしゃっていますよ」

彼女がマウスを手にして、〝養蜂名人・菅原寛太先生かく語りき〟と赤字のタイトルをクリックした。〝ネオニコチノイドは、史上最悪の農薬。ミツバチだけじゃなく、人にも酷い影響〟という見出しが出てきた。

「菅原さんにちゃんと確認を取ったんですか」

「さっき寛太さんからお電話を戴きました。派手だねえ、まあいいけどねとおっしゃってくださいましたよ」

菅原は口癖のように「僕は単純な人間だから、この世からネオニコチノイド系農薬が消えてくれるなら、何でもする」と言う。だからといって、それをそのまま発信するのは、配慮が足りない。

「代田さんは、あちこちに気を遣いすぎですよ。攻撃的にならなくちゃ正義は守れません。被害に遭われた方にはお気の毒ですが、やっぱりネオニコチノイドの怖さを強力に訴えるべきです」

静岡での事故がネオニコチノイド廃絶にとってチャンスという彼女の考えは分からなくもない。ただ、古乃郷の養蜂家連中ですら考え方は一つではない。むしろ農薬を使うなと声高に訴えている方が少数派だった。

「分かりました。土屋さんの意見は尊重します。でも、〝ミツバチレスキュー隊〟のサイトでは、過激な主張はやめてください。この考え方は、古乃郷の養蜂家の総意ではないので」

「それじゃあ意味がないですよ」

自作のクッキーをかじると、土屋が不満顔になった。

「もう少し文言を練りますから、このままやらせてください」

土屋は時々約束を破る。それがわざとなのか、本当にうっかりしただけなのか分からないが、結果的にはそれで自分の主張を通してしまう。注意しても「あっそうでした、忘れてました」と悪びれもせずに返すので、代田は叱れなかった。大抵のことは目をつぶるが、この件だけは見逃すわけにはいかない。

「約束してくれますか」

「もちろんです。じゃあ、その代わりと言ったら何ですが、代田さんにもインタビューさせてもらえませんか」

3

「もう一度申し上げます。ＣＳＲとはきれい事ではありません。企業が生き残るための必然です。それを今夜はしっかりと頭に刻んでお帰り戴ければと思います。ご静聴ありがとうございました」

退屈だったＣＳＲの勉強会がようやく終わった。明日、代田という反ネオニコチノイドの養蜂家との対談が控えている身で来るべきではなかったと、平井は後悔していた。

三日前、結城さおりからメールが届いた。差し出し人の名を見てもすぐに思い当たらなかったが、メールに目を通すなり相手が誰だか気づいた。

〝差し出がましいと思ったのですが、ＣＳＲの本質を分かりやすく解説する有意義な勉強会なので、ご案内致しました。急なお誘いなので、ご不要であれば読み捨ててください。

ちなみに私は出席する予定ですので、改めて後日、概要をご説明することも可能です〟

本題はＣＳＲ勉強会の誘いだと分かると、平井は戸惑ってしまった。名刺交換をした後も、何度もタローの散歩ですれ違った。その都度、年甲斐（としがい）もなくときめきもした。だが、こんなアプローチは予想外だった。

ＦＰ（ファイナンシャル・プランナー）の営業活動だろうと思ったが、嫌な気にはならなかった。それにＣＳ

R推進室に異動してからは、あまりにもCSRについて無知すぎると痛感している。それが解消できるなら、いい機会じゃないか。一日迷った挙げ句に、平井は「伺います」とメールした。すぐに返信が来た。

〝無理強いしたみたいでごめんなさい。では、会場でお会いできるのを楽しみにしています〟

それから、平井はずっと機嫌が良かった。あれほど憂鬱だった養蜂家との対談すら、気にならなくなった。今朝は普段よりも一時間も早く出社して、たまっていた懸案を手際よく片付けた。

午後七時からの勉強会に間に合うよう退社準備を始めた時だ。明日の対談に向けて、もう一度打合せをやると湯川が言い出した。平井は必死で拒んだが、「社長命令だ」とねじ込まれた。午後七時を回った時に、約束があると言って強引にミーティングを切り上げた。最後に湯川が想定問答集なるものを押しつけて「明日までに頭にたたき込んでおいてくださいよ」と釘を刺してきたが、生返事で社を飛び出した。

タクシーで駆けつけたが、会場に着いたのは八時前だった。結城を探すわけにもいかず、最後列でおとなしく講演を聴いた。勉強会終了後に懇親会が始まると、結城のことが気になりつつも、人の流れに押されるように会場に入った。

「あっ、平井さん、来てくださったんですね」

聞き慣れた声を耳にした瞬間、平井のテンションは上がった。

「すみません、出際に捕まってしまいまして」

「お気になさらないで。お忙しいのは分かっていますから」

「とんでもない。おかげで勉強になりました」

さすがに退屈で死にそうだったとは言えない。結城が近くにいた男に声を掛けた。

「先生、先ほどお話ししていました大泉農創ＣＳＲ推進室長の平井さんです。平井さん、こちらはＳＲＭ研究所の所長の田端先生です」

結城の気遣いは嬉しかったが、相手が最後に登壇した講演者だと分かると、げんなりした。こいつの話が一番つまらなかった。

「すばらしいご講演でした。ＣＳＲは最強の経営戦略だというお考えには、感銘を受けました」

心にもないお世辞と共に平井は名刺を差し出した。相手は有名人気どりで名刺も出さなかった。

「御社の疋田社長は、なかなかの人格者だ。農薬メーカーでありながら、ＣＳＲの重要性を大変よく理解されている」

「社長をご存じなのですか」

「過去に二度ほど、講演のご依頼をいただきました。御社にもお邪魔してますよ。社長とはお食事も一度。その時にはお会いしていませんな」

社長と顔見知りだと知って、平井は緊張した。

「九月一日に、異動になったばかりでして」

「元々は研究者でいらしたんですよ」

結城が口添えをしてくれた。

「そういう方をＣＳＲに携わらせるとは、さすが疋田さんだ。期待してますよ」

言うだけ言うと、田端は二人から離れて別の参加者と話し始めた。彼の周囲には名刺交換をしようと意気込む人が列をなしている。やっぱり馴染めない世界だと改めて感じた。

「結城さん、ありがとうございます。すばらしい方をご紹介戴いた」

「私も、さっき知り合ったばかりなんです。でも、御社の社長をご存じだったなんて、ご縁ですね」

我がことのように喜んでくれる結城の笑顔が眩しかった。

「じゃあ、乾杯しましょう」

差し出された赤ワインを受け取ると、誘われるままにグラスを合わせた。

宴会場は人で埋め尽くされ、誰もが顔見知りのように親しげに談笑している。自分だけが場違いな人間に思えた。

「本当にお役に立ちましたか」

「もちろん。ただ、私の知らない話ばかりで、取っつきにくかったのは事実ですが」

「CSRについては、まだまだ曖昧な部分が多くて掴み所がないとおっしゃる方が多いですものね。でも、東日本大震災以降、力を入れる企業が増えたようです」

似たような話を、講演者の一人が言っていた。平井にはピンとこなかったが、他の出席者の多くがいかにもという顔で頷いていた。

「経営が厳しい時なのに、意外ですね」

「想定外の大災害を前にして、誰もが何かをしなければならないって思ったからだそうですよ。社会の風潮に企業が逆らえなかったんでしょうね」

大災害が起きなければ、当たり前のことにも気づかないわけか。

「CSRというのは、企業活動を正当化するきれい事としか思えないんですが」

CSR推進室長に就任して以来、ずっと抱き続けている疑問を口にした。

「実は私も同じような印象があります。でも、きれい事にしろマーケティングにしろ、それで少しでも社会が良くなればいいじゃないですか」

確かにそうかもしれない。

「本業を生かして被災地の復興に協力した企業がクローズアップされました。それによって他社がやるならウチもっていうムードが生まれましたよね。ある意味とても日本的ですけど、それもまたよしじゃないですか」

講演者の押しつけがましい主張には反発を感じたが、結城が言うと腑に落ちる。

「よく勉強されていますね。FPというのは投資のエキスパートだと思っていたんですが、それだけじゃダメなんですね」

「あら、これは仕事とは関係ないんですよ。私、小学一年生から高校まで、父の仕事の関係でアメリカで暮らしてました。アメリカの学校はボランティア活動がカリキュラムとして組み込まれていて、自然とそういう活動に親しむんです。今も幾つかのNPOグループに参加して活動しているんです」

彼女の雰囲気が、普段接している女性たちと違うのも、〝育ち〟のせいなのかもしれない。

「もしかして、被災地にも行かれたんですか」

「去年は頑張って通いました。でも丸一年を過ぎた頃から雑事が増えて、足が遠のいちゃいました」

「私なんて、何かやらなきゃと思いながら、結局なにもしないままです」

「ほとんどの人がそうだと思いますよ。そんな後ろめたさも、CSRが活発になっている理由じゃないですか」

会話の合間にさりげなく彼女の左手に視線を遣った。前から気になっていたのだが、薬指に指輪がない。立ち入るべきではないと思ったが、好奇心に負けた。

「ご家族も理解があるんですね。女性が家を空けるといろいろ大変でしょうに」

「その点は気軽なんです。母と中学生の娘がいるだけですから」

あっけらかんと返されて、かえって戸惑った。同時に、夫がいない理由を知りたくなった。

「すみません、無神経なことを言っちゃって……」

「五年ほど前に離婚して以来、一人暮らしをしていた母の実家に転がり込んでます。おかげで、勝手気ままを楽しんでますよ」

娘を抱えての離婚は、精神的にも経済的にも苦労があったろうに、そういう暗さをまったく感じさせない。どこまでも前向きな姿勢に、さらに好感を持った。

「あら、ごめんなさい。自分の話ばかりしてしまって。せっかくこんな場にいらしているんだから、どなたかご紹介しましょうか。私、知らない人でも図々しく話しかけられますから」

「今日はよしておきます。それより、結城さんさえよければ、もう少しお話をしてもいいですか」

彼女は嬉しそうに頷くと、「何か食べませんか」とビュッフェコーナーに誘った。オードブルやサンドイッチ、寿司などを皿に盛りつけると、人の少ない窓際に移動して、料理をつつきながら話し始めた。

「私たちの会社は、農薬の安全性と理解について強くアピールしなければならないと考えています。しかし企業としてそもそも至極当然の話で、こういうものがCSRなのかとピンとこないんですよ」

「企業の社会的責任という意味では、立派なCSR活動じゃないですか。おそらく平井さんはCSRに本業とは異なる活動をイメージしていらっしゃるから、違和感がおありなんですよ」

図星だった。企業活動から距離を置いた何かをやるべきではないのか。そう考えるのだが、その「何か」が分からない。

「自社だけで活動を完結すると、何となくマーケティングの一環のように見えますよね。でも震災以後は〝協働〟という考え方が主流になりつつあります。なので、地域やNPOなどを巻き込んで活動しようというのがトレンドみたいです」

それらを巻き込んだところで、結局はマーケティングの一環に過ぎない気がする。利益追求を目標とする企業と奉仕活動とはどうしても相容(あいい)れないのではないか。結城はどう考えているのだろう。

「お時間があれば、どこかでその話じっくりしませんか。どうも、私はこういう会が苦手で」

「喜んで。でも、お時間大丈夫なんですか」

あなたとご一緒できるならいつまでも、と言いそうになりながら、さすがに自戒した。

ワインを飲み、料理を平らげると、結城は化粧室に向かった。彼女を待つ間に、念のために携帯電話を確認した。マナーモードにしてあったが、何度か着信があったのは知っていた。どうせ、湯川が文句をいうために掛けてきたのだと思って無視していた。

思った通り湯川からの着信が二度あった。だが、それ以外の三度はいずれも妻だった。胸騒ぎを覚えた。

「ああ、お父さん！　どこにいるのよ！」

妻の携帯電話にかけたのに、娘の陽子が出た。

「なんだ、お母さんは、いないのか」

「顕浩がまた発作を起こしたの。それで、救急車で運ばれて……。今、病院にいるの。お母さんは、治療室に入ってる」

胸が締め付けられた。なぜ。何が原因なんだ。

「どういうことだ。何で発作が起きたんだ」

「分からない。タローとじゃれていたら、突然気分が悪いと言い出して……痙攣し始めたの」

タローが原因でネオニコチノイドの過敏症が起きるなんてあり得ない。

「とにかく、こっちにきて。顕浩もたいへんだけど、お母さんも半狂乱なんだから」

「病院は？」

「総合病院」

「分かった。すぐに向かうから、お母さんにそう伝えてくれ」

電話を切った時、結城が戻ってきた。平井が切り出す前から異変は伝わったようで、彼女の表情が曇った。

4

結城に不測の事態を詫びて、一人で東京駅に向かいながら、妻の携帯電話をもう一度呼び出した。

「あなた、今どこですか？　会社に電話をしたら帰ったと言われたんです！」

夜の予定は、推進室のスタッフには伝えていなかった。

「大手町で勉強会に出ていた。それで、顕浩は」

「今、治療中です。まさかのためにとあなたが作ってくれた資料を渡したら、ご安心くださいと言われたわ、でも」

駆け足だった歩速が緩まった。

「昌子、話を遮って悪いが教えてくれ。顕浩は、タローとじゃれていて発作を起こしたのか」

「そうよ！　だからあんな犬飼わなければ良かったのよ!!」

「顕浩の発作がネオニコチノイドの過敏症なら、犬が飛びついても発作は起きないよ。今日、タローに何かしなかったか」

娘の話を聞いて、一つだけ思い当たる可能性があった。

「何もしませんよ。私は、あの子は苦手だから」

「タローにノミの薬を使わなかったか」

「そういえば、体を地面にこすりつけて哀れを誘うように鳴くから、家にあったノミ退治の薬をたっぷりスプレーしたわ。それが」

「品名を覚えてないか」

「何なの、急に。名前は覚えていませんけどあなたの会社の薬です」

　鈍器で殴られたような衝撃が後頭部に走った。

「昌子、悪いのは私だ。迂闊だった。そんな薬が、家にあるとは思わなかった。あれにも『ピンポイント』と同じ成分が入ってるんだ」

「そんな……。でも、今までも何度も使ってますよ」

　それは、事故に遭う前の話だ。

「事故がきっかけで過敏になったんだから、それ以前は関係ない」

「そんな大事なこと、どうして今頃になって言うんですか！」

　金切り声で叫ぶと、妻は泣き出した。陽子が電話を替わり「とにかく、お父さん、早く病院に来て」と冷静に言った。

通行人と肩がぶつかり、道の真ん中で突っ立っているのに気づいた。嘆いたところで何も始まらない。とにかく病院に急ぐしかない。

もう少し注意していたら、家中の薬剤をチェックしたはずだ。そして、妻に使用してはならない薬剤リストも手渡したろう。ノミ駆除の方法はほかにもあるのだから、タローのかゆみもそれで解消できた。なのに、それを怠った。父親失格、開発者失格だった。

それもよりによってなぜ、今夜なんだ。もし、結城さおりからの誘いに応じなければ、とっくに帰宅していた。

これは天罰なのだろうか……。東京駅で中央線に乗り込むと、混雑の中で携帯電話が鳴った。今度は湯川だった。無視したかったが、電話に出た。

「息子さん、大丈夫ですか」

湯川に訊ねられて、こめかみに汗が滲んだ。

「さっき奥さんから電話がありました。平井さんを探していると。今夜の予定は知らないと申し上げたら、息子さんが、また発作を起こされたとおっしゃって……」

昌子は何を考えているんだ。内心で舌打ちした。会社には知られたくなかった。家族が原因で、「ピンポイント」への不信感がさらに広がるのが嫌だったからだ。それをべらべらと、よりによって湯川に話すなんて……。

「どうやら犬のノミ駆除剤が原因のようですが、もう大丈夫です。ご心配をかけました」

電話の向こうで湯川が聞こえよがしに大きなため息をついた。

「明日の対談は変更できませんよ。本当に大丈夫ですか」

おそらく湯川の電話は、その念押しが目的なのだろう。

「もちろん、問題ありません。ちゃんと問答集を頭にたたき込んで臨みますよ」

平井が早口でさっさと電話を切ったと同時に、電車が神田のホームに滑り込んだ。

5

「何度言えばいいの。私は、食の安全に対する国民の意識を向上させたいの。なのにこれは何」

早乙女は大人げないほど感情的に喚きながら、シンポジウム案をデスクに叩きつけた。秋田が徹夜で仕上げて提出したものだ。

残業していると、六本木ヒルズの最上階にある会員制レストランの個室に増淵と二人揃って呼びつけられた。二〇時厳守と言われて必死で駆けつけたら、一時間以上も待たせたあげく、現れるなりこの有様だった。

秋田が説明しようとするのを、禿げ上がった額を恐縮するように撫でていた増淵が制して話し始めた。

「先生、面目もございません。ただ、ご案内の通り、我が省はそもそも、生産者サイドとしての食の安全にしか関与できないのが現状でして。もしも、消費者対象のシンポジウムをご期待であるならば、消費者庁か厚労省におっしゃって戴くべきで」

「そういう縦割り行政が、この国の混乱の元凶だというのが分からないの」

かなり酒が入っているようで、早乙女の声は普段よりもかなり大きかった。いくら個室でも外に漏れるのではと心配になるほどだ。

増淵は神妙に目を閉じ、いかにもと言いながら何度も頷いている。

「いやはや、仰る通りです。ですので、私どもも粉骨砕身働きかけてはいるのですが、なかなか古い体質から抜け出せないようですなあ」

はなから早乙女の提案を形にするつもりなどない。事前に打ち合せした時に、増淵は断言した。

――この先生がやりたいのは、国民に恐怖を植え付けて現政権を叩くことだ。そんなもんのお先棒を担ぐわけにはいかない。

　それで、早乙女が音を上げるように、のらりくらりと話をかわしているのだ。無論、消費者庁や厚労省には打診はしている。ただし、回答の催促はしないように指示されていた。

「だから税金泥棒って言われるのよ」

　増淵が平身低頭で恐縮するのを見て、秋田も倣った。

　それにしても解せない。早乙女はなぜこれほどまで食の安全にこだわるのだろう。しかも彼女の関心は農薬に絞られている。食の安全を消費者に訴えたいなら、放射能の問題や食品衛生、鳥インフルエンザなどの感染病について考えるのが妥当ではないか。だが、そういう提案はことごとく却下されていた。代わりにひたすら農薬叩きのアイディアばかりを求めてくる。

　早乙女の秘書や彼女を知る官僚仲間に探りを入れたが、早乙女が農業に関心を持っているという情報はほとんど得られなかった。ただ、このところ農薬を勉強しているふしがある。アメリカの農薬メーカーも視察している。農業に無関心なのに農薬にこだわるというのは、一体どんな力が作用しているのだろう。そこから読み取れるのは矛盾だけだった。

酔いによる渇きが激しいのか、早乙女はグラスの水をひと息に飲み干した。

「なら、シンポジウムのタイトルは農薬に絞りましょう。農薬の危険性を考える会にする。これなら他省は関係ないでしょう」

「先生、お言葉を返すようで恐縮ですが、我が省は、日本の農薬は安全だと太鼓判を押している責任官庁でございます。そんなテーマは無理です」

早乙女の拳が勢いよくテーブルに打ち付けられた。

「もういい！　あなたたちには頼まない。会の仕切りは私がやる。ただし、私の求めに応じた人は必ず出席させてちょうだい」

秋田は口では恐縮しながら、内心では安堵していた。これで肩の荷が下りた。

「本当に至りませんで。では、先生のご要望がまとまりましたら、お声がけを戴ければ幸いでございます」

ナマズ顔の増渕が愛想笑いするのを、今日は心底ありがたいと思った。早乙女もこれ以上は我を通せないと諦めたのか、秋田を睨め付けながら、「三日以内に人選をするから、すぐに対応して」と言い放った。

「承知しました。ご期待に沿えるように努力いたします」

まだ何か言い足りなそうに見えたが、早乙女は鼻息荒く部屋を出て行った。扉が閉まった後も、二人はしばらく低頭の姿勢を続けた。物音ひとつ聞こえなくなって、ようやく増淵が身を起こし、苦行から解放されたと言わんばかりにネクタイを力いっぱい緩めた。

「ありがとうございました」

課長の機転に礼を言うと、彼はタバコをくわえた。

「こういう時のために俺のようなロートルがいるんだ。気にせんでいいよ。それより腹減ったな。ここでごちそうになっていくか」

増淵はテーブルの呼び出しボタンを押すと、現れたスタッフに「ここの勘定は、早乙女先生かい」と訊ねた。

「左様です」

「じゃあ、食い物のメニューを見せてくれ。それととりあえず生ビール持ってきて」

秋田は呆れたが、早乙女へのささやかな復讐(ふくしゅう)だと思うことにした。

「承知しました。あの、お客様、こちらの部屋は禁煙でございます。おタバコをお吸いになるのであれば、お部屋を変えますが」

「じゃあ、そうしてくれ」

部屋を替えてもらうと、増淵はくわえタバコでメニューを眺め、刺身の盛り合わせと煮物などを頼んだ。

「ずっと気になっているんですが、早乙女先生が農薬にこだわる理由はなんでしょうか」

ビールで乾杯した後、秋田は疑問をぶつけた。

「俺もそれが気になってな。最初は、注目を集めたいだけなのかと思ったんだが、どうもそうじゃないらしい。で、調べてみたんだが、どうやらアメリカの農業コングロマリットのロビイストたちに、取り込まれているらしい」

そう言えば、早乙女に議員会館まで呼び出された時に、米国人客に出くわしたのを思い出した。あれは、GMOを推進する大手コングロマリット、トリニティ社系列の研究所の関係者だった。その件を話すと、増淵は合点がいったように頷いた。

「それで繋がったな。トリニティは日本進出を狙っているという話があるんだ」

日本国内で、GMOを栽培している企業などない。そこに風穴を開けようというのか。

GMOについては、秋田は可能な限り国内での生産を阻止したいと考えている。それは自然の摂理に反すると思うからだ。詳しく勉強したわけではないので、軽はずみな判断は下せないが、トリニティのロビイストが、日本の国会議員にアプローチしているとすれば、警戒が必要だった。

「じゃあ、早乙女先生は、アメリカのロビイストからカネをもらっている可能性もあるんですね」

「直接受け取れば政治資金規正法に抵触するから、商社を入れるなりして上手くやっているだろうがね。いずれにしても、あの女の原動力はカネと権力。これしかない」

そんなもののために、食の安全などというデリケートなテーマを利用しないで欲しい。いつまでたっても私利私欲でしか動けない政治家のあり様が心底情けなかった。

「まあ、あの先生とは極力関わるな。おまえさんのキャリアに傷がつくだけだ」

あっという間に生ビールを飲み干した増淵は、さらに二合の獺祭純米大吟醸を追加注文した。

「ところで来週は、地方行脚をしてもらう」

唐突な話題が出て秋田は面食らった。それも早乙女の一件と関係あるのだろうか。

「先生の話とは別口だ。我々の本業として見ておいて欲しいものがあるんでね」

「本業って、つまり、強い農業の確立に関係してるんですか」

「まあ、そんなところだ」

秋田は手帳を開いて予定を確認した。来週は数件打ち合わせが入っているが、変更は可能だ。

「どこへ行くんですか」

「まずは八ヶ岳かな。週の後半は淡路島に行くつもりでいてくれ」

淡路島と聞いて米野の顔が浮かんだ。彼とも関係しているのだろうか。それにしても、この二ヶ所が強い農業とどう繋がるのかが分からなかった。

「経産から来た張り切り課長の弁じゃないが、強い農業とは国際競争力のある産業になることだと、印旛室長も考えておられる。そこで、これまで封印していた農業コンビナート構想を復活させる」

封印も何も初めて聞く話だった。

「すみません、農業コンビナートって何ですか」

増淵は鞄を開けると、分厚いファイルを取り出した。

「ここに全部書いてある。来週までに読破しておけ」

これで週末は潰れると覚悟しながら表紙をめくった。

6

午前一時を回った頃、ようやく医師が〝安全宣言〟を口にした。

「お父さんから、あらかじめ緊急時の対応を伺っていたのが幸いしました。明日の朝、様子を見て問題なければ、退院できると思います。ただ、くれぐれもご家庭の薬品管理は厳重にして下さい」

廊下で朗報を聞いた平井は、何度も礼を述べてから、病室に戻った。医師の言葉を伝えると、妻は酸素吸入中の息子にすがりついて泣き出した。それをいたわるように陽子が昌子に寄り添っている。

「陽子、帰ろうか。おまえは明日、学校があるだろう」

「いいわよ、休んだって」

強がりを言っているが、娘の顔も疲れきっている。

「おまえも頑張ったんだ、家に帰って寝ろ。あとはお母さんにまかせろ」

涙顔の妻は、「陽子ちゃん、ありがとう。あなたはちゃんと学校に行って頂戴。明日は、実力テストでしょ」とようやく母親らしい一面を見せた。

「そうだけど。別に受けなくても死なないし」

そう言って弟を気遣う娘の背中を押して、平井は病室を出た。

親子並んで薄暗い廊下を歩きながら、娘の成長を実感していた。身長も一七五センチの自分と一〇センチほどしか違わない。研究バカ、仕事バカで、けっして良い父親ではなかった。でも陽子が生まれた時の感動は今でも覚えている。神奈川でも雪が降るほどの寒い夜だった。妻が破水したと義母から聞いて研究所を出たのだが、降雪の影響で大渋滞して、普段なら一時間ほどで到着する病院まで三時間を要した。何とか誕生直前に辿り着き、分娩室前の廊下で聞いた産声に胸が熱くなった。冬に生まれたのに陽子と名付けたのは、雪をも溶かすほどに明るい元気な娘に育って欲しいと願いを込めたからだ。

もちろん、顕浩が誕生した日の喜びも忘れていない。切迫早産で、予定日の一ヶ月前から昌子は入院していた。母体の負担を軽減するために帝王切開を提案されたのだが、昌子が手術は絶対嫌だと拒絶したため、一二時間にも及ぶ難産となった。四〇〇〇グラムを超える大きな赤ん坊を見て、陽子が「赤ちゃんは、本当に赤いんだね」と言ったのが印象的だった。

誰に似たのか陽子はしっかり者で、面倒見が良かった。頼りない上にすぐヒステリーを起こす母を助けて、弟の面倒を見るというより顕浩の実の母親のように辛抱強く愛情豊かだった。顕浩が素直でスポーツ好きに育ったのは、紛れもなく陽子のおかげだった。

「陽子、晩飯は食ったのか」

「あっ、忘れてた」

「ラーメンでも食って帰るか」

「太るよお」

頬をふくらます娘に笑った。平井から見れば、もう少しふくよかな方が安心なのだが、本人は最近、体重を気にしている。

「今日は気にするな。おまえの好きなもの食べよう」

そうは言ったものの、病院の周辺は真っ暗で、営業している店はなさそうだった。仕方なく二人で国道まで歩いた。そこでようやくコンビニエンスストアを見つけて、おにぎりと弁当を買って、タクシーを拾った。

すっかり寝静まっている住宅街の中で、平井の家だけ明かりが煌々(こうこう)と点(つ)いている。慌(あわ)てて出たため、電気を消し忘れたと陽子が言い訳した。その光が、見覚えのある車を照らしていた。

「あっ、おばさん」

家の前に停まっていたＢＭＷのＳＵＶ車から真智子が降りてくるなり、陽子が駆け寄った。

「お帰り。よく頑張ってくれたね」

母より叔母になついている陽子は、ようやく緊張から解放されたのか涙ぐんでいる。

「ずっと待っててくれたのか」

顕浩の発作は犬のノミ駆除薬が原因らしいと分かった時点で、すぐに妹に連絡した。顕浩が退院するまでに、タローをどこかに移さなければならない。そこでしばらく預って欲しいと真智子に頼んだ。それでタローを預かるために、一時間余りをかけて静岡から来てくれたのだ。

「さっきまで、タローと一緒に散歩に行ってた」

フラットにしたリアシートで、タローが大人しく眠っていた。

「タロー、とてもしょげ返っていたのよ。それで可哀想になったのよ」

「顕浩が発作を起こした時に、タローが大騒ぎして。それで、お母さんが箒で何度もぶったの」

陽子が車のドアをそっと開いて、タローの額を撫でた。いつもならヨダレを垂らして大喜びするのに、今日のタローは唸りもしない。半狂乱でタローを追い回す昌子が目に浮かんだ。

「まっ、お母さんとしては当然でしょ。タローも分かってくれるわよ。それにしても、今夜は冷えるね。ヨウちゃん家に入ろ」

仲良く肩を組む二人を見ながら、平井は玄関を開けた。


三人で遅い夕食を済ませて、シャワーを浴びた陽子が二階の自室に戻ると、平井は一息ついた。

「ビールでもどう？」

真智子が冷蔵庫から缶ビールを二本取り出した。陽子が寝るまでは気を遣っていたのだろう。こんな日くらいはアルコールを体に入れた方が眠れる気もするが、息子が病院で辛い思いをしていると考えると、とてもそんな気分にならなかった。

「くよくよしちゃダメだよ。顕ちゃんは、もう大丈夫なんだから。ちょっとは息抜きしないと」

真智子はさっさとプルタブを引いて、缶を兄に押しつけた。

「じゃあ、一本だけ」

ビールを呷った途端に、大手町を出た時から忘れていた日常の気分が僅かながら戻ってきた。

「兄貴、たまんないでしょう」

長い髪をかき上げながら呟いた真智子の言葉が染みた。こいつはいつも、心の隙間を突くような一言を、しれっと投げてくる。妹にまで強がりを言う気になれず、平井は降参した。

「俺がもう少し注意していたら、こんな事にならなかったんだ」

妹の手が平井の手を握りしめた。

「自分を責めない。宣兄は昔から何でも背負い込むでしょ。悪い癖だよ。姉ちゃんたちみたいに、何でも自分の都合の良いように考えないと」

家業の大きな茶園を継いだ長男も、県議会議員夫人の姉もどちらかといえば脳天気に生きている。四人兄弟の中で平井だけが生真面目な性格だった。

「だがこればっかりは明らかに俺の落ち度だ」

「落ち度があると言うなら、義姉さんにだって当てはまるよ。そもそもノミ駆除の薬を使う前に、成分ぐらいチェックすべきだって」

妹は昌子を露骨に嫌っている。研究にしか興味を示さない平井を見かねて、当時の上司が見合いの世話をしてくれた。最初の見合いで大人しくて真面目そうだからと昌子に決めた。だが、婚約した時から、真智子は結婚に反対だった。

――平凡なくせに見栄っ張りの女なんかと一緒になると、苦労するわよ。

認めたくはなかったが、妹の警告通りになった。昌子は世間体を極端に気にし、おまけに自分がないがしろにされたと思い込むとヒステリーを起こす。育児でも、ささいな失敗でダメな母親だと落ち込んで塞ぎ込んでしまう。

「タローの世話は俺の役目なんだ。それを怠ったのがそもそも悪い」

「まっ、夫婦の問題だから、私はとやかくは言わないけどね。それはそうと、兄さん、転職を考えたりしないの」

「ないな。農薬開発は俺の天職だ」

「でも、外されたんでしょ。ＣＳＲって言えば聞こえが良いけど、陸に上がったカッパでしょ」

胸の奥までぐさぐさと突き刺さる言葉だった。強がりが見透かされている。突然異動の辞令が出た時、真智子に愚痴ったのを悔やんだ。

「俺も最初はそう思った。だが、企業の社会的責任を考えるのも、大事な仕事だと思い始めている」

「宣兄には、ずっと大学の研究室にいて欲しかったな。サラリーマンの出世というより、大学教授になって研究ばっかりしてるって人生の方が似合ってるよ」

　そんな可能性はあったのだろうか……。黙ってビール缶を見つめていると、真智子が立ち上がった。

「シャワー借りるね。で、ちょっと仮眠したら帰る」

「ちゃんとアルコール抜けよ。それまでは運転はダメだぞ」

　今夜のうちに帰ると言いながらビールの残りを飲み干す妹に、平井は釘を刺した。

「これぐらい飲んだからって大丈夫と思うけど、確かに飲酒運転になるね。じゃあ、朝までご厄介になるわ」

「客間に布団敷いてやるよ」

「ソファで充分」

「よくない。困る」

　リビングに寝られると、片付けが進まない。今夜中に家じゅうの薬品を処分してしまいたかったし、明日の対談に向けて準備もしなければならない。

　バスタオルと、パジャマ代わりのスポーツウェアを真智子に渡すと、平井は一階の客間に布団を敷いた。その足で、タローの餌や散歩道具などをまとめて玄関口に出している時に、真智子が風呂から上がってきた。

「先に寝るわ。いずれにしても、タローちゃんの様子は小まめに見に来てやってね」

作業に夢中になっていた平井は生返事を返して、玄関のクローゼットを開いた。ノミ駆除薬のスプレーが転がり出てきた。〝ノミバスター〟という商品には、「ピンポイント」と同じネオニコチノイド系の薬品が使用されている。それを見落とした悔しさが再び込み上げてきた。それ以外にも農薬成分を含むものがないかを確認し、懐中電灯を手に庭に出た。ガーデニングや家庭菜園は昌子の趣味で、園芸道具もかなり多く揃っている。それらは裏手のロッカーにしまっているが、そこにも家庭用農薬があるはずだった。

案の定、野菜用の農薬に「ピンポイント」が含まれていた。己の杜撰さに呆れ果てた。疲れがドッと襲ってきて、暫くロッカーに凭れて座り込んだ。

滑稽なものだ。今まで、絶対安全と信じてきたものを、まるで爆弾を探すように必死になっている。使用法を誤らなければ、人体に影響はない。「ピンポイント」の開発に携わってきた自分は何度も断言してきた。なのに、この体たらくだ。

「こんなことで、明日、大丈夫か」

今夜は悪あがきせずにシャワーでも浴びて、おとなしく寝た方がいいかも知れない。そう決めて立ち上がろうとしたらふらついてしまい、ロッカーに当たった拍子に中の物が外に転がり出た。それらを元の場所に戻す手が止まった。懐かしい絵本の表紙が目に入ったのだ。

顕浩が生まれてすぐに、真智子からプレゼントされた絵本だ。角がめくれ、表紙もすり切れていたが、平井は懐かしさの余り本を開いた。

〝ゆうたくんちのいばりいぬ〟というシリーズの絵本で、シベリアンハスキーの子犬、じんぺいの視点から、幼い少年ゆうた君とその家族の日常を描いている。

子どもの教育に良いと昌子が言って、顕浩には乳児の頃から絵本を読み聞かせていた。顕浩は、特にこの絵本がお気に入りだった。そう言えば、顕浩が最初に覚えた言葉は、「いぬ」だった。ワンワンという赤ちゃん言葉ではなく、「いぬ」なのも、この絵本の第一巻『ゆうたはともだち』の冒頭が〝おれ いぬ〟で始まるからだ。この本がきっかけで、顕浩はシベリアンハスキーに執心し、真智子が友人から、子犬のタローをもらってきてくれたのだ。タローという名は陽子が付けたのだが、顕浩は長い間「じんぺい！」と呼んでいたのも思い出した。

「あんなに仲良しだったのにな。それが、こんなことになってしまって」

絵本をめくっているうちに、涙が滲んで視界がぼやけた。それを慌ててワイシャツの袖で押さえた時、真智子の車の中でタローが吠えた。

7

浅い眠りと覚醒の間を行き来していた代田は、目覚まし時計の電子音で現実に引き戻された。汗だくだった。

久しぶりに、灼熱の太陽の中で砂と土の大地を彷徨う夢を見た。周囲では、血まみれの子どもや女性が呻いている。いくら呼びかけても返事どころか、誰も視線すら合わせない。自棄になってカメラを構えたつもりが、シャッターを切ると銃弾が飛び出して、虫の息の難民に止めを刺していた。

カメラマンだった頃に何度も見た悪夢だった。養蜂業を始めてからは一度も見なかったのに、なぜよりによって今日蘇ってきたのだろう。

「やっぱり、露木さんとあんな話をしたからかなぁ」

昨夜は、露木と菅原寛太、そして対談を企画した編集者と遅くまで酒を酌み交わした。明日はわだかまりを全て吐き出せと露木にはっぱをかけられて、もやもやしていたものが吹っ切れた。散会した頃には、対談が待ち遠しくなったほどだ。

気分がよくなって露木と二人、ホテルのバーで飲み直した時、どちらからともなくアフリカの思い出話になった。

それがいけなかったのだろうか。だが、悲惨な話ばかりをしたわけではない。最近は、アフリカが不幸でニッポンは幸せだとは思えなくなってきたと代田が漏らすと、露木も全く同感だと言った。それでつい盛り上がった。

——豊かさって何なんだろうな。日本は物に溢れているけど、生きるために必要な精神の芯のようなものが消えちゃった気がするんだよな。

ジャックダニエルを舐めながら、露木はしみじみと言った。

——芯がないのは、生命力が弱くなったってことですかね。ネオニコチノイド系農薬の問題と取り組むようになって、生き残ろうとする生物の強い意志をよく思い知らされます。

どれだけ過酷な環境でも、生き残る生物がいる。子孫の繁栄をおびやかす脅威に直面しても、時に自らの体質を変えてでも生き抜こうとする。その強かさからすれば、農薬なんて所詮、子どもだましに過ぎない。その一方で、人間は生命力をどんどん失っている気がする。特にニッポンの若者にそれを強く感じる。なぜ生きているのかと訊ねて、明快な答えを持つ若者がどれぐらいいるのだろうか——。

そんな話題で夜が更けた。結局、酒が過ぎ服を着たまま眠り込み、朝を迎えた。

頭をかきながらカーテンを開け、日射しのまぶしさに目を細めた。まともに戻るには、冷水シャワーにかぎる。

髭もきれいに削ってバスルームから出ると、テレビのスイッチを入れた。民放のハイテンションな局アナの声が鬱陶しくて、NHKに変えた。淡々とした口調で今朝の話題を伝える画面を眺めながら、冷蔵庫からオレンジジュースを取り出して一気飲みした。

〝砂漠の真ん中で、トウモロコシが採れる——。次は、アフリカで始まったあるプロジェクトの話題です〟

耳に入った単語に興味を覚えた代田は、濡れた髪をバスタオルで拭く手を止めてニュースに集中した。

〝植物が育つには、水が不可欠。その常識を覆すプロジェクトが、今、サハラ砂漠で始まっています〟

赤道直下特有の強い日射しの砂漠で、大きなトウモロコシが実を結んでいた。ベッドの上に放り投げてあったリモコンでボリュームを上げた時、そのトウモロコシは遺伝子組み換え作物として開発された新種だという説明が流れた。それを、ある財団が無償でこの国に配布しているのだという。

〝総人口七〇億人を突破した地球は、僅か四〇年ほどで九〇億人に達すると言われています。急増する食糧問題に、この取り組みは夢の果実を結ぶのでしょうか〟

電話の脇にあったメモ帳に、プロジェクト実施の現場となっている国名と、GMOのトウモロコシの種を無償供与している財団名を書き留めた。少し調べてみようと思ったのだ。

慢性的な食糧難に悩み、年間数億人が飢餓で苦しんでいるというアフリカ大陸にとって、砂漠で栽培できるトウモロコシは福音に違いない。だが、代田は、遺伝子組み換え作物なるものに抵抗感があった。そこまでして食糧を供給すべきなのだろうか。あやふやな知識で批判はしたくないが、単純に夢の果実と絶賛することには違和感を覚える。

携帯電話が鳴った。妻だった。

「ちゃんと早起きしているなんて偉いじゃないの。露木さんと一緒だと聞いてたから、てっきり二日酔いで寝坊しているかと思って電話したんだけど」

潤子にしては珍しい心遣いだった。

「ゆうべは潤子の想像通りの展開になったけど、大丈夫だよ。ありがとう」

電話の向こうでは、二人の子どもたちが電話を代われと騒いでいる。

「対談、できそう？　覚悟を決めた？」

そうか、本当はそっちを心配してくれてるんだな。東京に行く前夜、対談に対する迷いと不安を妻に打ち明けた。彼女のアドバイスは、単純明快だった。

——敵だと思っている相手と、ちゃんと向き合うために会うんだって言ったわよね。向き合う勇気がないのならやめればいいじゃない。

それを聞いて覚悟を決めたつもりだった。だが、潤子の目はふし穴じゃなかったのだろう。

「昨日、寛太さんや露木さんと飲んで話したお陰で、勇気を持って臨めそうだ」

「よかった。じゃあ、健闘を祈る」

「今、ＮＨＫでアフリカの砂漠で、トウモロコシを栽培しているってのを見たんだけど」

「私も見たわ」

「ＧＭＯをどう思う？」

「人類が新しく手に入れた打ち出の小槌ね。そして、誰も止められない。もしかしたら農薬問題も、ＧＭＯが解決してくれるかもよ。害虫がつかない大豆とかあるみたいだし。いつかバチが当たるわ」

潤子らしい言い回しだった。

「アフリカにとっては、福音かな」

「でも、何世代か先の子どもに害が出るかも知れない。尤も、いずれはやらなければならない時がくるんでしょうね。GMOか飢餓地獄か。人類の究極の選択ね」

強い正義感と併せて、世界が抱える現実の厳しさも知っている者の見解だった。

「それより悠介、あなたが写真を撮ろうとする時の目で、相手と向き合うのよ。あの目で見つめられると、つい本音を言いたくなるから」

8

妻からの電話で午後には顕浩が退院できそうだと聞くと、平井は脱力したように椅子の背もたれに体を預けた。これで心おきなく、対談に集中できる。対談は午前一〇時半から一時間半の予定で、社の役員応接室で行われる。顕浩の診断を聞くまでは、気が散って想定問答集の文字が上滑りしていた。

「お疲れですね、大丈夫ですか」

声を掛けられて体を起こすと、村瀬がコーヒーをデスクに置いた。

「ありがとう。嬉しいな、ちょうど飲みたかったんですよ」

村瀬は口元だけほころばせた。

「息子さん、大丈夫でしたか」

湯川にしか話してないのに、村瀬まで昨夜の一件を知っているのに驚いたが、平静を装って礼を言った。

「お陰様で今日中には退院します。ご心配をおかけしました」

「そんな状況の中で気の張る対談は大変かと思いますが、よろしくお願いします」

思いがけない村瀬の優しさに、平井は嬉しくなった。

「ありがとう、ご期待に応えられるように頑張ってきます」

コーヒーは濃厚で苦かった。ゆっくり味わいながら問答集に集中し始めたら、電話が鳴った。

「奈良橋専務がお呼びです」

専務そっくりの高飛車な秘書の口調が、平井の神経を逆撫でした。

「まもなく、取材を受けるんだが」

「その件で、お話があるそうです。お時間は取らせません」

奈良橋は話に熱が籠もると時間を忘れてまくし立てる。そんな人が対談時間までに話を終えられるわけがない。うんざりしながら平井は席を立った。

「おお、忙しいのに悪いな」

冷房がしっかり効いているのに、ワイシャツを腕まくりしてネクタイを緩めていた専務が、平井を応接セットに誘った。

「まあ、座れ」

そう言ってタバコをくわえた専務に卓上ライターで火をつけてやってから、平井はソファに腰を下ろした。

「息子さんは大丈夫なのか」

まさか奈良橋の耳にまで届いていたとは。

「湯川から聞いたんだよ。何なら、対談なんてキャンセルしていいんだぞ。相手は、評判のごろつきのようじゃないか」

今日の相手がごろつきかどうかは平井には分からなかった。対談する養蜂家や司会役を務めるジャーナリストの過去の発言をチェックした限りでは、農薬に対する誤解はあるが、何でも反対する市民活動家とは違う気もした。

「ご心配はうれしいですが、たぶん大丈夫です」

「あまりムキになるなよ。君が我が社の材の評判を守りたいのは分かる。だが、挑発には絶対に乗るな。それだけだ。健闘を祈る」

火をつけたばかりのタバコをすぐに灰皿に押しつけると、奈良橋が立ち上がった。

これを言うためだけに呼びつけたのか。開始三〇分前の気が張っている時に、なんて無神経な。思わず、専務を見つめてしまった。

「俺は明日から、アイダホだからな」

米国農薬メーカーへの視察旅行が、明日から始まるのを思い出した。

「そうでしたね。お忙しい中、励ましてくださって感激です。専務のご出張に実りがありますように」

「当たり前だ。わざわざアイダホくんだりまで行って、何の収穫もなかったら、俺はクビだよ。留守中は研究センターが手薄になるから、ケアだけ頼む」

〝ミスター営業〟と呼ばれる奈良橋が、研究に気遣いをするのが引っかかった。いつにない配慮に違和感を覚えながらも、「おまかせください」と請け合った。そして部屋を出ようとした時に、もう一度呼び止められた。

「そうだ。一つ聞きたいことがある。『ピンポイント』は、あとどれぐらい保つ？」

「おっしゃっている意味が分かりませんが」

「商品として、さらに農薬の効果として、市場に受け入れられるのはあと何年くらいだと思う？　他社の同系統の材の中には、虫が耐性を身につけてしまったものもあるらしいぞ」

その噂は平井も聞いている。

「『ピンポイント』では、まだ一例の報告もありません。だとすれば、五年以上は大丈夫なはずです。それに散布方法などを工夫すれば、さらに五年から一〇年は充分通用します」

「そうか、分かった」

なぜ、「ピンポイント」の寿命が気になるのかを訊ねたかったが、奈良橋は既に書類に目を落としていた。

9

待たされるのは嫌なものだ。対談の準備が整った役員応接室で、代田はひとりで待っていた。

予定時刻を一〇分過ぎただけだったが、ずい分と時間が経ったように感じる。一〇人以上が会談できそうなほどの広さがあるが、実際にいるのは司会役の露木を含めて三人だ。大泉側は見映えのよさを気遣ったのだろうが、あまりに広すぎてかえって殺伐としている。

部屋の中央にぽつんと置かれた二脚の肘掛け椅子の一方に掛けて、手持無沙汰で待っていた。壁に沿って並べられた椅子には、「月刊文潮」の編集者と、大泉農創の広報室長らが静かに控えている。

「お待たせして申し訳ございません。前の会議が少し延びておりまして」

言葉は丁寧だが事務的な口調で広報室長が詫びた。

「まったく問題ありません。ここは景色がいいですね。都心のど真ん中とは思えない」

窓からは明治神宮の森が見下ろせた。

「弊社の数少ない自慢ですよ。疋田などは、仕事の手を休めるたびにあの森を眺めて、自然との共生について考えるのだそうです」

農薬メーカーが自然との共生とは本末転倒な気もするが、誰でもそういう気分になる豊かさがあそこにはある。

「人工の森なのに、極相を目指しているんですよね」

明治神宮の森についての書物に述べられていた、森の理想形だった。

「そして弊社の取り組みの理想でもあります」

何がなんでも自然との共生を「弊社の取り組み」にしなければ気がすまない広報室長に呆れながら、代田は窓辺に近づいて森を見下ろした。

「大変、お待たせしました。CSR推進室長の平井宣顕でございます」

広報室長の隣に細身の男性が立っていた。ダークスーツに白いワイシャツ、グレイのネクタイをきちんとつけた姿は、真面目そうな人柄を表していた。ダンガリーシャツに濃紺の麻のジャケット、ジーパンという格好の代田とは対照的だった。

代田が一礼すると、対談相手はあらためて挨拶しながら名刺を差し出した。数十センチの距離で平井と目が合った。

澄んだ眼をしている。緊張はしているようだが、誠実さを感じた。

「お時間を戴き、ありがとうございます」

平井は立会いの編集者らにも一人ずつ挨拶してから、指定された席に腰を下ろした。堂々とした態度と、椅子に深く座っても背筋が伸びている姿勢を見て、対談に臨む平井の覚悟を知った。

「まずは、今回の対談の趣旨について説明します」

対談の目的は、八月に起きた農薬事故についての所感、そして、世間で危険視されているネオニコチノイド系農薬についての見解、最終的には、食の安全についてまで踏み込みたいと、司会役の露木が説明した。いよいよ、始まる。

「お話を始める前に、使用者の過失とはいえ、弊社の農薬で、お辛い思いをされた代田さんに心からお見舞い申し上げます。もう、体調は大丈夫ですか」

露木が本題に入ろうとした時、平井が訊ねてきた。

「ありがとうございます。数日は目や鼻が辛かったですが、今は全く問題ありません。それより、息子さんが事故に遭遇されたと伺いました。本当にお気の毒でした」

「皮肉な事故だったと思います。とにかく健康を取り戻せてホッとしています」

平井の横顔に父親の片鱗(へんりん)が覗(のぞ)いたように思えて、思わず代田は切り出した。

「あの、僕からもひとこと言わせてください。出演したテレビ番組で、農薬の恐怖は、放射能以上だと発言してしまいました。あれは軽率な失言だったと反省しています。お詫びします」

よほど意外だったのか、平井は目を見開いて見つめ返してきた。しかし、それについては何も言わず、黙って小さく頷(うなず)いただけだった。

「では、始めますか。平井さんには大変お辛い質問だと思いますが、『ピンポイント』を開発された当事者として、その現実をどう受け止めておられるかを、まずお聞かせ願いたい」

容赦なく露木は言った。酷い問いだった。だが、問わねばならない事柄でもあった。肘掛けに置かれた平井の手に力が籠もった。

「先ほども申し上げましたが、皮肉な巡り合わせだと思いました。ただ、私が開発責任者だったことで、息子をはじめ被害に遭われた方へ迅速な応急処置ができたのではないかとも思います」

露木が前夜に予想した通り、相手は想定問答集を用意してかなり練習しているようだ。父としての感想よりも、その後の対応の早さを強調している。いわば社としての回答だった。

ならば、こちらもシビアにいこう。

「農薬による急性中毒のための解毒剤を義務付けるべきではないでしょうか」

「まったく同感です。私の肩書はCSR推進室長ですが、つい先日までは研究漬けの毎日を送っていました。それが現部署にいるのは、今回の事故を踏まえ、より積極的な事故対策マニュアルを作成するにあたり、弊社の社会的責任として解毒剤の開発も視野に入れるべきだと考えるからです」

「それは御社の総意ですか」

「さぁ……どうでしょうか。しかし、私自身はそれを一つの使命にしたいと思います」

「ぜひ、そうしてくださいよ。とはいえ、なぜ我々の社会は農薬なしでは成り立たないのでしょうか。僕はやっぱり使って欲しくない」

「そういう意見が少なくないのは事実です。しかし、現実的ではないのではありませんか」

　シビアな話を振ったつもりだが、平井は相変わらず落ち着いている。しかも頭ごなしに否定するのではなく、代田の意見を尊重する姿勢すらある。

「現実的ではないとは、どういう意味でしょうか」

「適正かつ安全な農薬があるからこそ、私たちはおいしく安心な農産物を安価で手に入れ、食べられるのではありませんか」

　この辺りから、意見の対立が始まると覚悟した。

「でも、消費者心理からすると、農薬はないにこしたことはない」

「代田さんのご意見には同感ですが、それは現実的ではないと思います」

「何が現実的じゃないのでしょうか」

「無農薬の農作物では、現在の価格維持は不可能でしょう。誰もが高価な無農薬野菜を毎日買えるわけではない。また、安全を求める一方で、消費者の方はおいしそうな形状や虫の付いていない商品をお求めになる。それは、無農薬ではほぼ不可能です」

代田自身、過去に何度も農薬メーカーや農家から聞かされた話だった。

「安さと見た目の方が大事で、安全性は二の次？」

「そう決めつけているわけではありません。また、絶対安全だと申し上げるのは不誠実です。しかし、使用法を誤らなければ、健康に害はありません。それに市場に安定供給するためにも一役買っていると思いますよ。さらに、農薬には作物の味を守る役割もあることを代田さんはご存知ですか」

初耳だ。代田は興味を覚えた。それを察したように平井は続けた。

「一部の方から、茶葉は農薬の散布量が多いとお叱り（しか）を受けます。確かに農薬の残留基準値がお茶だけ高いのは否定できません。しかし、それにはわけがあります。茶葉は虫にかじられると、独特の甘みが飛び、渋いお茶になってしまいます。高級茶にとってアミノ酸成分豊かな甘みこそが命なのですが、その味が損なわれるのです」

お茶については農薬の基準値が高いのがずっと気になっていたが、風味の良さを守るためとは知らなかった。

「ご存じのように、ネオニコチノイド系農薬は時間と共に分解されます。味と安全という、農産物の重要な二つの使命を、農薬はサポートしているんです」

とても上手な言い回しだった。このままでは、平井に圧倒されてしまう。

「つまり、農薬は必要悪だとおっしゃりたいわけですね」

攻めどころを変えてみた。カメラマンが平井の反応を狙(ねら)って、レンズを向けた。当人は腕組みをして考え込んでいる。

「私も、弊社も、農薬を必要悪だと考えたことは一度もありません。これは、きっぱりと申し上げたい。農薬は、農業の根幹を支えるために重要な資材です」

農薬関係者の信念、いや、自負か。平井の口調には揺るぎないものがあった。それは本当に正しいのか——。代田のジャーナリスト魂に火がついた。

「つまり、なくてはならないものだと？」

「そうです。例えば、医薬品を考えてみてください。化学物質である医薬品を否定して、漢方や民間療法しか受け入れないという方がいらっしゃる。しかし、我々の多くは、病を癒(いや)すために医薬品を使いますよね。それと同じではないですか」

農薬は悪か、という議論でよく引き合いに出される例だ。

「でも、医薬品はクスリで、農薬は毒物でしょう」

そう返すと、平井は笑ったようだ。白い歯が覗いた。

「殺虫剤ですから、農薬は毒だと言えるでしょう。しかし医薬品も使い方によっては、毒になります」

「つまり、正しく使えば、安全だと」

「そのとおりです」

できれば言いたくなかった問いが、喉元まで上がってきた。露木と目が合うと、まるで見透かすように大きく頷かれた。

「息子さんが、農薬で命を落としかけた今でも、そう断言できますか」

10

優しい目をして酷いことをいう男だ。

なんとか平静を保ってはいるが、平井は対談相手を睨み付けずにはいられなかった。

代田の第一印象はおとなしそうに見えた。彼が出演したテレビ番組や、ネオニコチノイド系農薬を糾弾する講演会の映像も事前にチェックしたが、その時に抱いたイメージと実物は正反対だ。映像資料で見る代田は、いつも好戦的で過激だった。その印象と合致するのは、ぶつけてくる質問の内容だけだ。想定問答集なんて無用だと一度は撥ね付けたが、今回ばかりは問答集を押しつけていった湯川に感謝しなければ。あらかじめ答えを用意してなければ、失言を連発していた可能性が高かった。

今、投げてきた問いも、予習済みだった。しかし、いざ生の声でぶつけられると、厳しかった。

「代田さん、それはちょっと酷ではありませんか」

心から気遣うように湯川が嘴を挟んだ。広報室長が止めるのを遮って、当事者の平井はきちんと答える、想定上はそういう段取りだった。

だが代田の目はこちらを見据えたまま微動だにしない。湯川の言葉に応じるつもりはなさそうだ。平井は下腹に力を入れた。

「息子が」そう切り出した瞬間、昨夜、酸素吸入をする顕浩の顔がよぎった。そのまま言葉を失いそうになる。咳払いをして、ミネラルウォーターで喉を湿らせた。

「息子は農薬で重体にはなりました。しかし農薬は安全だという考えは変わりません」

「それは、開発者としての矜持ですか」

容赦ない攻撃ではあったが、なぜか笑いそうになってしまった。善悪の二元論ですべてが解決する時代ではなくなったと平井は思う。今や世界はもっと複雑に入り組んで成り立っている。

「そんな立派なものではありません。日本の農業を支えるために、社員一同が日々考えていることです」

「うーん」と唸り声を上げて、代田が天井を見上げた。

「何だか、かっこよすぎませんか。いや、立派すぎだな。僕なら、息子を生死の境に追い込んだものを自分が作っているなんて皮肉は、到底受け入れられませんよ」

挑発に乗るべきではない。だが、言わずにはいられなかった。

「では、代田さん、あなたが飼育されているミツバチに、ご自身のお子さんが刺されて重体になられたら、ミツバチは危ないからとすべて焼却処分しますか？」

湯川が慌てている。知ったことか。こうなれば、遠慮している場合ではない。

「それは厳しいなあ。でも確かに、そういうリスクはありますね。養蜂業は辞めないと思いますが、自分自身を一生責めると思います。原因は僕の監督不行届にありますから」

「私の気持ちも、代田さんと同じです。農薬は安全だという認識を変えるつもりはありませんが、このたびの皮肉な巡り合わせに対して、複雑な思いはあります」

「それでも、農薬は安全だという意見は揺るがない？」

「意見ではありません。事実です」

　そう言い放った瞬間、はじめて確信を得た。そうだ、自分は盲信しているのではない。科学者として証明した事実を伝えているだけなのだ。

　代田は迷っているらしい。今まで微動だにしなかった視線が揺れている。

「ちょっと話題を変えたいと思います。ネオニコチノイド系農薬について、医療関係者からは、幼児への健康被害が深刻だという報告がありますが、平井さんはどう思われますか」

　それまで黙って見守っていた司会者が、淀んだ空気を断ち切った。

「他社の薬剤で、そのような例があるという学会報告は知っています。しかし、『ピンポイント』では、そうした被害報告は過去にありません」

「では、可能性はないと」

「可能性を話すなら、科学には0も100もないとお答えするしかありませんね」

　司会者が、苦笑いを浮かべた。ついに我慢の限界なのか、そこで湯川が割り込んできた。

「ご承知の通り、ネオニコチノイド系農薬は、有機リン系農薬が健康被害を及ぼす可能性があるという消費者団体からの要請を受けて、農水省等から薬剤の変更が望ましいというご指導の下、主力商品となったという経緯があります。平井が申し上げた通り、弊社の薬剤での健康被害報告はありませんし、他社を含めた健康被害も、有機リン系農薬より軽減されています」

有機リン系農薬の健康被害が騒がれた時、声を大にして大泉農創は「弊社の農薬は安全！」と叫んでいた。そんな過去など忘れたかのようにアピールする湯川を見ながら、平井は呆れていた。これがこいつの処世術か。

「でもネオニコチノイド系農薬によってミツバチの生命はおびやかされていますよ」

再び湯川が答えようとしたので、平井は制した。

「その件については、我々の配慮が足りなかったかも知れません。当初からミツバチへの影響は承知していたのですが、農薬散布の際には箱を避難して戴くものだと思い込んでおり、敢(あ)えて取扱説明書に記載する必要を感じておりませんでした」

この問題は農家と養蜂家のコミュニケーションの問題であり、農薬メーカーには責任はないと突っぱねたかった。湯川は穏便な言い回しをすべきだと言って譲らなかったが、そこまで卑下しなくてもいいように思う。

「つまり、僕らがうっかりしていたと」

すかさず相手は、平井が言下に匂(にお)わせた本音を嗅(か)ぎ付けたようだ。

「そんなことは申し上げておりません。ただ、そもそも農薬は害虫駆除が目的ですから、大なり小なりミツバチへの影響は考慮されてきたという経緯から、言わずもがなだと思い込んでいたのです」

「ネオニコチノイド系農薬は、従前の農薬に比べてより強く里山の生態系を破壊していると、僕らは考えています。そういう意味で、レイチェル・カーソンの『沈黙の春』がいよいよ現実になったと恐れている人もいます」

カーソンの名が出た瞬間、平井はうんざりした。農薬の危険性について警鐘を鳴らしたカーソンの勇気については、評価はする。

だが、多くの反農薬派の連中は、大きな勘違いをしている。それは、現代の農薬はカーソンが鳴らした警鐘を踏まえて開発されているということだ。言ってみれば、自分たちこそが、カーソンの申し子なのだ。

「代田さんがお住まいの地区での生態系の危機について、私はお答えできる立場にはないと思います。ただ、『ピンポイント』が日本の生態系を歪ませているという報告を未だ耳にしたことはない、としか私からは申し上げられません」

不意に「月刊文潮」の編集者が立ち上がり、司会者にメモを渡した。露木という男はメモを一読すると、こちらをじっと見据えて言った。

「平井さん、ご子息が昨夜また、ネオニコチノイド系農薬のために発作を起こされたそうですが、本当ですか」

なぜ知っている。胸が痛くなって立ち上がりそうになった。それを堪えようと、両手で肘掛けを強く握りしめたがダメだった。額や首筋から汗が噴き出してきた。考えがまとまらず、救いを求めて、湯川を見つめた。

「ちょっと待ってください。何の話をされているんですか」

湯川も驚いて割って入った。

司会者ではなく、メモを渡した編集者が答えた。

「先ほど編集部に、ご子息が昨夜、犬のノミ駆除剤で発作を起こされたという匿名の電話があったそうで。病院を当たったところ、事実だと分かったので」

なぜだ。なぜ、そんな情報が漏れるのだ。一体、誰が……。

第五章　反撃の狼煙（のろし）

1

「秋田さん、ラッキーですね。今日は富士山が見えますよ」

険しい山道を走る四駆車を器用に操りながら、長野県農政部課長は前方を指さした。車酔いを堪えていた秋田は渋々目を遣ったが、山並みの向こうに悠然と構える富士を見た瞬間、少し気がまぎれた。

「ほんとだ。あんなに近く見えるんですね」

「この辺は山梨との県境ですからね。しかも、今日は八ヶ岳や、アルプスの峰々も勢揃いです。これだけ視界が良くなってくると、そろそろ霜の心配をしなくちゃなりませんね」

農水省に所属しながらも現場経験が極端に少なく、霞が関に籠もるような職場ばかり続いていた。そんな秋田にとって、長野県原村の山に囲まれた風景は新鮮だった。

人口七〇〇〇人余り、八ヶ岳山麓南西部に位置する原村は、山岳観光と高原野菜が主産業の小さな村だった。

「ここが村のままなのは、合併するほどの魅力がないからですか」

見渡す限りの白樺林と畑で、古びた民家が点在するばかりの村を見て、秋田は率直な感想を漏らした。

自治体の広域化によって行財政基盤を強化し、地方分権の推進を目指した平成の大合併が、一九九九（平成一一）年から始まった。そして実施から一〇年で、全国の自治体数は三二三二から一七二七にまで減少し、村と名の付く地名は五六八村から一八四村にまで激減していた。

「平成の大合併の際、諏訪地区で一つの市になろうという動きがあったのですが、原村と富士見町の反対が強くて頓挫したんです」

農政課長が後部席に座る秋田の方を振り向いて説明した。

「えっ、原村が、合併に反対したんですか」

「原村の財政はずっと黒字で、人口も昭和五〇年以降増え続けています。現状は豊かなのに、周辺の市町村と合併すれば他市町の負債に呑み込まれます。ならば大きな自治体となるよりも、独立独歩の村を目指したわけです」

こんな山間の村が、黒字財政で人口増が続いているなんて。

「自衛隊や米軍の基地や原発があるわけでもないのに、黒字続きで過疎にもならないって、ちょっと信じられない現象ですね。この村のどこにそんな魅力があるんですか」

「秋田、それは原村民に失礼だぞ」

長野県職員とのやりとりを聞いていた増淵に咎められたが、秋田はその理由を強く知りたがった。

「三六〇度を山々に囲まれたこの村は、登山者やハイカーにとっていわば聖地のような場所なんだ。それを見越して村はペンションの誘致に積極的だった。それが成功したのも、もともと村民の気質が社交的で、移住者を大歓迎したからだ。田舎暮らしにあこがれた者や山男、農業を始めたい若者らを、村は上手く受け入れたんだな」

原村が日本有数の高原野菜と花卉の生産地であるのは、事前の資料で知っていた。豊かな気候風土も流入者の定住に一役買ったのだろうか。

「それに、身の丈にあった自治体経営を維持しているのも大きいな」

「どういう意味ですか」

「多くの自治体は国からの補助金を取った途端に、大きな箱物をつくったり、規模にそぐわない新規事業を強引に推し進めようとしがちだ。だが、ここは村の特性を生かして、無理な計画や贅沢には見向きもしない。自治体の一つの成功モデルかもしれんな」

増淵の分析は国の官僚らしからぬものだったが、鋭いと思った。平成の大合併は、結果的に合併した自治体内に地域格差が生まれたり、スリム化できないまま立ち往生しているケースが多い。あるいは、隣接の大きな市に取り込まれて不便になってしまった小村の例もある。しかし知恵を絞れば、予算規模は小さくても住みよいまちはできる。それを原村は証明しているわけか。

「この村の強さの源は、農業だ。日本一の生産高を誇るセロリとアネモネを中心に、高冷地栽培の利点を生かした農業が、基幹産業として村を支えているんだ」

だが、それが農業コンビナートとどう繋がるというのだろう。秋田はすっかりよれよれになった資料を開いた。先週、増淵から手渡されて以来、暗記するぐらい繰り返し読み込んできた。仕事だからではない。そこには日本の農業の夢が満載されており、血が騒ぐほど興奮したからだ。初めて知るそのシステムは秋田を夢中にさせた。これを読むまでは、農業コンビナートなるものを知らなかった。

農産物の集積場、それを加工する工場群、そして商品として消費地に出荷する港をまとめて一ヶ所に集約した食品コンビナートは、日本にもすでに存在している。

馬鈴薯(ばれいしょ)の産地である北海道の士幌町(しほろちょう)が成功例と言われている。最新鋭のでんぷん工場、食肉加工場、飼育施設、スナック菓子や冷凍食品を製造する食品加工場、その他多くの農業倉庫や発電所、研究所等を集めた農協主導の食品コンビナート化の取り組みが、一九七〇年代から進められてきた。当初は、農業の先進地区としてもてはやされたが、バブル経済崩壊以降、農協の閉鎖性や食品メーカーとのトラブルなどが災いして、現在は下降線を辿(たど)っている。

印旛がプロジェクトリーダーとして五年前に提案し、〝アグリトピア〟と名付けた農業コンビナートは、過去の経験を踏まえて構想され、さらに海外モデルを求めている。オランダのフードバレーだ。

バレーといっても谷あいの立地というわけでなく、「食品・農業・健康をテーマとした専門知識の集積地」という意だ。アメリカのシリコンバレーを意識した命名なのだろう。

オランダ中央部、ワーヘニンゲン地区周辺の半径三〇キロ圏内に、食に関する研究施設が集積しているが、その中核施設は、農業や食品科学などの実学が盛んなワーヘニンゲン大学だ。その付属施設を含め、フードバレーには二一もの公的または中立的な研究機関が集まっている。さらに科学者は所属を超えて情報の共有化を図り、機能性食品、バイオ、農業・環境など「食」に関する多彩な共同研究開発に取り組んでいるという。

オランダの食料自給率は六割足らずだが、ここ数年急成長しているフードバレーによって、今やヨーロッパ屈指の農業先進国になろうとしている。

印旛は何度も現地を視察し、フードバレーのリーダーからアドバイスを受けてアグリトピア構想を構築した。にもかかわらず、二〇〇八年のリーマンショックの影響のため、構想は凍結されたのだ。

それが、若森大臣の肝いりで封印を解かれた。食料戦略室が大臣直轄（ちょっかつ）の部署となったのはこのためだとも、原村に向かう道中で初めて知った。

構想の舞台となるのは、淡路島だった。西日本有数の農業の盛んな地である同島は、伊弉諾尊（いざなぎのみこと）・伊弉冉尊（いざなみのみこと）が最初に創造した国生み神話の地だ。また、食材の豊かな地で、平安時代の頃までは時の帝（みかど）に贄（にえ）（天子に献上する食物）を貢（みつ）ぐ地として御食国（みけつくに）と称された。

その東沿岸部に総額三〇〇〇億円あまりを掛けて農業コンビナートを建設しようという壮大な計画がアグリトピア構想だった。神話の国から世界へ食を！　と掲げられた完成予想図には、中部にある津名（つな）港の広大な土地に展開する農産物集荷センター、食品加工場、そして最新鋭の植物工場が並ぶ。さらに島で最も商品作物の生産が盛んな南あわじ市には、京都大学とワーヘニンゲン大学の研究者を招致した国立最先端農業大学院大学も建設するとある。

淡路島が選ばれたのは、農業のポテンシャルの高さだけが理由ではない。明石海峡（あかしかいきょう）大橋で国内第二の経済圏である関西に直結し、大鳴門橋（おおなるときょう）が四国と結ぶというインフラの充実も大きな要素だ。さらに、大阪湾に浮かぶ関西国際空港が目と鼻の先にあるのも大きな魅力だ。近距離圏内に国際空港があるというのは、士幌農協の食品コンビナートと最も違う点でもある。

アグリトピアがターゲットにする商圏は国内だけではなく、アジアを中心とした海外だ。そのためにも、農産物を輸出する空港と港の存在は不可欠である。

農産物を輸出すべきだという提案は、秋田自身がこれまでにも何度も省内で訴えてきた。だが、国民を飢えから守り、そのための食糧確保を第一義として誕生した農水省には、農林水産業を産業ととらえない風潮がある。そのため、驚くべきことに輸出専門の部局が存在しない。

〝アグリトピア〟構想は、農水省が農業を産業として初めて認識した上で推進するプロジェクトであり、経産省や国土交通省、外務省までも巻き込んだ壮大な日本再生計画でもあったのだ。

知らないうちに自分がその関係者になっていると知って秋田は興奮した。だからこそ、今朝も喜び勇んで新宿駅で特急に乗り込んだのだ。

とはいえ、淡路島のプロジェクトを進めるのに、なぜ八ヶ岳なのか。高原野菜を淡路まで運ぶというのだろうか。それなら中部国際空港の方が近いだろうに。

「課長、一つ伺ってもいいですか」

「なんだ」

「淡路と八ヶ岳がどう繋がるんですか」

増淵が笑った。

「良い質問だな。行けば分かるよ」

いちいちもったいを付けるのが好きな増淵に、これ以上粘っても答えてはくれまい。

「もう一つ、教えてください」

「さっき、一つと言ったぞ」

「すみません、あと一つだけ。先日、本省内で米野さんとばったり会いました。その時、一緒に淡路島に行かないかと誘われたんですが、このプロジェクトに米野さんも嚙(か)んでいるんですか」

ナマズの眠そうな目が大きく見開かれた。

「ほお、そんな遭遇があったのか。面白いな。まあ、それもおいおい分かる。もうすぐ、現地だ」

増淵がそう言った直後に、四駆車は山道に入った。未舗装の道を上下に揺れながらしばらく進んだ後、ようやく停まった。そこには大きなビニルハウスが立ち並んでいた。これが、原村ご自慢の高原野菜栽培農家だな、と思いながら車を降りた。

ビニルハウスの扉が開いて、一人の男性が現れた。

「やあ、上村(うえむら)さん、ご無沙汰(ぶさた)です」

増淵は顔見知りらしく、親しげに握手を交わして土産を手渡した。そして、秋田を紹介した。

「未来の事務次官候補の秋田課長代理です。こちらは、上村園芸社長の上村一俊(かずとし)さんだ」

上村が名刺を二枚差し出してきた。一枚は、簡体字で書かれている。

「中国にも会社をお持ちなんですか」

「ええ、遼寧省(りようねい)に。社長は別におりますが、ＣＥＯ（最高経営責任者）を務めています」

園芸農家にCEOというのが、ピンとこない組み合わせだった。

ビニルを張った引き戸を開いて、上村は訪問者らを招き入れた。

「ここでスリッパに履き替えてください。あと、両手をアルコール消毒して戴けますか」

たかがビニルハウスの視察ごときで仰々しいとは思ったが、黙って従った。ハウスは室内プールが二つ入るほどの広さがあり、そこに六列にわたって青菜が整然と並んでいる。こんな大きなビニルハウスは初めて見る。

「広いハウスですね」と思わず漏らすと、上村が苦笑いした。

「植物工場です」

聞き間違えたのかと思って、確認するように増淵の顔を見た。

「あまり先入観を与えたくなくてね。植物工場に関する資料は渡さなかったんだ。最初に苗を完全密閉型の人工光で育ててから、その後で太陽光での栽培に切り替える。すなわち太陽光・人工光併用型の工場だ。上村さんは、ここで年間五〇トンのほうれん草を栽培している」

これが工場……。植物工場は、温度と光の管理以外に土を用いない水耕栽培が主力だった。だが、目の前に広がるほうれん草畑は、普通の畑にしか見えない。

「これって水耕栽培なんですか」

「そうです。水と肥料を配合した溶液だけで育てています」

一面のほうれん草は、どれも青々としておいしそうな葉をつけている。

「もっと近づいてよく見てください。ご説明します」

2

この〝ほうれん草畑〟には土がない。代わりに、縦長の箱のような装置があった。栽培ベッドと呼ばれるそれは、長さ五〇メートル、幅二メートル、深さ一〇センチほどの台で、天板部分には発泡スチロール板が置かれている。その板には、大人の指が入るくらいの小さな穴が等間隔に空いていて、苗が植えられている。

「ここを見てもらえますか」

上村が、苗の下にある発泡スチロール板を持ち上げた。板に空いた穴から、幾重にもほうれん草の根が伸びていた。そして、板の下には水路が走っている。それは発泡スチロール板の〝畑〟の下をくまなく流れる仕組みなのだという。

「植物工場は溶液を用いた水耕栽培が原則で、ほうれん草はその養分を吸収しているんです」

色の濃い葉は肉厚で、先端もピンと伸びている。光と水と養分があれば植物は育つ、土はいらない――、という事実をあらためて実感して、自分の常識が根底から覆（くつがえ）される気分だった。

「溶液には化学肥料を配合していますが、安全性を守るため、出荷直前になると水だけを与えます」

説明を聞くうちに、上村が農家というより工場長に見えてきた。秋田はひときわ大きな葉に触れてみた。張りがありみずみずしくて、サラダにしたらおいしそうだ――。

「このほうれん草は、水耕栽培用に品種改良されたものなんですか」

上村が、同行しているワイシャツ姿の男性と引き合わせた。

「この植物工場のシステムを開発した大亜（だいあ）樹脂技研の木元（きもと）さんです。木元さん、植物工場専用のタネは、まだ開発されていないですよね」

上村に紹介されて、男性は前に進み出て名刺を差し出した。

大亜樹脂技研　アグリ事業本部

技術部長　木元吉平（きっぺい）

とある。相手が官僚で緊張しているのか、若い秋田にも何度も頭を下げて恐縮している。

「通常のタネで全く大丈夫です。ほうれん草はもともと水耕栽培に適しているんですよ。むしろそれを安価で大量に仕入れて戴いた方が、コストダウンにもなります」

植物工場のプラントに樹脂会社が関わっているのに、興味が湧いた。

「私たちは、元々はビニルハウスのビニルの部分を製造していました。その後、植物工場の開発を始めたんです。当初は、骨組みと溶液は別のメーカーとの共同開発だったのですが、五年前に合併しました」

説明を聞きながら天井を見上げた。ビニルが張り巡らされた先に、青い空が広がっている。光の透過力に優れているのか、ハウスの中にいても日射しはたっぷりとさしこみ、目を細めなければならないほどだ。

「農産物の生命線は光です。光を浴びるほど生長が早く、品質も良くなります。ですから我々は、破れにくいだけではなく、劣化して光の浸透性を妨げないビニルの開発を続けています」

さらに木元は、この規模の〝工場〟を必要最小限の数の柱で支える技術にも苦心を重ねたと語った。レクチャーを受けている間も、時おり南アルプスからの突風が吹き、唸るような大きな風音は聞こえるのだが〝工場〟内はびくともしない。

「これをやるまでは、農業は土こそ命だと思い込んでました。二〇年以上、花や野菜を育ててきましたから、土の大切さは私なりに理解してるつもりでした。でも、作物によっては、光と水、そして適正な温度管理だけで、素晴らしいものができるんですよ」

　上村の説明ではじめて気づいた。そう言えばここは、外よりも涼しい。

「空調機能があるんですか」

「ええ。めちゃくちゃコストがかかるんですけどね。あとは、天窓を開けて空気を入れ換えています」

　そう言いながら、上村は天井部分の仕組を説明してくれた。

「それに、植物工場なら農薬の使用量が少なくて済みます。ほうれん草の場合だと完全密閉の苗床で二週間育てた後、こちらに移動して出荷まで育てます。この環境ですから害虫の心配はほぼ皆無です」

　〝ほうれん草畑〟をよく見ると、手前にあるほうれん草より、奥のそれの方が大きい。まるで成長の過程を示すかのように、幾株かのグループごとに成育の度合が違っている。

「施設園芸は、定量定質の農産物を毎日出荷しなければなりません。もちろん、季節を問わず三六五日です。植物工場の実現で、それがようやく可能になったんです」

自然の恵みである農産物を定量定質で毎日出荷するというのは、生産者にとっては夢だ。だが、同時にそれは自然に対する挑戦、いや冒瀆にならないだろうか。青臭い書生論であるのは承知していたが、この無機質な〝工場〟にいると、そんな議論を吹っかけたくなった。

「そうだ、増淵さん、お見せしたいものがあるんですよ」

上村が〝工場〟の一角に向かうのに秋田も続いた。歩きながら農政課長に声を掛けた。

「ここは、農水の補助事業なんですか」

「無利子融資を行っている程度です。ただ、経産省からも補助金が出ています」

思いもよらぬ省庁の名が出てきて、秋田は面食らった。

「実は、植物工場の所管官庁が曖昧でして。作物を育てるという意味では農業ですが、一応工場ですので、経産省の領域だとも考えられる。それに以前から経産省は植物工場に力を入れてましたので」

これはどう見ても農業じゃないか。なのに、なぜ経産省が力を入れるんだ。

増淵に訊ねようとしたが、彼は上村との話に夢中だった。

「これはすごいじゃないか。どっしりして立派だ」

「まだ実験中なんですが、なかなかよく出来たと思って」

上村が自慢げに披露する作物を、増淵は珍しいものを見るように受け取った。サイズこそ小ぶりだが、葉が立派で巻きも力強そうな白菜だった。

「ほら、秋田、ちょっと食べてみろ」

増淵が手渡してくれた葉を、言われるままに一口かじってみた。肉厚で歯ごたえがよく、水分が行き届いた瑞々(みずみず)しさと甘みがあった。

「あっ、おいしい」

「こんなに良い味が出て、私もびっくりしているんですよ」

上村は嬉(うれ)しそうに目尻(めじり)を下げている。

「これまでは、白菜やキャベツ、レタスなどの〝巻物〟は植物工場での栽培に適さないと言われていたんです。これらの作物はどういうわけか土がないと、うまく葉が巻かないんですよ。だからリーフレタスはできても、高原レタスのような球形は不可能だと思われていたんです。でも試行錯誤を繰り返して可能になりました」

増淵が手にしている白菜は堂々と巻いている。

「やっぱり専門家じゃないと、こういう努力の結晶は生まれないな。水耕栽培では微妙に肥料を調整するのが難しいそうだ。木元さんたちは、素人でも野菜が作れるシステムとして売ろうとしているんだけれど、俺はちょっと違うと思っている。植物工場がブレイクするためには、上村さんのような篤農家が参加しない限り無理だな」

白菜を勢い良く食べながら、増淵は自説をぶった。植物工場を生かすも殺すも農家次第、そう言っているように聞こえた。

3

特急あずさが立川を過ぎた頃、それまでいびきをかいて寝ていた増淵が目を覚まし、この後で食事に行こうと誘われた。増淵は缶ビールを一本飲むなり寝入ってしまったために、聞きたい事が何一つ聞けず苛立っていた秋田は、喜んで相伴に与ると返した。新宿あたりの居酒屋に行くのかと思ったら、中央線で四ツ谷まで行き、丸ノ内線に乗り換えて赤坂見附で降りた。そして、駅そばの小料理屋の個室に腰を落ち着けた。部屋には、三人分の準備がされていた。

「どなたか、いらっしゃるんですか」

増淵は問いを無視して腰を下ろした。上座は空けてある。自分たちよりも上席の人物が同席するわけか。

女将が「先に始めて欲しいとおっしゃっていましたよ」と告げると、増渕は生ビールを二人分頼んだ。乾杯で一息つく間もなく、増渕が原村視察の感想を訊ねてきた。

「植物工場の認識を間違っていました。ただ、現状では、植物工場は経産マターで進んでいるんですよね」

「現状はな。だが、アグリトピアが始動するなら、植物工場は我々が牽引すべきなんだ」

そう言いながら生ビールを空けた増渕は、次は田酒を頼んだ。上席を迎える前から本格的に飲むとは、気を遣わない相手なのか。秋田の緊張も少し緩んだ。

「理屈ではそうでも、果たして経産省が許すでしょうか」

「そこは俺やおまえさんが考える事じゃない」

増渕は大した問題ではないと思っているようだが、簡単に決着するとはとても思えない。省庁の縦割り行政の弊害は、何度指摘されても改まる気配はない。植物工場振興のためには、経産省と農水省がタッグを組んで取り組むべきだが、おそらくは双方相譲らぬ綱引きが行われ、無駄な時間だけが過ぎていくのがオチだろう。

「もっと上層部で交渉されているんですね。期待できそうですか」

増渕に睨まれた時に、良いタイミングで酒と肴が運ばれてきた。増渕は手酌で酒を一気にあおった。

「若森が経産副大臣からウチにスライドしてきたのが、ヒントだな。さらに、最近は経産との人事交流が盛んになったのにも意味がある」

ヒントと言うより、答えに近かった。第一次産業の活性化を謳う総理は、農水省に「支援事業から、戦略的投資への脱皮」を求めている。その先兵として、若森が農水相に就いたという説もある。

「それは、経産が農水を支配するという意味じゃないんですか」

最近、省内でそんな噂を何度となく耳にした。

「経産にそんな余力があるかどうかだな。連中は原発対応に追われて余裕がない。むしろ今なら俺たちが主導権を握って、経産を振り回すのも可能だろう」

秋田は笑いそうになった。〝霞が関の深海魚〟などと揶揄されている農水省内に、そんな実力と覚悟を持った人間がどれほどいるというのだ。

「おまえさん、信じてないな。だが、印旛さんなら分からんぞ。あの人はアグリトピアを起爆剤に、守旧派を一掃しようとしている」

増渕が上座を見ながらそう言ったので、空いた座布団に誰が座るのか当たりがついた。

「それで今夜は、謀議というわけですか」

「バカ抜かせ。嘴の青い娘ッ子を謀議に加えるほど、俺たちはお人好しじゃない」

言ってくれる。酒席を共にしたのは数えるほどだが、増淵は酒が入ると口が悪くなってパワハラ、セクハラお構いなしだ。だが、秋田は気にならなかった。たいていの叩き上げの職員は、キャリア官僚の秋田に対して追従しか言わない。その居心地の悪さに比べたら、増淵に好き放題言われるのはいっそ痛快で、却って素直になれる。

「もう一つ教えて下さい。私には原村の植物工場と淡路島が未だに繋がらないんですが」

「俺が注目しているのは、原村じゃない、上村さんだ。いずれ淡路で植物工場を仕切って欲しいと、彼にお願いしたんだよ」

なるほどとは思った。上村の植物工場にかける情熱には並々ならないものを感じた。研究熱心だし、柔軟でもあった。また、経営センスの良さも光った。だが、上村は原村の農家なのだ。原村から淡路を仕切るのは物理的に無理がある。まさか移住を願うつもりだろうか。

植物工場の視察後は、増淵とは別行動だった。上村と話があるからと言って増淵は残り、秋田は県職員に案内されて、下諏訪（しもすわ）に向かった。

そこで食品メーカーの倉庫内に設けられた完全密閉型の植物工場を視察した。昼夜を問わず蛍光灯を当てて、サラダ菜や薬味用のネギを栽培していた。全く日光の差さない場所での栽培は、まさしく工場という呼び名に相応（ふさわ）しかった。この工場は、都内の百貨店にサラダ菜を出荷して、黒字経営を続けている。また、同工場にシステムを提供しているメーカーは、首都圏で居酒屋や弁当屋を対象にしたレンタル植物工場のビジネスも始めるという。

今日一日で、植物工場に対するイメージが、随分と変わった。

この間に、増淵は上村に淡路行きを説得していたというわけか。理屈としては分かるが、あまりにも強引な気もする。

「原村でずっと農業を営んでいた上村さんに、そんなことが可能なんですか」

壁に凭（もた）れていた体を起こしたかと思うと、増淵の目つきが変わっていた。

「おまえさんの頭は、古い農業の考えから変わってないな」

いきなり言われて、思わず身を乗り出した。

「どこがですか」

「農家は常に土地に縛られてきた。だが、これからはその発想を変えるべきなんだ」

それは農業活性化の永遠のテーマだ。例えば福島県内で放射能による立入禁止区域内での農業を諦めない農家に、代替地の話など今なお意味を持たないのが現状だ。

そう反論しようとしたが、増淵が手で制した。

「まあ、聞け。上村さんは神奈川県出身でな。登山が趣味で暇さえあれば山に登っていて、それで原村での生活に憧れて移住した。だが、おまえも知っての通り、地元に馴染むには気の遠くなるような時間が必要だ。農地を借りるだけでもひと苦労で、二〇年近く住んでようやく、まとまった広さの農地を手に入れられたんだ。誰にでも出来る事じゃない。だがこの関門がなくならない限り、意欲的な若い農家が入る余地は生まれない」

そこまでして原村に根付いた上村を、増淵は土地から引っぺがそうというのか。

「実は、彼は農地に縛られない農業を模索している。遼寧省で農業を始めたのもその一環だよ」

上村は大連近郊に、現地の農家と共同で一〇〇ヘクタールにも及ぶ農業法人を設立した。中国では、法人の代表取締役に当たる董事長は中国人以外は認めない規制がある。そのため上村は肩書こそCEOだが、実質は彼の農園らしい。きっかけは中国人研修生で、上村の指導の下で農業をみっちり学んだ彼らは、ぜひ自国でも農業指導をしてほしいと訴えたのだという。

「中国への農産物輸出は、検疫に障害が多すぎて遅々として進まない。だが、農業指導者なら、あちらさんは大歓迎なんだそうだ。ならば、農産物ではなく農家を〝輸出〟すればいい。それが上村さんの考えだ。それは俺たちが考えていたアイディアの一つでもある」

初めて聞く話だった。

「植物工場といっても、篤農家の創意工夫と情熱は絶対条件だと俺は思っている。だから、彼のような人が淡路島の植物工場の指導者になるべきなんだ。そして、アグリトピアで次世代の農業指導者を育成して欲しいとも思っている」

アグリトピアでは、若い世代に職場を提供しながら、農業指導者としてアジア、アフリカで活動するための教育プログラムも予定されている。増淵は、そのキーマンの一人として上村を使いたいというのだ。

「そこまでお考えになっての、原村視察だったんですね。ようやく分かりました。それで、上村さんのお返事は」

「前向きに考えると答えてくれたよ」

「おめでとうございます」

祝いの言葉が思わず口を突いて出た。

「いらっしゃいましたよ」

女将の声と共に、印旛が襖(ふすま)を開けて入って来た。

「お疲れさまです」

どうすればそんな俊敏に動けるのかと思うほどの迅速さで、増淵は立ち上がった。そして、印旛の上着を脱がせると、丁寧にハンガーにかけた。印旛は女将が差し出したおしぼりを気持よさそうに顔に当てている。

「ああ、生き返った。生ビールを頼む。今夜は蒸すねぇ」

帳場にいたはずの主人がピルスナーグラスを手にすぐに現れた。

「印旛さん、いつもご贔屓(ひいき)にありがとうございます」

「お待たせした。じゃあ乾杯だ」

主人と女将が下がると印旛はさっさとグラスを持ち上げ、増淵のグラスに重ねた。よほど喉(のど)が渇いていたのか、印旛は一気に飲み干した。

「もう一杯もらおうか。君らは、酒でいいのか」

「室長の飲みっぷりを見たら私も生ビールを戴(いただ)きたくなりました」

増淵の筋金入りの同調ぶりに気圧(けお)されながら、秋田も頷(うなず)いた。

今夜の印旛はネクタイを緩めている。世間はクールビズだと騒いでいるが、彼は必ずネクタイを締める。ロイヤルブルーのネクタイが、白いワイシャツに似合っていた。

「経産省が乗ってきたぞ」

印旛の相好が崩れた。珍しいことだ。

「まだ、細部は詰めなければならないが、ウチとメティが中心になった共同プロジェクトというところで、落ち着きそうだ。いずれは、受け皿として日本農業振興機構というような組織を作り、各省の寄り合い所帯が生まれる。無論、主導権は我々が戴くことも内諾してもらった」

「凄いじゃないですか。さすが、室長。お手柄です」

増淵は目の色を変えて身を乗り出した。

「今回の最高殊勲者は、若森大臣だ。あの人の交渉術は大したもんだよ。総理の肝いりという後ろ盾はもちろん、彼自身に副経産相経験があるのが大きいね」

「いえ、室長の涙ぐましい根回しが実を結んだのです」

増淵の音頭で、もう一度乾杯した。印旛が話を続けた。

「メティからの要望は、三点だ。まず、最高責任者は経産大臣とする。その代わり出資比率は先方が六割負担だ。ウチは三割、国交省と外務省で残り一割をシェアしてもらう」

予算枠をたっぷり持っている経産省を立てる代わりに、こちらは実を取ったのだろう。

「名称についても注文があった。アグリトピアからＪＦＶ、すなわちジャパン・フード・ヴァレイに変更する」

「そりゃ残念ですな。あの名前、気に入ってたんですがねえ」

増渕は不満らしい。

「この際、名称なんてどうでもいいよ。大事なのは中身だ。その代わりコンビナートの運営についてのハンドルは我々が握る。メティには企業誘致と食品加工工場関係を担（にな）ってもらう」

「プランとしては、アグリトピア構想のままでいけそうなんですか」

名前なんてどうでもいいが、印旛のアイディアは一つ残らず実現してほしいと思う。

「どうやらもっと大規模になりそうだ。予算を倍額にしたいと若森さんが切り出すと、先方も望むところときたもんだ。まあ、震災や政局の空転で沈んでいたからね。あちらさんとしても気勢を上げたいんだろう」

増渕は「めでたい」を連発し、ビールを運んできた女将に、うまい肴をねだった。

「久しぶりに良いことがあったんだよ。奮発してくれないか」

女将が心得たと退室すると、印旛は思い出し笑いをした。こんなに表情豊かな印旛など初めてだ。

「最後の要求が笑わせる。我々側の代表についてだ。おそらくは機構のＣＥＯになると思うが、それを米野太郎にしろと言うんだ」

4

月曜日、平井は会社を休んだ。週末を挟めば気持ちが前向きになるかと思い、自分を励まして過ごしたが、結局、家族に心配を掛けないように気を遣いすぎて、ろくな休日にならなかった。

いつもなら家族の中で一番早く家を出るのに、今朝は子どもたちが学校に出掛ける時刻になっても起きられず、ベッドで呻いていた。無断欠勤するわけにはいかないが、その理由すら考えるのが億劫で、有給休暇を取ることを村瀬にメールで伝えた。休みを取ったのだから堂々と寝ていればいいのだが、なぜか家にいるのも居たたまれず、食事もそこそこに散歩に出た。

玄関の扉を開ける度に、淋しさが沁みる。大喜びで尻尾を振って騒ぐタローがいないからだ。主を失ったリードが犬舎に掛かっているのを認めると、平井は思わずそれを手にしてしまった。そして、そのまま家を出た。

朝の喧噪の時間がとっくに過ぎているせいか、人通りはまばらだった。少し前までは、沿道の街路樹で喧しく鳴いていたアブラゼミやクマゼミの声も聞こえなくなった。タローが木の幹の下方にとまっているセミに飛びついていた姿を思い出した。

真智子の話では、タローは二日ほど寂しそうに遠吠えを続けていたが、ようやく落ち着いてきたそうだ。当分、彼女のそばに置いておく方がいいのだろう。

〝兄貴が来たらきっと喜ぶから、顔出してよ〟とメールは締めくくられていたが、今の心境ではタローを正視する自信がなかった。

代田との対談で突然ぶつけられた顕浩再曝露の質問を、撥ね付けられなかった。それどころか言葉を失い、湯川が慌てて対談を切り上げても、暫く椅子から立ち上がれなかった。

予想しておくべきだった。奈良橋でさえ、前夜の事故を知っていたのだ。編集者が情報を摑む可能性はあった。すなわち、密告――。

動揺したのは、社内の誰かが編集部に漏らしたと理解したからだ。よりによってあのタイミングで、「月刊文潮」にタレ込むなんて……。悪戯ではない。強い悪意を感じた。そこまで考えが至ったところで、今まで耐え、ギリギリの状態で張り詰めていた糸が切れた。

湯川は密告者について執拗に訊ねたが、「月刊文潮」の編集者は取り合わなかった。最初は、湯川にはめられたのかと疑ったが、彼の取り乱す姿に嘘はないように思えた。だとすると、裏切り者は他にいる。すぐにある人物の顔が浮かんだが、平井は犯人を追及するよりも、これほど憎まれていたのかというショックの方が大きくて、何もする気になれなかった。

「必ず、密告者は探し出しますから」と血相を変える湯川の話を適当に聞き流して、平井はそのまま抜け殻のような状態で終業時刻まで過ごした。

もっとあの場で怒り狂うべきだった。あるいは、その勢いで社長に辞表を叩き付けられたら、どれほどすっきりしたろう。結局、全てを呑み込んでしまったことで怒りや不信、そしてやるせなさが膨張してしまったのだ。

あてもなく歩いていたのに、いつの間にか相模原公園の噴水広場前のベンチに座っていた。木々の緑は濃く、気持ちの良い朝のはずなのに、平井はひたすら鬱々としている。

心の中の何かが壊れてしまった。このままだと、自分は二度と会社に行けなくなるかもしれない。それでもいいじゃないかと怠惰に流れようとするのが、我ながら情けなかった。

大型犬の呼吸音が聞こえた。顔を上げると、毛並みの良いゴールデンレトリバーが、家を出る時に持ってきたタローのリードの臭いを嗅いでいた。

「やあ、ハニーじゃないか。元気か」

結城さおりがレモンイエローのジョギングスーツに身を包んで微笑んでいた。CSRの勉強会の夜に慌ただしく別れたきりだった。

「本当に親身になって下さって……。結城さんのやさしい言葉にほだされて、つまらない愚痴をぶつけてしまいました」

顕浩の事故の後、何度もメールをもらっていた。社内から送られてくる通りいっぺんのものと明らかに異なるおもいやりを感じて、平井は思わず弱音を吐いてしまった。すると彼女から、泣きたくなるような心のこもった返信が届いた。あれでずい分、救われた。

「とんでもありません。息子さんの具合はいかがですか」

一緒にワインを飲んだのが、大昔のようだ。

「お陰様で、もうすっかり元気になって。今日から学校に通い始めました」

「それは良かったですね」

彼女は心から無事を喜んでくれている。平井は何を言えばいいのか思い浮かばず、ただ頭を下げるばかりだった。

「今日は、お休みですか」

「ええ、まあ。結城さんも、今朝はゆっくりなんですね」

「昨夜は飲み過ぎてしまいまして。寝坊しちゃいました」

彼女の照れ笑いが、今朝はとても愛らしく見えた。

「よかったら、座りませんか」

「今日は、ほんとうにいいお天気。こういう日は、仕事をサボりたくなります」

「私もその口です」

「あら、平井さんでもサボりたくなることがあるんですか」

あまりにも本気で驚かれて、平井は自分のイメージがどれほどつまらないものかを改めて自覚した。うっすらと首筋に滲(にじ)んだ汗を、結城はハンドタオルで拭(ぬぐ)った。いつものシトラスの薫(かお)りが鼻をくすぐった。

「実は初めてです、こんなのは」

そこで結城の顔を見たら、泣きそうになった。そして、あの夜からの出来事をぽつりぽつりとしゃべった。

「たまりませんね。でも、偉いですよ。職責のために、そんな嫌な対談をお受けになったんですから。それだけでも尊敬しちゃいます」

「いや、単なる意地ですよ。そして、見事に返り討ちにあった」

ハニーまでもが心配そうに、平井を見上げている。タローと違って大人しく主のそばで座っていた。犬の潤んだ目に誘われるように頭を撫でてやった。

「平井さんは、責任感がお強いんだと思います」

「私も、つい最近まではそう自負していました。でも、そうじゃない気がします。人とうまく折り合えないだけです」

妻にも言えなかった弱音が、するりと口から滑り落ちた。

「みんな、大なり小なり自分が可愛いものです。平井さんは、これまでそういう気持ちを圧し殺してこられたんじゃないですか。もっと気楽にいきましょうよ」

普段なら、そんな慰めなど平井はきっぱりと拒絶していただろう。だが、なぜか素直に頷けた。相手が結城だからかも知れない。

「私も若い頃は一人で頑張りすぎてばかりでした。挙げ句に大失敗をしでかしたんです。その時、気づいたんです。一人で抱えたって、いいことなんて何一つないって。それ以来、我慢しすぎるのはやめました」

公園の噴水が大きな水のアーチを描いた。水しぶきにも勢いがついて、細かい水の粒の間に小さな虹が架かっている。

「どうですか、今日は一緒に仕事をサボって、遊びませんか」

明るく切り出されて、平井はびっくりして隣の美女を見つめてしまった。

「私だってたまには好き勝手に過ごしたくなる時があるんです。娘とか将来とか生活のことを全部放り投げたくなるんです」

まさか。

「結城さん……」

「あっ、調子に乗りすぎですよね。失礼しました」

彼女が立ち上がると、寝そべっていたゴールデンレトリバーも体を起こした。

「いや、ぜひ。結城さんの貴重な時間を、私のようなくたびれた男が潰して良いのか」

引き止めるようにさおりの手首に触れていた。

「ご冗談を。平井さんは、とても魅力的ですよ」

その時、無粋な携帯電話が鳴った。無視しようかと思ったが、顕浩が体調を崩していてはと思い直し、発信者を確認した。湯川だった。平井は躊躇(ちゅうちょ)なく立ち上がった。

「電話、よろしいんですか」

「もちろん、今日はサボると決めたんですから」

それを歓迎するように、ハニーが一声吠えた。

5

「本気で、こんなの出す気ですか」

「そりゃあ、出すだろ」

編集部の会議室でパソコンを開いていた露木は、当然だと断言した。

対談が尻切れトンボで終わった時点で、この企画はご破算だと代田は思っていた。だが、大泉農創は、平井の息子の二度目の発作についてはくれぐれも配慮して欲しいと言ったものの、企画自体をつぶすつもりはないという。

だからといって、露木は容赦しなかった。平井の息子が再びネオニコチノイド系農薬のせいで発作を起こしたこと、さらにそれについて追及された時に、平井が激しく動揺した挙げ句、黙り込んでしまった様子まで、ありのままを記事にした。おまけに追加取材として、少年が運び込まれた病院にも確認を取っていた。また、囲み記事で、ネオニコチノイド系農薬中毒に詳しい医師のインタビューを併載するという。その徹底ぶりに、代田は気が引けた。

「静岡での事故と、大泉の農薬に対する考え方だけで十分じゃないんですか」

「おいおい、悠介。何を弱気になってる。事故とはいえ、安全だと言って市販されている農薬が原因で、少年は二度めの発作を起こしたんだ。これは大問題だろ」

だが、それは特殊なケースだと思う。そこを無視して、悪い点だけをことさら強調して平井や家族を苦しめる権利など誰にもないのではないか。

「俺だって気が咎めるよ。しかし、危険な薬品を見過ごすわけにはいかない。報道に携わる者は一時の感情に流されて、事実を取捨選択してはならないと、俺は思っている。実際に起きた事なのだから、伏せるべきじゃない。是非を決めるのは、社会だ。この記事が出ても、『ピンポイント』は安全な材だという大泉側の主張が変わらないなら、それでいいじゃないか。もしかしたら、これがきっかけで、農水省も重い腰を上げるかもしれない」

「農水省と言えば、実は今回の対談に合わせて、面白い情報が手に入ったんです」

それまで二人のやりとりを静観していた編集者が口を開いた。

「ネオニコチノイド系農薬が問題になった当初、農水省はミツバチに対する毒性調査の必要なしと断言してましたよね。ところが最近になって調査を密かに行っていたことが発覚したんです」

古乃郷での養蜂教室にはるばるやってきた農水省の女性官僚を思い出した。彼女が約束を果たしてくれたのだろうか。

「追い風が吹いてきたかな。それも記事に織り込もうぜ」

露木は満足そうに顎鬚を撫でている。

「だったら、それで十分じゃないですか。平井さんの個人的な話を入れるのはやめましょう」

「お言葉ですがね、代田さん。彼は、『ピンポイント』の開発責任者でもあるんですよ。そして、自分の息子が死にかけても、まだ農薬は安全だと断言したんです。我々としては見過ごすわけにはいきませんね」

編集者の口調だと、再検討の余地は既になさそうだった。入手した情報は全て媒体に載せる。それこそがメディアの使命だと、彼らは誇らしげに言う。当事者にどんな影響を与えようとも、メディアの負うべき責任ではないという立場だからだ。いちいち罪の意識を感じていては、伝えるべき情報までも見過ごしてしまう。代田は抵抗するのを諦めた。

「編集部の方針は分かりました。僕の発言については、特に直しはありません」

そう言うしかなかった。

「それはそうと、絶妙のタイミングで、編集部宛に平井さんのご子息の発作を密告してきた人物は、誰だったんでしょうか」

ずっと気になっていた。これがなければ、対談は別の展開になっていたと思う。

「我々もかなり頑張って調べたんですが、結局分かりませんでした。病院や消防署がわざわざタレ込むとは思えませんから、おそらくは社内の誰かでしょうね」

だとすれば、悪質極まりない。

「電話を掛けてきたのは、男性ですか、女性ですか」

「女性です。声を低くして年齢を誤魔化していたようだと、電話を受けた者は言っています」

「平井氏は、研究所では頑固一徹で通っていたそうだ。また、『ピンポイント』の開発で、彼は社長のお気に入りにもなっている。やっかむ人も少なからずいたんだろうな」

露木の分析は的を射ていると思うが、そんな会社でCSR推進室長なんて、バカバカしくてやってられないだろう。いずれにしろ後味の悪い話だった。

「今晩、打ち上げをやろうと思っているんだが、どうだ」

帰り支度をしていると露木が誘ってきたが、即答できなかった。

「あとで連絡します」

薄暗い廊下に出ると、節電で空調が止まっているらしくなまぬるい空気が籠(こも)っていた。時計を見ると、次の約束まで一時間余りある。代田は一番町の文潮出版ビルを出ると、皇居を目指した。緑の多い場所で呼吸したかった。都内で暮らしている時は、それほど感じなかったが、古乃郷で暮らすようになってからは、都会にいても自然が無性に恋しくなって、三日に一度は公園などで過ごしている。

僅(わず)か五分ほど歩いただけで、首筋や額が汗だくになっていた。暑さのせいだけではない。何かが不愉快で、何かに憤(いきどお)っている——。自販機で買ったミネラルウォーターを手に、千鳥(ちどり)ヶ淵(ふち)公園の木陰のベンチに腰を下ろした。

名物の桜並木は、緑が豊かに茂っている。代田はよく冷えたペットボトルを額に当てた。ハンカチで汗を拭い、ミネラルウォーターを勢い良く飲んだ。そのままベンチの背もたれに体を預けると、目を閉じた。こんな街なかなのに、かすかな風が葉をこする音が聞こえる。

ああ、生き返った……。

代田は大きく両手を広げて伸びをすると、もう一口水を飲んだ。

本当にこれでいいのか。

あの対談と農水省の隠蔽（いんぺい）が公表されれば、ネオニコチノイド系農薬は、世間の大きな非難に晒（さら）されるだろう。かつての有機リン系農薬のように、使用の自粛が叫ばれる可能性も高い。それは、代田ら養蜂家の宿願（じょうじゅ）が成就する瞬間でもある。

万々歳！　そう叫ぶべきだ。もっと勝利を喜べばいい。だが、そう考えれば考えるほど、気持ちは萎（な）えていく。

目的のために手段は選ばないのか――。それが非合法でないかぎりは、イエスだ。ましてや、相手は行政と大手メーカー、絶対的強者なのだ。勝ち目のない闘いに挑み、追い詰めた。だが、それだけだ。

それで、充分じゃないか――。何度も繰り返しそう自分に言いきかせた。だが、同時に、もう一人の自分が非難してくるのだ。

〝これは解決ではない。ただ、厄介事を先送りにしたに過ぎない。たとえこれを機にネオニコチノイド系農薬が製造中止に追い込まれても、次は、もっと強力な代替農薬

が登場するだけだ〃

それは、ネオニコよりさらに厄介かも知れない。結局は、新薬が人体にどんな影響を与えるのかを、一から情報収集しながら戦々恐々とするのが関の山だ。それが、我々が望んだ〃解決〃なのだろうか。

農薬問題を知れば知るほど、農薬のない社会は理想だが、現実的ではないかも知れないと思えて仕方ない。狭い国土で、そのうちの七割が山林という日本列島で、一億人以上が飢えずに生きるためには、農薬と賢く共生する必要があるのではないか。

菅原寛太や、化学物質過敏症の患者達を支援する医師達からは叱られそうだが、最近はそんな落としどころを模索すべきだと考えている。だとすれば、あの対談記事は、農薬問題を振り出しに戻すだけではないのか。

「やっぱり、もっと強く反対すべきだったかな」

思わず迷いが声に出た。同時に、それもまた非現実的な話だ。

――自分たちの都合で事実を選択すべきではないと思う。是非を決めるのは、社会であり関係者だろう。

露木の意見に、異論はない。賽は投げられるべきであり、そこに出た目が社会にどのように影響するのかをジャーナリストが心配する必要はないのだ。

った。

ブーンという羽音が聞こえた気がした。ベンチの背もたれに一匹のミツバチが止まった。

メディアにもよく取り上げられている銀座のミツバチプロジェクトの影響もあって、養蜂に取り組む団体や有志が、都内で増えているという。東京は公園が多く蜜源(みつげん)に事欠かない。堀の向こうも蜜源だ。皇居内には、あらゆる種類の木々が植栽されている。ミチバチたちは皇居を自由に飛び回って、四季おりおりの蜜を集めるのだ。

「いいな、おまえらには迷いがなくて」

彼らは常に蜜を求め、せっせと巣に運ぶ。未来に子孫を残すためだ。未来のために迷いなく大人としての責任を果たす。それに引き替え人間どもは、いつまで迷い続けるのだろうか。

6

平井はベッドに寝転んだまま、ぼんやりと天井を見上げながら、自分が何をしたのか考えるのをやめて、しばらくは気怠(けだる)い気分に浸ろうと思った。手を伸ばすと、さっきまでそこにいた女の温(ぬく)もりと薫りが漂う。そして彼女は今、シャワーを浴びている。

なぜこんなことになったのか、分からなかった。公園で意気投合して、結城の車でドライブしようという話になり、海へ向かった。それでビーチ沿いのレストランのテラスで食事をして……。そこから先は何かの力に流されてしまった。自分だけでなく結城も同じだった。お互いが現実から逃げ、何かに縋ろうとしていた。ただそれだけだったような気がする。

だが少なくともこんなセックスは、初めてだった。刹那的と言うよりも、全身全霊で互いを求め合い、与え合うコミュニケーションだった。

平井はベッドから出るとバスローブを羽織って窓際に立った。まだ、陽は高い。三時を少し過ぎた頃か。

彼女が近づいてくるのを気配で感じた。シトラスの薫りがして、長く柔らかな髪が首筋に触れた。そして、柔らかな体が背中に寄りかかってきた。

「ありがとう」

思わず口にしていた。

「なに？」

肩先に添えられた彼女の手をしっかりと握りしめて、もう一度「ありがとう」と繰り返した。

「君のお陰で私は生き返った」

「それは、私も同じ」

彼女を強く抱きしめた。そのままベッドに倒れ込み、再び忘我の時間に溺れた。


日が傾きかけた頃になって、ホテルを出た二人は、長い時間、沈黙を続けた。口を開けば、言い訳、後悔、そして恨み言と未練が溢れ出てきそうだった。自分から何か言うべきだ。何度もそう思うのだが、毅然と前を見つめて運転するさおりを見ると、もう少しこのままでいたいと思ってしまう。相模原市に入り、交差点で信号待ちになった時に、平井は勇気を振り絞って口を開いた。

「気の利いた台詞の一つでも吐くべきなのだろうが、そんなことはどだい無理だ。だから、本音を言う。また、会いたい」

彼女は、尚も前を見つめているだけだった。信号が変わり、車が発進した直後、ギアに置かれていたさおりの手が平井の手を握りしめた。

「私も。だけど、今は平井さんが大変な時です。無理はしないで」

そんな気遣いはもうするなと言いかけて、平井は言葉を呑み込んだ。一〇代の少年ではない。背負っているものが多すぎた。それを、あれこれ言葉にするべきではなかった。たださおりの手を強く握り返した。

「私、寄り道をしたいので、ここでよろしいですか」

相模原公園南西角にあるクヌギゲートの前に車を横付けした。別れ際にもう一度礼を言いかけた平井の唇を、彼女の人差し指が押さえた。

「お礼を言うなんて失礼よ。今日のことで救われたのはお互いさま。じゃあ、また」

平井は黙って頷くと、未練を断ち切るように車を降りた。彼が降りるなり、白いBMW－X3は走り去った。それは幻が蜃気楼(しんきろう)の彼方(かなた)に消えていくようで、切なかった。

車が視界から消えると、大きく肩で息をした。平井はまず、電源をオフにしていた携帯電話を起動した。昌子には海に行く前に、研究所を覗(のぞ)きに行ってくると連絡したので疑われる心配はないが、顕浩の容態が気になった。もどかしいほどゆっくりとセットアップしているのに痺(しび)れを切らして電話をポケットにしまうと、ゲートに入って大股(おおまた)で公園を横切った。

タローと通(かよ)ったドッグランが見えてきたところで、ようやく起動終了を知らせる電子音が鳴った。着信が七件、受信メールが三件あった。着信のうち五件が湯川からで、一件は妻、そして残りは研究所の番号だった。

湯川のメッセージは突然の休暇を心配していると言いながら、明日必ず出社して欲しいと釘を刺していた。次に妻が、顕浩が無事に帰宅したと興奮気味に語っていて、続いて本人が代わって元気な声を聞かせてくれた。後ろめたさと安堵を覚えながら、最後のメッセージを確認した。研究センターで部下だった佐野だった。

〝折り入ってご相談したいことがあります。恐れ入りますが、折り返しお電話を戴けませんか〟

声がうわずっていて、佐野らしくない話し方だった。すぐに佐野の直通電話に連絡した。

「ああ、平井さん。お忙しいところを済みません」

「どうした、浮かない声をして」

佐野は自身の携帯からかけ直すと言った。その警戒ぶりがますます気になった平井は、落ち着いて話せる場所を探した。ドッグランの突き当たりに屋根付きの休憩所が見えた。そこまで移動した時に、電話が鳴った。

「失礼しました。ちょっと、他聞を憚るので」

「やけに仰々しいな。いったいどうしたんだ」

何かを覚悟するかのように、佐野は咳払いをしてから答えた。

「『ピンポイント』が製造中止になるのではないかという噂が流れているんです」

さおりとの逢瀬で浮かれていた気分が吹き飛んだ。

「どういうことだ」

「分かりません。ただ、どうもデマでもなさそうなんです」

「そんな……ありえないだろ」

思わず声を張り上げてしまった。

「私もそう思いたいんです。でも、専務辺りが発信源らしくて」

その時、平井は対談の直前に奈良橋専務に訊ねられた意味深な質問を思い出した。

――「ピンポイント」は、あとどれぐらい保つ?

あれはそういう意図から出た問いだったのか。それにしても――。

「今、専務はアメリカ出張中なんだぞ。そんな時に、どうやったらこんな噂が流せるんだ」

「いえ、噂はもっと前からあったんです。今、新年度予算の策定の準備をしているんですが、我々のセクションは大きく予算が削られそうなんです」

「それは、『ピンポイント』の開発が一段落したからだろう」

「でも、我々は『ピンポイント』をバージョンアップさせた新薬の準備を進めているんですよ。今年の春ごろに、いくらでもカネは突っ込んでやるから成果を上げろと、専務は言ってたじゃないですか」

その激励は平井も覚えている。それを言った当の奈良橋がそんなバカげた決断をするとは思えなかった。彼は「一度製品化した材は、絞りかすの一滴までもカネにするまで売りまくれ」というのが信条だ。この段階で製造中止なんて、絶対にありえない。

「やはり、顕浩君の事故が影響しているんでしょうか」

まさか。思考が完全に停止し、膝の力が抜けて、うずくまってしまった。

「もしもし、平井さん？大丈夫ですか」

佐野の心配そうな声で、何とか体を起こした。

「今夜、会えるか」

「もちろんです」

「じゃあ、相模大野駅前の〝たくま〟で七時半に落ち合おう」

それだけ言うのが精一杯だった。平井は電話を切ると、そばにあった水飲み場の蛇口を勢い良くひねり、頭から水を浴びた。

「ピンポイント」が製造中止だと。そんなことはありえない。いや、絶対に許さない。

第六章　危機と懸念

1

「世界食糧会議の資料だ。着くまでに目を通しておいてくれ」

羽田―関空便に乗り込む直前に、印旛からファイルを手渡された。米国アトランタで開催されるこの世界会議に、秋田は印旛と共に農水相の随行員として参加する。出発は三日後だ。

秋田の出張を知った増淵は、今はＪＦＶ（ジャパン・フード・ヴァレイ）に専念するべきだと反対したが、既に大臣にも伝えてあったうえに、印旛が強く同行を求めたために、予定は変更されなかった。

ＪＦＶ関連の業務だけでも目が回るほど忙しいのに、食糧会議の準備まではなかなか手が回らなかった秋田は、ファイルを受け取りながら印旛に自身の力不足を詫びた。

それにしても、なぜ、ＪＦＶがらみで淡路島に向かうタイミングに読まねばならないのか。

世界食糧会議は、地球規模の食糧危機が叫ばれた一九七四年、国連の主導でローマで開催された。参加国は一三〇ヶ国に上り、食糧不足と飢餓解消を目的とした国際協調に合意した。その後は「世界食料安全保障サミット」と名を変え、人口爆発や農地荒廃などを協議する場としてFAO（国連食糧農業機関）が実務者レベルで開催している。今回はG20が主催し、先進国および新興国の大臣クラス以上が出席して、より次元の高い国際会議になる予定だ。世界中で続く干魃（かんばつ）と食料輸出規制緩和が議題だ。

〝我々が考えるべき食糧問題の課題〟のタイトルがある資料は、四ページの要約（サマリー）と一〇〇ページ余りの資料本文で構成されていた。どうやら公的な文書ではなく、印旛が個人的に作成したものと思われる。

印旛は隣で“The Economist”を開き、時折ボールペンで書き込みをしながら、熱心に記事を読んでいる。

ぶ厚い文書の表紙をめくると、見慣れた文言が並んでいた。我々が留意すべき重要要因は、すなわち、気候変動、人口爆発、マネー資本主義の拡大だ、とある。

いずれもここ数年騒がれている地球規模の課題ではあるが、東日本大震災と原発事故以来、日本国内でそれらがメディアに取り上げられる頻度は下がっている。にもかかわらず、印旛は海外の話題に注目している。特に問題視しているのは、「干魃」だった。

二一世紀以降、百年に一度級の大干魃が何度も世界を襲っている。最も深刻な地域は、砂漠化が進む中国だ。新華社が二〇〇九年に発表した記事を読むと、当時で既に中国全土の耕地面積の一五パーセントに相当する一八二六万ヘクタールに干魃被害が及んでいるという。中でも小麦については、主要産地である河北、山西など八省で、作付面積の四五パーセントが被害に遭い、惨憺たる状況だ。干魃終息の見通しは立っておらず、それどころか砂漠化が年々拡大を続けている。また、農産物の大産地国であるアルゼンチンやオーストラリアでも、干魃被害が拡大していた。その他、米国の穀倉地帯であるカリフォルニア州では二〇〇八年から四年間も干魃が続いて、同州の財政危機の要因にもなった。二〇一二年に入ると、英国やスペインでも小麦の作付面積が激減し始めている。アフリカでも雨の降らない異常気象が続いており、内戦が続くソマリアだけで三五〇万人が被害を受けている。個々の現象については時折ニュースで耳にした記憶もあるが、こうして時系列でまとめると、世界の農作物がここ数年で軒並みダメージを受けている事実が浮かび上がってきて、秋田はぞっとした。

一方で、二〇一一年に、世界人口は七〇億人を超えた。一〇億人に達したのは一八〇二年のことだ。それから二〇〇年余で人口は七倍になった。中でも、六〇億人から七〇億人へと増加するのに要した時間は、わずか一三年だ。

人口爆発と呼ばれる現象は、中国やインド、ブラジルなどの新興国の経済成長によって、より深刻さを増している。貧困層が増える分には、世界の食糧事情を圧迫しないが、新興国の人口急増は消費行動の爆発的拡大を生み、結果として地球規模の食糧危機や水の枯渇という不安要因になるのだ。

資料では、〝いずれ世界中が水と食糧を奪い合うようになる〟と印旛は断言している。

それは、農業大国と呼ばれる新興国で、農産物の輸出規制が拡大しつつある点でも裏付けられる。輸出規制は、インドや中国、アルゼンチンなどに広がっている。また、ロシアのように農産物を〝外交上の武器〟だと考えている国が輸出を抑える例もある。その上、リーマンショック以降、投機筋が穀物先物市場に大量に参入したために、穀物価格が高止まりしており、〝食糧の奪い合い〟状態に拍車が掛かっている。食糧が投機対象になり、問題はより複雑化した。

いずれのキーワードも既に使い古されたものばかりだが、それが食糧問題と結びついたことで新たな脅威になってしまったと秋田は理解した。

そして何より怖ろしいのが、日本国内だけを見ていると地球規模の食糧危機が実感できない点だ。その証拠に今なお減反政策も継続している。しょせん食糧危機など他国の問題であり、日本とは無縁のように誰もが思っている。

しかし印旛は、未曾有の食糧危機は着実に日本社会にも浸食していると指摘している。例えば、世界の農産物価格の高騰は、小麦や、飼料として大量に輸入している大豆やトウモロコシの価格に影響を及ぼしている。それは、ひいてはパンや麺類、食肉の価格上昇に繋がる。

だが、何よりショックを受けたのは最後の一文だった。

〝近い将来、日本への食糧輸出が停まる可能性を考える必要がある。さらに、国内の農産物が、中国などに買い漁られるリスクも軽視してはならない〟

TPP問題の影響もあって、日本中が全然違う方向を向いている。文書を手にしたまま愕然とした時に、印旛の視線に気づいた。

「不勉強が恥ずかしいです。食糧危機なんて、日本ではまだ対岸の火事だと高をくくっていました」

「TPPで騒いでいる場合じゃないと思わないか」

TPPでは日本に安い農産物が輸出され、日本の農業が壊滅するという懸念ばかりが取り沙汰される。だが、未来を見据えるならば、日本は食糧調達が不可能になるかもしれないという懸念をまず考えるべきではないか。

「食糧難の時代になれば、高値で買える国が勝つんだ。エネルギー問題で甚大な貿易赤字を生んでいる我が国に、もう一つ大きな貿易赤字の要因が生まれる可能性がある」

原発事故以降、大半の原子力発電所が停止している。代わって火力発電所がフル稼働し、燃料調達費用が一年で四・三兆円も増加した結果、三一年ぶりの貿易赤字を記録した。しかも、赤字総額は、二兆五〇〇〇億円を超える。

「つまり、私たちは農業政策について重大な誤りを犯していると、印旛さんは考えておられるんですよね」

「誤りかどうかは問題ではない。この国が生き残るために、何をすべきかを提案する。それが私たちの仕事だ」

今日という日に資料を渡された理由がようやく見えた。

「だからこそ、JFVは重要だと」

「もはや生産調整している場合ではない。農業を産業として強化し、来るべき食糧危機に備えなければならない」

秋田は今まで、JFVを産業振興の側面で捉えていた。だが、食糧安全保障の観点で、この国は輸入に頼らない農業を目指す必要があるという自覚が足りなかった。あまりにも危機感がなかった。

「そういえば室長、例の件ですが、やはり室長の懸念は当たってました」

通路側の席で居眠りをしていたかに見えた増淵が、いきなり会話に入って来た。彼らには周知の話題らしいが、秋田はぴんと来なかった。

「何ですか、例の件て？」

「実はこのところ、中国の商社が、日本の農家に契約栽培を求めているという噂があるんだよ」

印旛が言うと、増淵が続けた。

「連中は表立っては動いていないんですが、日本の商社や農協に働きかけて、通常よりも一割増しほどの金額で全量買い取るという契約を持ちかけているようです」

農産物の契約栽培というのは、収穫時の収量にかかわらず、事前に契約した額を支払うシステムで、買い手のリスクが高いとされている。それを市価よりも一割も高く買い取るというのは、異常だった。その現実に秋田は青ざめたが、印旛は冷静だった。想定内の事態なのだろうか。

「規模は？」

「正確には把握していませんが、総額で数十億から一〇〇億円超のカネが動いているようです」

これまでの中国は検疫（けんえき）を理由に、日本からの農産物輸入について厳しく制限してきた。それが、近年の食糧危機と富裕層に広がる食の安全意識の高まりを受けて、徐々に門戸を広げつつある。しかし、増淵の言う通りなら、レベルの違う事態が起きていると考えるべきだった。

「中国資本が山林や水源地を買い漁っているという話と同様に、噂ばかりが先行しているんじゃないんですか」

機内で話すような内容ではなかった。データを睨（にら）みながらもっとじっくりとレクチャーしてほしい重要課題だった。

「残念ながら、噂ではないな」

印旛に冷たく突き放されてがっかりしていると、増淵に肩を叩（たた）かれた。

「知ってるか、秋田。香港（ホンコン）では、日本産というだけでキャベツが一個一〇〇〇円でも売れるそうだ」

我が耳を疑った。

「キロ当たりではなくてですか」

「そうだ、一個の値段だよ。農地の少ない香港は、これまで農産物を中国本土からの輸入に頼っていた。ところが、本土の農産物は有害物質による汚染リスクが高すぎる。それで、安全な農産物にカネを払うようになった」

現に、日本から宅配で香港の家庭に農産物を届けるビジネスが人気なのだという。

「高度経済成長以来、日本人は皆、それなりに平等で豊かだった。しかも、あらゆる面で世界一安全な社会環境だ。だが、安全はカネで買うものなんだよ。近い将来、日本の農産物は、安全の代償としていくら払っても構わないという新興国の富裕層に買い漁られるかも知れない」

知れないと言いながら、印旛はそんな時代の到来を確信しているようだ。

「JFVの目的は単なる農産物の輸出振興だけではないんだよ。いざという時は、それらを国内の供給に回せるように、もっと農産物を生産する必要がある」

増淵が身を乗り出してきて、世界食糧会議の資料のある一文を太い指で指した。

〝近い将来、日本への食糧輸出が停まる可能性を考える必要がある。さらに、国内の農産物が、中国などに買い漁られるリスクも軽視してはならない〟

2

関西国際空港は、昼前だというのに閑散としていた。国内線の便の大半を伊丹(いたみ)空港に譲っているだけに、利用客が少ないのだろう。それにしても、成田や羽田のような活況がなさ過ぎる。

日本初の旅客・航空貨物の二四時間運用空港として一九九四年に開港した関西国際空港、略して関空は、着工直後からトラブル続きだった。世界でも珍しい人工島からなる洋上空港は、埋め立て工事に手間取り、予算八〇〇〇億円を大幅に上回る二兆四〇〇〇億円を注ぎ込んだ。その結果、アジアの中核空港(ハブ)を標榜(ひょうぼう)したにもかかわらず着陸料が高すぎて、ライバルの仁川(インチョン)や香港に、その座を奪われたままだ。

開港当初から赤字経営ではあるが、成田空港の国際便の発着数が飽和状態になったり、日本人の海外旅行者数が堅調なことで、総数としては便数も利用者数も伸びている。しかし、売り物にしていたハブ空港化は、既に画餅(がべい)に帰していた。巨大プロジェクト失敗の煽(あお)りを受けて、大阪府と大阪市は、自治体の破綻(はたん)を意味する財政再建団体の一歩手前まで追い詰められているとも聞く。

「寂れている気がするのは、気のせいですか」

構内の様子を眺めながら、秋田は正直な感想を口にした。

「宝の持ち腐れだからな。アジアの中心的存在を期待されながら、人も物も韓国や香港に圧倒されている。お陰で、空港を当て込んで開発した大阪湾岸は、更地のまま荒れ放題だ。まあ、そのお陰で、俺たちは特別待遇の恩恵にありつけるんだがね」

増淵は言いたい放題だ。

ＪＦＶの貨物取り扱いについては各種の特別待遇を要請しており、関空側からは既にかなりの譲歩を勝ち取っているようだ。

到着ゲートを出たところで、国土交通省のＪＦＶ担当者と新関西国際空港株式会社の社員が待ち構えていた。

「ようこそいらっしゃいました。この度のプロジェクトは、弊社が取り組んでおります物流ニュービジネスモデル促進事業にも合致しており、実現に向けて全社を挙げて取り組む所存です」

経営戦略室長が丁重に挨拶した。

「日本の未来を豊かなものにするための重要な取り組みになります。大変熱心にご協力戴き、心から感謝致します」

印旛も笑顔で頭を下げた。彼は相手が誰であっても常に丁寧に応対する。多くのエリート官僚は、民間企業に対して高飛車で高圧的な態度を取る。頭を下げるなんてもってのほか、挨拶すらまともにしない輩も少なくない。一緒に挨拶しながら、秋田は上司の振舞いに感心していた。案の定、関空の室長は恐縮して、さらに丁重な態度になった。

「貨物施設については、夜間に見学されると伺っていますが、それまでに何か当方でご用意することはありますか」

「資料は全て戴いています。特にはありません。後ほどよろしくお願いします」

ＪＦＶが本格的に始動すれば、輸送機に農作物や食品を積み込む作業は夜間から早朝にかけて行われる予定だ。そのため貨物施設の見学予定は夜に設けてあった。

「では、我々はひとまず淡路島に向かいます」

増淵の一声で、関空社員が案内に立った。出口の真っ正面に、関空のロゴの入ったワンボックスカーが一台停まっていた。もしや現地まで送り届けるつもりだろうか。淡路島南部までは陸路でも繋がっている。大阪湾沿いの高速道路を神戸市垂水区まで走り明石海峡大橋を渡るルートで、約一五〇キロ余り三時間弱ほどかかる。その行程を送ってくれるというのは同社の意気込みの強さだろうが、これは業者による便宜供与に当たらないのかというつまらない疑問も湧いた。

「このバンで、淡路島まで行っちゃって問題ないんですか」

車に乗り込んで、増淵に耳打ちした。

「淡路島まで乗せてもらったら、そりゃあ問題だろうな。だが、送ってもらうのは、すぐそこまでだ」

車は空港施設と数棟のホテル以外何もない人工島の道路を進み、埠頭(ふとう)に到着した。

埠頭に停泊している高速艇を認めて、関空と神戸空港を繋ぐシャトル船があるのを思い出した。

「あれに乗るんですね」

いつものように増淵は質問には答えず車を降りた。関空社員が案内してくれたのは、高速艇乗り場ではなく、フェリー発着場だった。

「かつては四国や淡路島への定期便もあったのですが、採算が取れず、今は運航していません」

つまりこれは埠頭の視察なのだ。

「ここが、淡路島からの野菜運搬船の発着場になるわけですね」

秋田の問いに印旛が頷(うなず)いた。

「そう考えている。船で運ぶほどの収穫量を通年確保できるのか、未知数ではあるんだけれどね」

一日当たりの農産物や食品の発送量によって、船の規模も変わるだろう。農産物や加工食品を輸出すると言っても、全てを航空便に頼る必要などない。そもそも航空便は費用が嵩む。一刻を争う生鮮食料品以外は、船便で充分だ。それでもこの埠頭を利用するというなら、JFVでよほど大量の野菜や果物を、毎日出荷する必要がある。果たして、そんな安定供給が可能なのだろうか。

「あっ、来たみたいですよ」

埠頭の先で海を眺めていた増淵が何かを見つけたらしい。彼が指さす先に小型の古びたフェリーが見えた。ゆっくりとこちらに向かってくる。船の側面には、大きなタコが足を広げているイラストが描かれている。

「たこフェリーですよ」

目を細めて船を見ていた関空社員が呟く。明石海峡大橋が開通するまで、淡路島と明石を結ぶ重要な交通手段で、側面に名産の明石だこが描かれていたために、そんな愛称が付いたという。

「舳先に立ってますよ。相変わらず絵になる人だ」

増淵が呆れたように首を振っている。誰が乗っているのだろう。つられて秋田も目を凝らした。

「もしかして……」

「米野さんだよ」

3

平井は普段より一時間も早く、家を出た。誰にも邪魔されずに、調べ物をしたかったからだ。

前日までの鬱々とした気分は消えていた。かといって、さおりとの秘め事に浮かれていたわけではない。それどころか、これから社内でひと暴れしかねないほど苛立っていた。「ピンポイント」が製造中止になるかも知れないという噂のせいだった。

CSR推進室にはまだ誰も出社していない。席に着くなり、秘書室に電話を入れた。秘書室の朝は早く、この時間には誰かが既に出社していて、新聞やインターネットをチェックしている。国内外の情報を毎朝把握すべきだという現社長の意向で始められた日課だ。

「CSR推進室の平井ですが、一〇分でもいいので、今日の午前中に社長とお話させて戴きたい。緊急の用件があるんです。何とかなりますか」

応対に出た秘書はすぐにスケジュールを確認し、午前一一時一五分から一五分間なら何とかなると返してきた。早速約束を取り付けると、今度は広報室に連絡を入れた。マスコミ対応が日課のセクションだけに、朝八時には交代で室員が出社している。

「平井だが、室長は」

「ああ、お久しぶりです、冨田です」

以前、研究センターで同じ研究に携わったことがある若手社員だった。

「今朝は室長はまだお見えになっていません。割と気まぐれで」

出社したら電話が欲しいと伝言を残して、パソコンを起動した。

昨夜は遅くまで、相模大野駅前の行きつけの居酒屋で佐野と話し込んだ。順を追って説明されても、「ピンポイント」を製造中止にするというのが信じられなかった。何より噂の出所が、米国視察中の奈良橋専務だというのが不可解だった。

そう反論すると、ほぼ全員が米国に同行している第二研究室の庶務係から衝撃的な情報を仕入れたと、佐野が言った。

今回の米国視察の目的は、世界最大の農薬メーカーであるトリニティ社との業務提携だというのだ。そして、提携が実現した暁には、大泉農創はすべての農薬開発を停止するという。

　奈良橋がGMO事業に関心を持っているのは感じていた。従ってトリニティとの業務提携は驚きではなかった。問題は、この段階で「ピンポイント」の製造中止にまで踏み切る点だ。

　平井の知る限り、トリニティ社の主力はGMOと除草剤のはずだ。それ以外の農薬も製造販売しているが、同社が扱うネオニコチノイド系農薬の大半は、大泉農創製だった。たとえGMOシフトをするとしても、大泉もトリニティも当分は「ピンポイント」が必要なはずで、現時点で切り捨てる理由が分からない。

　とりあえず余り結論を急ぐなと佐野に忠告し、これからも互いに情報収集に努めようと約束して別れた。社長や湯川のアポイントメントを取ろうとしているのは、これについて、一刻も早く問い質(ただ)したいからだ。

「あら、お早いですね」

　トリニティ社についても知識を入れておこうと同社のホームページを開いたところで、村瀬に声を掛けられた。

「おはよう。昨日は失礼しました」

「もうお体は大丈夫なんですか」

「お陰様で、一日ゆっくりしたら、すっかり元気になりました」

村瀬は半信半疑の視線を向けてきたが、だからといって詮索（せんさく）はしなかった。

「それは何よりです。社長がご心配されてました。昨日の連絡事項はデスクに置いてあります」

「早めに目を通します。社長にも御礼しておきます」

既に社長にアポを取っていることは、なんとなく言いそびれた。再びパソコンのディスプレイに集中すると、トリニティ社のトップページ一面にトウモロコシ畑が広がっていた。スクロールしていたマウスの手が、畑の地面を映し出したところで停まった。なんと、そこは砂漠だった。ＣＧで合成したのだと思ったのだが、キャプションでは、アフリカ、サハラ砂漠で育つ砂漠栽培用トウモロコシとある。

電話が鳴った。

「湯川です。どうしたんです、こんな朝早くから」

「教えていただきたいことがあります。今、少しだけ時間もらえませんか」

「なんだか怖いな。一五分ぐらいなら大丈夫ですが」

平井は今すぐそちらに行くと返して、同時に席を立った。

広報室は同じフロアにある。窓際（まどぎわ）にある室長席で、湯川はスターバックスのコーヒーを飲んでいた。

「会議室で話したいんですが」

湯川は面倒臭そうに立ち上がった。

「今さら『月刊文潮』の対談記事を取り止めてくれというのは無理ですよ」

コーヒーをひと口すすって湯川は椅子に腰掛けた。

「その話ではありません。トリニティ社と提携する件について教えていただきたい」

「提携？　何の話です」

そのわざとらしい反応で、湯川が事情を知っていると感じた。

「専務の米国視察はそのためなんでしょう」

「それは専務に直接、お訊ねになればいい。私は答える立場にない」

それは肯定しているようなものだが、問題はその先だ。

「『ピンポイント』が製造中止になるそうじゃないですか」

「誰です、そんなひどいデマを流しているのは。確かに専務はトリニティと将来の話をされています。だとしてもいきなり『ピンポイント』の製造を中止するなんてありえないでしょ」

湯川が本気で驚いている。その反応は信じていいと思った。だが提携内容は知っているかも知れない。

「ＧＭＯの分野では、トリニティは世界規模で圧倒的なシェアを占めているんですよ。今さら一体、ウチと何の開発をするんです」

「よくは知りませんが、おそらくは、コメじゃないですか。それと小麦でしょうね」

アメリカですら遺伝子組み換え作物は、飼料が主力だった。欧米人の主食である小麦およびアジア人が主食とするコメについては、不可侵というスタンスが常識だった。

それを破ろうというのか……。

「近い将来、農薬はこの世から消える。専務はそうおっしゃっています。ならば、社の生き残りを賭けて、日本初のＧＭＯ専門企業になるべきだと」

この男は、何を言っているのか分かっているのか。

「この件は、社長もご存じなんですか」

湯川が観念したようにため息を落とした。

「さすがに奈良橋専務も、こんな重大事を社長に諮らずにはやらないでしょう」

4

船は大阪湾を抜けて淡路島を目指している。甲板に立っていると海風が心地よい。秋田らをたこフェリーで出迎えた米野は、終始ご機嫌であちこちを指さしながら、大阪湾の案内を始めた。

驚いたのは、印旛、増淵、米野三人の親密ぶりだった。印旛を「友行」と呼び捨て、増淵は「ブチ」と呼ぶ米野は、二人にとって師匠的存在なのだという。

「自分が今あるのは、米野さんのお陰」と印旛が持ち上げると、増淵は「キャリアでただ一人、農業知識で勝てなかった相手」と本気でほめる。米野はまんざらでもなさそうに、「だから、安心してカズちゃんを二人に託せたんだよ」と言い放った。

にわかに信じ難かったが、とにかく印旛と米野のタッグなら、その突破力は凄まじいかも知れない。

「それにしても、よくぞ総裁を受けて下さいました」

印旛が頭を下げると、米野は大きく笑った。定年退職までは絶対に辞めないという意地を引っ込めて、ＪＦＶの運営母体となる日本食糧振興機構総裁のポストを米野が快諾したと聞いた時は、秋田も驚いた。

「僕がやりたかったのは、生涯現役だ。印旛君の計らいで、機構の総裁職には定年も任期もない。願ってもない最後の天職だよ」

「任期を定めなかったのは、私がうっかりしていたんです。しかし、それで法案は通りそうです。思う存分暴れて下さい」

米野と並んでデッキの手すりに寄りかかりながら、秋田は目を凝らした。前方に見える島は思ったよりも大きく、本州と地続きの半島のようにも見えた。

「あれが淡路島ですか」

「国生みの神話の地、淡路島だ」

関空から淡路島津名港までは、ほぼ真西に海路で三〇キロほどだ。さほど大きな揺れもなく、たこフェリーはまっすぐに目的地を目指していた。

「それにしてもラッキーだったのは、ＪＦＶの拠点となる津名港が、ほとんど手つかずで残っていたことだよ」

淡路島中央部にある津名港一帯は、関空開港によって一大ビジネス圏が生まれるのを当て込み、県主導で大規模な埋め立て工事を行って、工場や倉庫用地として造成した。中核となる埠頭は大型貨物船の着岸も可能な大規模なものだったが、関空プロジェクトの失敗と共に頓挫(とんざ)し、今では船が接岸することもめったにないという。

「大型船が横付けできるほどの埠頭が放置されているなんて、ほんと日本は贅沢な国だよ」

米野の皮肉は、そのまま日本行政の負の核心をついている。ハコモノを作れば、あとは何とかなる。そんな例をあげたらキリがない。もっともその一つが、JFV始動によって救われるのであれば、兵庫県にとっても国にとっても幸運だ。

「この船を、運搬船にするんですか」

「僕はそうしたいと思っているんだけどね。出荷量次第だね」

明快な米野らしからぬ答えだった。

試しに一日当たりの出荷量の見込みを訊ねてみた。

「まだ、分からない。これは一隻だけ安く手に入ったんだよ。トラックのまま船に積み込んで関空の貨物ターミナルまで運べるようになれば、さらにコストは下がるだろう。これぐらいのフェリーが最適だと思う」

「となると問題は出荷量の安定化ですね」

「それを何とかするのが、僕らの役目だよ。僕はね、この船で運ぶのは農産物に限らなくてもいいと思っている。カズちゃん、このエリアの魚は日本一おいしいよ。タコだけじゃない。鯛もヒラメも、そしてハモだって絶品だ。今や世界は寿司と和食ブー

ム だろ。活きの良い鮮魚も一緒に出荷すれば、採算が取れるかも知れない」

築地市場で仕入れた魚が成田経由で香港に輸出されているという。魚は鮮度が命だから、市場を介さずに瞬間冷凍して空輸すれば、さらにバリューは上がる。

「まあ、どこまでやれるか分からないけどね。ＪＦＶでは、縦割り行政に風穴を開けるために何でもやろうと思っている。友行やブチ、そしてカズちゃんにも迷惑をかけるかもしれないけどね。でも、これが最後のチャンスなんだよ」

珍しく米野が真剣だった。それほど本気でこのプロジェクトに賭けているのだろう。

もうすぐ津名港だ。『古事記』では日本誕生の地とされる淡路島が、悠久の歴史を超えて新生ニッポン誕生の地となるのだろうか。

5

予定時刻よりも早く、秘書室から連絡が入った。社長の手が空いたという。平井は誰もログインできないようパソコンをロックしてから、上着を羽織った。

「三〇分ほどは大丈夫ですので」

社長室に入る前に秘書が教えてくれた。疋田社長はソファに腰かけて紅茶を淹れていた。

「やあ、いらっしゃい。君もいかがですか。友人がロンドン土産にくれたんですよ。このアールグレイは絶品なんです」

平井は恐縮してソファに腰を下ろした。社長は慣れた手つきで平井のために紅茶を注いで差し出した。

「では、遠慮なく」

香りを楽しんでいるらしい社長がカップに口を付けるのを待ってから、一口飲んだ。確かに香りははっきりしているが、味はティーバッグのお茶と同じに思えた。

「顕浩君のお加減はいかがですか」

余り触れられたくない話題だったが、社長に対して適当に答えるわけにもいかない。

「昨日から元気に学校に通っています」

「辛いですね。ご自身が開発した材で、二度もお身内が傷つくのは」

湯川に言われても何も感じないが、社長に心配されるとさすがにこたえた。

「私の不徳の致すところなのかも知れません。お忙しい社長に、いらぬ心配までおかけして本当に申し訳ありません」

「社員の心配をするのも、私の大切な職務ですよ。それで、お話というのは」

皿に盛られたスコーンを一つ取りながら社長がたずねてきた。

「『ピンポイント』が、製造中止になるという噂を耳にしました」

「うん、このスコーン、なかなかいけますよ。君も一つどうですか」

勧められたが、社長の回答を得るまでは手を伸ばすつもりはなかった。

「ちなみに、その噂はデマですよ。社長の私が知らないのですから」

肩の力が抜けた。あり得ないと思ってはいたが、社長の言葉を聞くまでは不安の方が大きかった。

「事故とは言え、静岡での一件で、企業イメージが著しく落ちたのは事実です。その上、開発者の身内が被害にも遭っている。間もなく発売される月刊誌では、顕浩が再び発作を起こした件も書かれるだろうと私は覚悟しています。『ピンポイント』バッシングはさらに激しくなると思いますが、それでも製造中止はないと」

「あり得ませんね。そんなことをしたら、私たちは農家の皆さんに何というのですか。『ピンポイント』は抜群の効果だけではなく、安全で安心だから使って戴いているのです。その信頼を裏切るような真似(まね)は、私が許しません」

社長の言葉に力が籠(こ)もった。

「本当に失礼を申し上げました。ご容赦ください」

「平井さん、しっかりしてください。例の対談で、どれほど攻められても、『ピンポイント』は絶対安全だと、あなたは断言され続けたと聞いていますよ。その言葉は、大泉農創全社員の誇りじゃないですか。このスコーン、秘書の馬場さんの差し入れですが、本当においしいですよ」

勧められるままにスコーンをかじり、紅茶で流し込んだ。スコーンの甘みのせいか、さっきよりは紅茶の味が分かるような気がする。

「平井さん、一日と言わず、一週間ぐらい休みを取って、家族旅行でもされてはどうですか」

余程落ち込んでいるように見えるのだろうか。社長が親身に心配してくれるのが辛かった。

「ありがとうございます。でも、顕浩も学校に行くのが楽しいようですし、私はもう本当に大丈夫ですから。あの、もう一つ、失礼ついでに伺ってもよろしいでしょうか」

何なりと、と社長が頷いた。

「我が社とトリニティ社とが、ＧＭＯで合弁会社を設立するというのは、本当なんでしょうか」

「ああ、それですね。実は私もこの件は、君に相談したかったんです」

では、事実なのか。再び肩のあたりが強張(こわば)るのを自覚した。

「先方から強い打診があってね。奈良橋君が前々からGMOには前向きだったのもあって、検討の余地ありかなと考えているところです」

「GMOは農薬というより、種子生産です。我が社にそのノウハウはありません」

「だが、コメや害虫に関する情報の蓄積は厖大(ぼうだい)じゃないですか。彼らはそれを欲しているそうですよ。その見返りに、我々はトリニティ社のGMO種子開発技術を提供してもらうという青写真です」

言葉通りに受け取れば、好条件に思える。だが、到底そうは思えなかった。

「トリニティは、日本国内にも現地法人を持っています。限定的ですが、GMOの試験場を持ち、GMO種子販売の機会を窺(うかが)っていると聞きます。合弁会社ができれば、現地法人はなくなるのでしょうか」

「いや、それはないでしょう。ところで、GMOについて、科学者としてどう思いますか」

難しい問いだった。平井自身は、農産物のバイオ研究については肯定的だった。今まで人手に頼ってきた種の交配を、コンピュータサイエンスの助けを借りて、より早くより正確に行える技術だと理解している。それに世界の食糧事情を考えると、GMOは必要不可欠だとも思う。

その一方で、科学技術の進歩はもはや人間の制御力を超えているのではないかとも感じている。原発事故の例もあるように、不測の事態に対しては、あまりにも無力だった。だからこそ、暴走を止められる範囲内で利用すべきかも知れないとも思う。GMOにしても、人類が使いこなすには無理がある段階だと思うのだ。

「科学者としてというのであれば、もはや避けて通れない技術だと思います。そう遠くない将来、世界中の人がGMOの農産物を口にする可能性も否定できません。とはいえ、日本は遺伝子操作に拒絶反応が強いため、取り組む場合は相当の覚悟がいると思います」

社長が神妙に頷いた。

「まったく同感です。正直なところ、食糧問題という側面では、日本は完全に世界標準から周回遅れしていると言える。だとすれば、この遅れを取り戻すために、誰かが立ち上がる必要があるとは思いませんか」

それが大泉農創である必要はない。農薬開発者としての平井は、心の中で叫んでいる。

「おっしゃるとおりです」

だが会社員としてはそう答えざるを得ない。

「この話に乗ってみようと思うんです。まあ、私にとってはあなた方への置き土産でもあります」

その言葉の意味を悟るのに時間を要した。

「まさか、ご退任をお考えなのですか」

「まだ、君だけの胸にしまっておいて下さいよ。我が社の株主総会は一一月です。そこで辞意を伝えるつもりです」

そして、厄介なものを置いていくというのか……。

GMO開発に本気で取り組むというのなら、むしろ任期を延長してでも責任を負うべきではないのか。その覚悟なくして、「この遅れを取り戻すために、誰かが立ち上がる必要がある」と言うとは、一体どういう神経をしているんだ。なんと無責任な人なんだ。

これまで親近感と敬意を抱いていた経営者が、急に別人に見えた。

辞める人がこんな重大事を決めてはいけないという言葉を呑み込んで、平井は黙ってうつむくしかなかった。

6

対面してまだ一〇分も経っていないのに、早乙女代議士から放たれる香水の匂いが、全身に染み込んだ気分になった。本人はまったく気にする様子もなく、ご機嫌で自説をまくし立てている。

「一〇年近くも戦場カメラマンを続けてらしたんですってね。素晴らしいお仕事をされていたのね。私もプリンストンに留学している時に半年だけ、ボランティアで難民キャンプのお手伝いをしたんですけど」

全身高級ブランドで固めた早乙女に、「素晴らしいお仕事」と褒められると、とてもいけないことをした気分になった。ホテルの一室で、彼女と差し向かいで会っている気まずさも手伝って、代田は資料を読むふりをした。

「よろしかったら、この写真集にサインを戴けないかしら」

戦火の中で子供たちの様々な表情を切り取った『戦火の笑顔』が目の前に差し出された。代田の最初で最後の写真集だった。

「出版されてすぐに買ったのよ。私の一番のお気に入りの写真集なの。あの悲惨な現場で、子どもたちはこんなに逞しく生きている。その生き生きした表情を見事に捉えるカメラマンって、どんな人だろうと思っていたの。今回、お会いするに当たって、失礼ながら代田さんの経歴を調べていて、これを撮ったのがあなただと知ったの。ぜひ、サインして欲しいわ」

本当だろうか。美貌と鼻っ柱の強さで政界を渡り歩いている人物が、こんな写真集に感動するなんて、到底信じがたかった。それでも、代田は素直に礼を言って、サインした。

「感激。一生の想い出にするわ」

「大袈裟ですよ。それで、シンポジウムのお話ですが」

用件をさっさと済ませて一刻も早く帰りたかった。彼女が党首を務める〝くらしの党〟が主催する、食の安全と農薬問題についてのシンポジウムに、代田はパネラーとして招かれた。前日に事務局長から概要の説明を受けたのだが、気乗りせず辞退した。なのにその夜、ぜひお会いしてお話だけでもしたいと党首に強く求められて、ホテルオークラに呼び出された。話しているのは二人だが、その周りを、シンポジウムの事務局長や運営会社の社員らがとり囲むように控えていて、やりとりを見つめている。

「ねえ、代田さん、どうか私たちに力を貸して下さい。ミツバチが大量に失踪して死んだという事実は、地球からの警鐘だと私たちは考えているの。レイチェル・カーソン女史の警告が遂に現実のものになったのよ。私たち政治家がいくら叫んだところで、選挙のためだろうと言われてしまう。でも、あなたの声には、多くの人が耳を傾けると思うのよ」

「買い被りです。僕より適任者はいますよ」

「例えば？」

「この問題をいち早く訴えた養蜂家の萱原寛太さんとか、ジャーナリストの露木さんの方が、私よりも上手に話せます」

「彼らはだめよ」

まるでハエでも追い払うように、早乙女は手を振った。

「彼らは色が付き過ぎなの。頭ごなしにネオニコチノイド系農薬を否定するでしょう。それでは聴衆の心に響かないの。あなたの発言には、もっと知性を感じるの。決して押しつけがましくないのに、私たちはこのままではダメだと気づかせてくれる」

彼女がこれほどまでに持ち上げるのには、一つだけ心当たりがあった。

「もしかして、農薬の問題を第二の放射能だと言ったからですか」

「そう。ああいう分かりやすさがとても大事なの。それに、あなたは戦場カメラマンとして活躍されていて、現実の厳しさもご存知でしょう。毎日大勢の子どもたちが死んでいく現実があるにもかかわらず、私たちは生への感謝も忘れて、安全な生温い社会で思考停止している。それってダメだと思わない？」

日本人が生きものとして弱いというのは、露木や昔のジャーナリスト仲間と飲む度に話題になる。早乙女が同じ発想をしているのが意外だった。

「それに私たちが立ち上げた『子どもの命を守る国民会議』のボランティアスタッフに応募してくれた方の中には、あなたのお知り合いもいるのよ」

シンポジウムの主催団体の名称が、そもそもいやなのだ。軽はずみに「子どもの命を守る」などと言って欲しくない。具体的に何ができるというのだ。何でも反対するだけでは、問題は解決しない。子どもの命を本気で守りたいのであれば、それなりの覚悟だって必要なのだ。

「私の知り合いって、どなたです」

聞かないのは非礼だと思って、一応訊ねてみた。

「土屋宏美さんっておっしゃったかしら。代田さんの養蜂場で働いてらっしゃる主婦の方よね。皆さんの取り組みを紹介した、〝ミツバチレスキュー隊が行く！〟というサイトがとても面白くて。代田さんのお人柄や、お考えもとてもストレートに伝わってきたわ」

しまった……。思わず唇を噛んでいた。代田の要求通りに、土屋が文言を訂正したのかどうか、最終的に確かめていない。もし、あのままだったら、この過激な政治家はとんでもない文書を読んだことになる。

「あれは、必ずしも私の意見ではありません。彼女はちょっと思い込みが激しいところがありまして。いずれにしても、私には荷が勝ちすぎます」

早乙女は愛おしそうに、代田の写真集を撫でている。

「謙遜も過ぎると、却って嫌味になるわよ。ねえ代田さん、私はね、今こそ、ネオニコチノイド系農薬撲滅の最大のチャンスだと思っているの。このチャンスを逃していいのかしら」

まるでここ数日の代田の葛藤を承知しているような指摘で、さらに気が重くなった。

「農薬を全否定するつもりはないわ。ある意味、私だって必要悪だと思っている。でも、あれはダメよ。ミツバチは環境指標昆虫でしょう。さらに、農産物にとっては花粉を媒介させる貴重な生物でもある。それが絶滅するのを、あなたは指をくわえて見ているの」

「そのつもりはありません。ただ、私には、先生が設立された会の趣旨が今ひとつ理解できないんです。ご存知のようにネオニコチノイド系農薬の問題は、今や単なる農業問題だけではなく、農村というコミュニティの存続を左右するような社会問題でもあります。なので、あまり過激な発言をしたくないんです」

不意に早乙女が身を乗り出した。大きな音をたてて写真集が床に落ちた。

「代田さん、実はこの農薬を日本から消せる方法があるの。それどころか、日本中から農薬を一掃できる。そんな方法を私たちは提案しようと考えているの。あなたにとっても魅力的なアイディアだと思うのだけれど」

それ以上聞くべきではないかも知れない、と一瞬、考えた。だが、お構いなしに早乙女は続けた。

「我が国でもＧＭＯを栽培できるようになれば、農薬は一掃できる。シンポジウムではそこまで踏み込みたいの」

第七章　糧（かて）

1

大スクリーンに、アメリカ中西部で発生している干魃の大地が映し出された。広大な大豆畑がカラカラに乾燥して死の大地になり果てた光景は、正視するのも辛かった。

「被害は、全米最大の穀倉地帯である中西部だけに留まらず、カリフォルニアなどの合衆国西部にも広がっており、未だ収束の目処は立っていません」

現状を解説する米国農務長官の声はうわずっている。アトランタで始まった世界食糧会議の二日目の冒頭、予定を変更してアメリカを襲った大干魃の被害が報告されていた。

「現段階の収穫予想は、小麦が例年の三割減、大豆とトウモロコシは五割を大きく下回りそうです」

議長を務める米国国務長官は、アメリカは既に食糧緊急事態宣言を発し世界中から緊急支援を求めたいと言うと、普段の強気の姿勢を引っ込めて神妙に頭を下げた。

「議長国である我々が、ここにお集まりの各国首脳に、小麦や大豆、トウモロコシの緊急支援をお願いするという皮肉な結果になったわけですが、ご理解を戴いた上でご支援を戴きたい」

印旛の懸念が、こんな早くに現実化するとは……。最後列で聞いていた秋田は、上司の反応を窺った。若森農相の隣に控える印旛の表情は変わらないが、ペンを握る手に力が籠もっていた。

「議長、僭越ながら、日本政府はコメと米粉を各一万トン緊急輸出致します。また、必要とあらば、来年以降は輸出用穀類を増産する計画も推し進める所存です」

若森大臣の発言に国務長官は丁寧に礼を言ったが、そんな量では焼け石に水だと言わんばかりの顔つきだ。そもそも食文化が違う国にコメを送って、本当に感謝されるのか。秋田にとってはそこからして疑問だった。

アメリカが期待する相手は、EUとブラジル、アルゼンチンだ。オブザーバーとして参加していた南米の両国は、「支援は惜しまないが、自国でも同様の干魃被害がでており、通常通りの輸出量を確保出来るかも未知数だ」と返答した。また、ヨーロッパ一の大小麦生産国である英国も、干魃被害に苦しんでいた。結局、最後の頼みの綱はロシアだった。

「具体的な数字を提示できないが、可能な限り支援は行いたい」

発言を求められたロシア代表は、渋面で答えた。米ロの交渉がはかばかしくないと聞いていたが、歯切れの悪さはその証だろう。

連鎖反応のように農業大国を襲う干魃被害は、遂に世界最大の農業国である米国に牙を剝いた。この事態によって、食糧危機対策のために集まったはずの国際会議が、食糧調達交渉の草刈り場と化していた。各国が、予定されていた会談を変更し、密談を繰り広げている。その影響で、日本代表団との個別会談にキャンセルが相次いだ。第二日目の会議が始まる直前にも、ブラジル、英国、ロシアが断ってきた。

〝近い将来、世界が食糧を奪い合う時代がやってくる――〟と印旛が予想していた〝将来〟が目の前にあった。

秋田は、その事実に寒気を覚えた。未だに食糧全体の半分以上を輸入に頼っている我が国の現状を鑑みれば、一刻も早い方針転換が必要だった。

絶望的な雰囲気のまま、午前の全体会議が終わったものの、若森大臣は腕組みをしたまま暫く席から動かなかった。午後の会談はほとんどキャンセルされている。

「大臣」

大臣秘書官が遠慮がちに声を掛けても、若森は動かない。既に他国の首脳の姿はほとんどなく、大会議場は閑散としていた。ただ、中国代表団は農務次官を囲んで、何やら話し込んでいる。再度、秘書官が若森に声をかけると、ようやく反応した。

「印旛君、私は君に謝らなければならない」

前日、印旛はブラッシュアップした意見書を大臣に渡したが、若森は「ちょっと悲観的じゃないのかな」と取り合わなかったのだ。

「謝って戴くようなことはないかと」

印旛が返すと、若森がため息と同時に両手で頭を抱えた。

「これでも多少は世界情勢に通じているつもりでいた。だが、この数日で、自分の甘さ、いや日本の甘さを痛感している」

「アメリカの干魃については、私自身もう少し楽観視していました。しっかり状況把握していれば、出発前に総理や外相も交えたミーティングを提案できたものをと、申し訳なく思っています」

「日本が受けるであろう影響を、大至急まとめてくれ」

「こちらにいるメンバーで、P T（プロジェクトチーム）を立ち上げたいと考えていますが、よろしいでしょうか」

「そうしてくれ。特にアメリカの状況を、もっと具体的かつ克明に調べてほしい」

若森は少し離れて聞いていた米国駐在参事官に向かって釘を刺した。米国の農業事情の調査を行う参事官は申し訳なさそうに項垂れた。もう少し有能なら、事前に米国の切迫した危機を本省に伝えられたはずだ。こういうところが農水省の脇の甘さなのだ。

「お話の途中ですが、さきほど米農務省から、明日、大豆被害の視察に行かないかという打診がございました。いかが致しましょうか」

一等書記官がタイミングを見計らったように話題を変えた。若森が印旛に意見を求めた。

「少なくともPTのメンバーは行くべきかと。米国の惨状を実感するためには、大臣も参加された方がよろしいかもしれませんね」

「明日の予定はどうなっている？」

「特に重要な会議はありません。アトランタ在米邦人会との交流会などですから」

「それは家内に任せて、私は視察に行くよ」

若森がようやく腰を上げると、書記官が今受けとったばかりらしいメモを見て告げた。

「中国の農務次官が、昼食を一緒にと言ってきています」

「中国が？　どうせあさって会談するのに？」

「一刻も早く相談したいことがあるようです」

「大臣、折角です。ぜひ、会食しましょう」

印旛に背中を押された若森は、中国代表団に向かって大きく頷いた。

2

まるで最初から会食を予定していたかのように、中国代表団はホテルの宴会場を用意していた。同席者の人選に悩む日本側に対して、「皆さんご一緒にどうぞ」と彼らはやけに気前が良かった。

アトランタ名物のTボーン・ステーキを前にして、ランチミーティングは和やかに始まった。

中国代表の農務次官は日本留学の経験があり、日本語が堪能だった。最近は魚沼産のコシヒカリを取り寄せていると上機嫌だった。それを聞いた若森は、造り酒屋の実家の仕事で紹興酒の産地を訪ねた時の思い出話を披露した。

「私は、若森先生のご実家のお酒を戴いた事があるんです。確か『翡翠誉』でした」

緊張のせいか会食の冒頭から若森の表情はずっと硬かったが、その一言でようやく溶けた。

「銘柄まで覚えてくださっているとは感激です。今度、門外不出の特別仕込みをお届けしますよ」

「楽しみにしています」

食後のコーヒーが出たのを潮に、農務次官が紙ナプキンで口元を拭(ぬぐ)い、居住まいを正した。

「それにしても、大変な事態になりましたね。相互扶助どころではない。各国が血眼で食糧を買い漁(あさ)っています」

嘆かわしいと言いたそうに、次官は首を振っている。

「本当に驚きました。このままでは食糧戦争に発展しかねません」

「我々もそれを懸念しています」

若森も同調した。だが秋田は、まるで他人事(ひとごと)のように話す農務次官に強い違和感を覚えた。中国こそが、世界中でなりふり構わず食糧を買い漁っている張本人なのだ。にもかかわらず、農務次官の態度は我関せずというポーズだった。あるいはこれが中国外交術の強(したた)かさなのだろうか。

「本日、お食事にお誘い戴いたのは、何かご用件があるからでしょうか」

ついに痺れを切らした若森が踏み込んだ。

「おお、そうでした。実は、貴国にお願いしたいことがあります」

次官はコーヒーを一口すすってからカップを脇にやると、身を乗り出した。

「先ほどの全体会議で、貴国はアメリカに対して、輸出用のコメや米粉の緊急支援を申し出られた。しかし、アメリカは大して喜びませんでしたね。ずいぶん失礼な態度ですが、彼らにとってコメは、所詮小麦の代替品でしかないですからね」

「しかし、我々にできるのは、その程度ですから」

「何をご謙遜されているのです。世界中が食糧不足で困窮しているのです。そんな折に、貴国は主食の一部を提供しようとしている。その博愛精神は、もっと称えられるべきです」

一体、次官は何を切り出すつもりなのだろうか。

「単刀直入に申し上げます。ぜひ我々にもコメと米粉をご支援戴きたい」

それだけの話なら、予定している個別会談で交渉すればよい。わざわざ豪勢な食事会に招いて根回ししなければならないような話ではない。若森は戸惑っていた。

「貴国でも、小麦等の不作が続いていると聞いています。できるかぎりのご支援を検討致します。ちなみに、どれぐらいの量をご希望ですか」

「ひとまず、一〇〇万トン。将来的には、四〇〇万トンはお譲り戴きたい」

秋田は数字を聞き間違えたのかと思った。若森も、通訳に数字を再度確認させた。

すると、農務次官は日本語で答えた。

「ヒャクマントンと申し上げました」

外交では何を聞いても平然としている肝の太さが必要不可欠だが、若森はそれを維持できず、救いを求めるような眼差しを印旛に向けた。だが、印旛はしきりにメモを取っていて、大臣の視線に気づいていない。若森は苦笑いを浮べて、テーブルの向こうの相手に答えた。

「次官、悪いご冗談はおやめ下さい。さすがに、そんな大量のご支援は難しいかと」

「貴国の減反政策によって、コメの生産量は、ピーク時から四〇〇万トン以上減りました。ならば、その減らした分を全て私たちが買い上げたいと考えています」

秋田は声をあげそうになった。とんでもない提案だ。しかも、それは明らかな内政干渉だ。中国は一体何を考えている。日本側の出席者全員が困惑する中、次官は構わず続けた。

「貴国は、日本食糧振興機構を発足されるそうですね」

まだ一部の関係者しか知らない情報だった。

「よくご存じですね」

「その機構の総裁になられる米野太郎先生と、懇意にさせてもらっています」

思わぬところで米野の名が出た。しかもそれが良い兆候になるわけではなさそうだ。

「この件に関しては既に米野先生の内諾を戴いています。貴国が減反されている全ての田を、私たちの国への輸出米をつくるために使わせてもらえないでしょうか」

この図々しい提案に米野が嚙んでいると知って、若森は怒りを隠さなかった。印旛が代わりに口を開いた。

「僭越ですが次官、米野がそのお話をしたのはいつでしょうか」

「確か、三ヶ月ほど前だったと思います。米野先生とは昔からの馴染みでね。先生のお陰で、私はコシヒカリファンになったんですよ」

そこまで聞くと日本代表団の緊張感が緩んだ。

「それはあくまでも、米野の個人的な見解と思われます」

「だが、実際問題として、貴国はあれだけのレベルのコメが作れるのに、生産調整をしているわけでしょう。ぜひ私たち人民の命のために利用したいと思います」

印旛がはったりを指摘しても、次官は気にも留めず、中国人民の命まで引き合いに出して詰め寄ってきた。

「暫しお時間を戴けませんか。我が国の食糧政策も根本から見直す必要が出て参りました。貴国のご希望に少しでも添えるように努力致しますので」

「今年中に、ご返事を戴けますか」

「大臣、いかがでしょうか」

　印旛に促されて、若森は渋々答えた。

「そうですね。一一月いっぱいでいかがですか」

　期限に根拠はない。だが、そうでも言わなければこの場が治まらないから、適当に言ったに過ぎなかった。

「現在、我が国からの農産物輸出は、貴国の厳しい検疫(けんえき)の壁に阻(はば)まれております。それを緩和して戴けますか。無論、輸出農産物の安全性については、厳格な基準で臨む所存です」

　これまで中国政府は農産物の輸入に障壁を設けないと言いながら、日本の農産物が自国に浸透するのを警戒して、厳しい検疫を盾に輸入制限をかけてきた。明らかな〝非関税障壁〟で、過去にも何度も抗議しているが、彼らは応じようとしなかった。

　それだけに、印旛の要望に対して中国側の列席者は露骨に不快感を表した。

「印旛さん、あなたもなかなかの交渉上手ですね。いいでしょう。コメに限り検疫についても特別の処置をするように努めます」

これは歴史的打開かも知れない。今まで頑なに門戸を閉ざしていた中国が、こうも簡単に方針を変えるものなのか……。

「但し、この取り決めは、全ての農産物についての検疫問題ではありませんので、あしからず」

「しかし折角の機会ですから、定期的に事務レベルでの交渉の場を設けたいと考えているのですが、いかがでしょうか」

印旛の柔軟性と突破力に、秋田は感心していた。いきなりとんでもない要求を受けても動じず、それどころか、長年の懸案だった問題に風穴を開けている。その上、なかなか応じなかった相手との交渉の場を定期的に設ける提案までした。官僚は即断力に欠けると言われているが、印旛には当てはまらない。

次官は周囲の幹部に意見を求めて、相談している。

「我々としてもそういう交流は大歓迎です。ただ、その際には印旛さんと米野さんのお二人にもご出席戴きたい」

また、無茶な話を振ってきた。中国への輸出問題を担当しているのは大臣官房だ。

また、コメの減反問題や輸出農産物の検疫についてもそれぞれに担当者がいる。それを踏まえた上で、事務次官なり審議官なりが、事務レベル協議の出席者を人選するのが筋なのだ。単なる親睦の会とはワケが違う。

「結構でしょう、次官。あなたのような強者とお話をするためには、ウチのエースをぶつけるべきですからね。私がここで請け合います」

大胆な承諾だった。若森らしいともいえるが、むしろ追い込まれた末の不承不承の回答だろうと秋田は理解した。いきなり次官が立ち上がり、テーブルを回り込んで若森の前に立つと、右手を差し伸べた。

「日中の新しい架け橋を、私たちで築きましょう」

中国代表団が一斉に拍手した。

3

照りつける太陽が眩しかった。アトランタからチャーター機で三時間ほど北上したミズーリ州の穀倉地帯を、秋田らを乗せたＳＵＶ車はゆっくりと走っていた。

一帯はコーンベルトと呼ばれる米国穀倉地帯の一角にある。米国の農家は一年を通して小麦、トウモロコシ、大豆を生産している。この時期は本来、トウモロコシや大豆の収穫時期だが、見渡す限り茶色く枯れて荒れていた。

「この辺りの被害は深刻で、既に八割以上が枯れてしまっています」

案内役のミズーリ州農務局員が力なく言った。彼らの悲愴感は哀れなほどだ。

窓を開けると熱風が顔をなぶる。それにもめげず、日本代表団はデジカメのシャッターを切っている。滅多に目にすることができない大干魃の現場を記録したいのだ。

「少し降りてみますか」

車外に出ると、九月末とは思えない日射しと熱気に襲われた。農務局員は畑に向かうと、数本の茎を折って戻ってきた。

「大抵はこんな状態です」

大豆の実が、赤茶けて萎びていた。若森がサングラスを外して、その莢を見つめている。

「対策はないんですか」

「雨が降らないのでは、どうしようもありませんからね」

遠くで砂塵が舞うのが見えた。

「乾燥すると、砂混じりの強風が凄まじいだけでなく、枯れ草による火災まで起きます。既に、この一帯の農家は手入れもやめてしまいました」

「小麦への影響はどうですか」

秋田は思わず訊ねていた。

「今春の収穫が、前年比三割減でした。小麦は元々乾燥に強いのですが、それでも昨年冬から春先にかけては雨量が少なすぎました。来年は、それを下回る可能性が高いですね」

農地に足を踏み入れて写真を撮っていた農水技官が、顔をしかめて戻ってきた。

「これじゃあ砂漠に種をまいているようなもんだな」

地平線まで続く大地はどこもかしこも乾ききって、裂けたようなひび割れが一面に広がっている。まるでアフリカの飢餓地帯だ。

「もう一箇所、是非とも見て戴きたい場所があります」

農務局員に促されて再び車に乗り込んだが、さっきまで果敢にシャッターを切っていた者も、もうカメラを構えようとしなかった。かなり酷いと聞いてはいたが、現場を見るまでは、どこか絵空事のように感じていた。しかしその惨状を目の当たりにして、深刻を通り越して恐怖を感じたのだ。

日本は、年間、小麦約五〇〇万トン、大豆約三〇〇万トン、トウモロコシ約一六〇〇万トンを輸入に頼り、その大半はアメリカからのものだ。それが干魃被害で輸出できない事態が続くと、食品以上に飼料不足が深刻となり、牛肉や豚肉が高騰(こうとう)する可能性が高い。いや、そんなレベルでは済まないかも知れない。万が一、アメリカの輸出が全て停まったらどうなるのか……。

〝死の畑〟に沿って三〇分以上は走っただろうか。車は高いフェンスで囲まれた施設の前で停まった。車が到着するのを待っていたように、頑丈そうな鉄扉が開いた。

構内を少し走って見えてきた風景に、秋田は目を疑った。

「これは……」

まるで別世界のように青々としたトウモロコシ畑が広がっている。

「なぜ、ここだけ」

若森が呟(つぶや)いた時、車が停止した。

「農業コングロマリットのトリニティ社の実験農場です」

社名を聞いて、合点がいった。かつて農薬メーカーだったトリニティ社は、今や世界屈指のGMO企業として急成長している。

「これはGMOトウモロコシなんですね」

「アフリカの砂漠地帯でも収穫できるように開発されたトウモロコシです。こんなことになるなら、これを州全域に蒔いておくべきでした」

　農務局員は心底残念そうに言った。だが、雨が降らなくても青々と茂り、トウモロコシの黄色い実がたわわに稔る畑を見て、秋田は枯草の草原を見るよりも嫌な気分になっていた。

4

〝激論、ネオニコチノイドの恐怖〟と題された目次を見ただけで、代田は雑誌を閉じてしまった。わざわざ掲載誌を届けてくれた露木には申し訳なかったが、とても読む気にはなれなかった。

　もっとも露木は代田の反応など気にもしていないようだ。古乃郷診療所裏の養蜂場にディレクターチェアを持ち込んだ彼は、すっかり寛いだ様子で夕暮れ迫る山の端を眺めている。いつになく無口なのが今日は有難かった。代田はクーラーボックスで冷やした缶ビールを手渡した。

「おっ、気が利くじゃないか。戴くよ」

　乾杯して一口飲んだ後、代田は早乙女代議士から誘われたシンポジウムの件を切り出した。

「ＧＭＯ推進のシンポジウムに出席するだと」

露木が大きな声で叫ぶので、ビールを噴き出しそうになった。

「色々悩んだんですが、出席すべきだと思ったんですよ」

帰巣(きそう)するハチを眺めながら代田は答えた。昼間はうるさいほどの羽音も、今はほとんどおさまっている。

「そんな軽はずみでいいのか。おまえ、ＧＭＯについては批判的だったはずだろ」

妻も同じことを言った。だが、悩んだ末に決めたのだ。

「だから出るんです」

「どういう意味だ」

寛いでいたムードが露木から消えた。

「ネオニコチノイド系農薬がなくなったとしても、また新しい農薬が登場すると思いませんか」

「それがＧＭＯとどう繋(つな)がる？」

「ＧＭＯなら、農薬が不要な品種を生み出すのも可能です」

「だが、現状では、除草剤でも枯れない品種ができる程度だろ。害虫の数を考えて見ろ。すべてに対応する無敵の品種なんて、まだＳＦの世界だ。それに、人体への影響も計り知れないんだぞ。そんなものを、この国で推し進めていいと思っているのか」

露木が熱くなればなるほど、代田は冷めた。

「今、砂漠でも育つトウモロコシとか、害虫が寄りつかない大豆なども研究されているようですよ」

「砂漠のトウモロコシは、俺もテレビで見たよ。だが、そんな不自然な作物を認めるのか」

認めたくはない。虫が食う作物の方が安心だし、手間暇をかけて育てた作物の味の素晴らしさを代田自身は知っているつもりだ。だが最近は、頭ごなしにＧＭＯを否定していいのだろうかと考えるようになった。世界はいつまで豊かでいられるのか。

「既に日本にも、約一六〇〇万トンの遺伝子組み換え作物が輸入されているそうです。これは、日本のコメ生産量の倍です」

「でも飼料だろう」

豆腐などの食品では、遺伝子組み換え大豆の使用があれば明記しなければならないが、家畜の飼料については表示義務はない。遺伝子組み換え作物を拒否しながら、実際は日本国民の大半が、ＧＭＯを飼料とした牛やブタの肉を既に口にしているのだ。

ただ、知らないだけ。この国には、そんな現象が多すぎる。

「不自然と言えば、農業も養蜂業も皆、不自然ですよ。だって、人間が食糧にするために、生態系を無視して、無理矢理収穫しているんですから。しかも、収量を上げたり、味を変えたりしている。品種改良だって、言ってみればアナログな遺伝子組み換えですよ」

「どうしちゃったんだ、悠介。早乙女の毒気に当てられたか」

名前が出たせいだろう。議員の挑発的な眼差しが脳裏に蘇った。

――ただ、怖いからと言って避けていていいと思いますか。文明の進化から目を背けるべきではないと私は思うけれど。

挑発されたわけではない。農薬問題を突き詰めたら、いずれＧＭＯに突き当たるのだろうと、最近は考え始めていた。それを、早乙女に容赦なく突きつけられた。

「政治家がＧＭＯを進めようとしているのであれば、僕らは何が起きようとしているのかを、しっかり見極める必要があると思いませんか」

「敢えて厄介事に首を突っ込むつもりか」

「そんな格好いい話ではありませんけどね。でも、ＧＭＯについて、正しい知見を持つべきではないかと思うんです」

露木は飲み干したビール缶を勢い良く握りつぶした。

「なんだか、おまえと話をしていると、いつも拍子抜けするよ。俺とは違う次元で問題を見ている」

「きっと僕は当事者だからですよ」

叶うならミツバチに少しでも良い環境を提供したい。だから、農薬のない社会は理想だと思う。とはいえ、GMOが蜜源になれば、それが蜂にどんな影響を与えるのかという心配のタネがあらたに増える……。

「当事者か。確かにそうかも知れない。所詮、俺は外野席から非難しているだけだからな。それにしても早乙女の動きは気になるな。あの女が農業や食の安全に興味を持っているなんて、初めて聞く」

「トリニティのGMO研究所を視察したんだそうです。そこで、GMOを拒絶してはいけないと悟ったらしいですよ」

「そんな詭弁を信じるのか」

自然に苦笑いが浮かんだ。

「利権が絡んでいるんでしょうね、きっと。トリニティには色々噂もありますから」

汚職や賄賂という言葉を口にするのも汚らわしいと思ったこともあった。アフリカをはじめとする途上国では、ＯＤＡや緊急支援が、権力者の懐に消えていくのは当り前だった。国民は飢餓や疫病に苦しみ、本来なら助かる命すら奪われた。難民キャンプで取材活動をしていた時は、為政者の非道さに何度も腸が煮えくり返った。

にもかかわらず、今こんなに冷静なのは、養蜂家を始めて正攻法だけでは破れない壁の存在を知ったからだ。ネオニコチノイド系農薬の全廃は、養蜂家にとって悲願だ。だが一方で、農薬メーカーとしては効果抜群の農薬を簡単にやめるわけにはいかない。ここに双方の利害対立がある。

しかし、両者が闘えば、最初から勝負は見えている。日本中の養蜂家が結束しても農薬メーカー一社の資金力の前では、まさに虫けらだ。そこで、養蜂家連合は〝正義〟や生命への危機などという〝恐怖〟を振りかざして、劣勢を補おうとしている。

では、養蜂家が善意だけで活動をしているのかという疑問も、代田は感じていた。規模の差はあれど、自分たちもまた生業を守るという利益のために闘っているのは、間違いないからだ。

ネオニコチノイド系農薬の反対運動は、日本人の生活の安全を守るためだと信じて、代田は活動している。「どんなことをしても、ハチと日本人の安全を守る」という言葉に嘘はない。そして、本気でそれを実現したいなら政治家を動かし、徹底した広報活動をするために資金を投入すればいいのだ。

以前、その話を菅原寛太にぶつけたことがある。彼は何の迷いもなく「あれば、やっているね。でも、カネがないから別の方法でやるしかないんだよ」と即答した。

だとすれば、自分たちの利益を守るために、政治家にカネをまき、メディアを味方に付ける巨大資本を〝悪〟だと断罪するのは、身勝手ではないか――。長く活動するうちにそういう考えが生まれてきた。

代田が理想と考える着地点――それは、彼らと対立せずに、自身の利益や生活の安全を守る方法に彼らを巻き込むことだ。

「大泉農創の平井さんと対談をしていて、彼の理屈に、僕は何度も頷いてしまいました。平井さんの農薬に対する考えの一部は、現代社会で生きるためには、必要な妥協点かもしれないと思ったんです」

「どういう意味だ」

「農薬によって僕らの生活が維持されているのを、頭ごなしに否定はできないでしょ。彼は農薬が毒になるか薬になるかは、所詮使う側の問題だと何度も言ってました。その通りだと思いませんか」

「確かに奴は、巨大資本の側の人間としては珍しく、他人の話を聞く耳を持っていたな。だが、今、話をしているのは、早乙女が推進しようとしているＧＭＯについてだ」

「分かってます。平井さんと話して強く思ったのは、対立からは何も生まれないということです。むしろ同じテーブルに着いて理解しあえたら、より現実的な着地点が生まれるかも知れないなあって感じました。それは農薬だろうがＧＭＯだろうが同じだと思う」

対談ページを開いて見ていた露木が、雑誌を勢いよく閉じた。

「おまえ、ちょっと甘すぎないか」

「ＧＭＯ断固反対って叫ぶのは簡単です。でも、そう叫ぶ前に、ＧＭＯとは何かを知り、政治家にカネをまいてまで推進したい利権とは何なのかを知りたいんです。だとすれば、彼らの誘いに乗って情報を手に入れるべきじゃないですか」

「それが、おまえの当事者意識ってやつか」

露木は自分でもう一本ビールを開けた。

「よし、いいだろう。その考えに乗った。好きにやれ。俺はジャーナリストとして、好きにやる。早乙女の利権を追ってみよう。俺もシンポジウムに行く」

「ぜひ、そうして下さい。トリニティのアメリカ本社からも、幹部や開発研究者が来るようですから。面白い話が聞けるはずですよ」

代田は茜色に染まった稜線に目をやった。自分たちは「自然との共生」という言葉を余りにも気安く使いすぎている気がした。人間が社会生活を営む限り、常に自然は破壊され、生態系は壊されるのだ。地球上の自然のサイクルを維持するための最良の選択は、人類がこの星から消えることなのだろう、とも思う。

だが、そんなことは無理だ。ならば、せめてもう少しこの星の〝居候〟として行儀よくすべきなのだ。これから起きようとしている事態から目を逸らしてはならないと、代田は決意していた。

5

体の中で沈殿していた感情が、さおりと体を合わせている間に噴き出し、そのまま果てた。

丸の内のホテルのベッドで、平井はとても卑怯な行いをしていると後悔していた。妻を裏切っているという後ろめたさではない。勝手に貯め込んだ鬱憤を、さおりにぶつけてしまった己が情けなかったのだ。

「悪かった」

「何ですか」

まだ、余韻を楽しんでいるかのようなさおりが、平井の方に体を向けた。暗がりに浮かぶ彼女の曲線は、尚(なお)も若さを残して眩しかった。

「何だか、苛立(いらだ)ちを全部君にぶつけたみたいで、申し訳ない」

彼女の手が、唇を塞(ふさ)いだ。

「ずっと謝ってばかり。でも、私には幸せな時間なの。だから、謝ったりしないで」

これで四度目の逢瀬(おうせ)だが、平井は彼女と二人っきりになると、どこかぎこちなくなる。

「すまない」

彼女が笑った。

「ほら、また謝った」

平井は苦笑いしてベッドを降りた。窓の向こうに東京駅が見える。何本もの列車が生き物のように地を這(は)っている。

「転職を考えてみたら、どうですか」

背中越しにさおりに話しかけられたが、すぐに振り向けなかった。大泉農創がトリニティとの合弁でGMO事業を目指すのであれば、そう遠くない将来に平井の存在価値はゼロになる。無論、「ピンポイント」などの現行の商品は、少なくともこれから一〇年は販売を続けるだろう。そのためにはメンテナンスや使用のアドバイスに専門家が必要だ。だが、そんな仕事は頼まれてもやりたくない。彼はより安全で効果的な農薬を開発するために、あの会社にいるのだ。

——うまく、会社に嵌められたんだろうね。

数日前、タローに会いに行った時に、真智子がそう言った。研究開発センターからCSR推進室に異動したのは、顕浩の事故が理由ではなかったと、彼女は考えているようだ。

トリニティとの合弁を知れば、間違いなく反対するであろう平井は、体よく排除されたのだ。受け入れたくはなかったが、妹の推測は正しい気がした。

そもそも大泉農創はこれまでGMOにさほど関心を示さなかったし、研究費も投資していない。アメリカでGMO研究を重ねてきた中山美香をスカウトしてはいるものの、コメのGMO開発に本気で取り組んでいるわけではない。そんな基盤のない状態で、世界最高峰のGMO技術を誇るトリニティと合弁企業を設立して何ができるというのだ。

トリニティにとって、どんな旨味があるのかは分からない。だが下手をすれば、大泉はトリニティに呑み込まれてしまう。

妹は転職を強く薦めた。そしてさおりも同じ選択を薦めてくる——。

「平井さんがよければ、知り合いにヘッドハンターがいます。ご紹介しますよ」

シーツで体を包んださおりの姿が、窓ガラスに映っている。

「ありがとう。それがベターな選択だと分かってはいるんだけど、まだ、決心がつきかねるんだ。健全なＧＭＯを開発するためには、自分のような人間も必要かも知れないとも思えるんでね」

「専門的なことは分かりません。でも、遺伝子組み換え食品って、なんだか怖い」

「農薬とどっちが怖い？」

平井は窓際の椅子に腰を下ろして、ベッドに座るさおりと向き合った。

「うーん、難しい選択だなあ。でも、農薬って、残留農薬を調べて安全がちゃんと確認されない限りは、出荷できないんでしょう」

だから絶対安全かと問われれば、一〇〇パーセント大丈夫とは言えない。だが敢えて言わなかった。

「それに比べると、得体の知れない分だけ、遺伝子組み換え食品の方が怖いかも」

「日本では、ＧＭＯがまだ正しく理解されていない。それで、一部の反対派が訴えるオカルトのようなイメージが広がっているんだと思う。確かに遺伝子工学には未知の部分がある。だが、品種改良という意味では、昔から似たようなことをしている」

　ＧＭＯを推奨する科学者達は、品種改良との最大の違いは「時間の短縮」だと主張している。すなわち、人力ならば数年あるいは一〇年余りを費やす品種改良が、科学の力で瞬く間に行われるにすぎないというのだ。

「でも、人体にどんな影響を与えるかは、分からないんでしょう」

　さおりの言う通りだった。それが、最先端を走るアメリカにすら、強硬な反対論者が一定数存在する理由でもある。

「飢餓に苦しむアフリカとか、人口爆発しているインドや中国なら必要かもって思う。だって、背に腹は替えられないもの。でも、日本には必要ないでしょう。こんなに食べ物が溢れているのに」

　そう考える日本人は多いだろう。だが、食糧危機が叫ばれる中で、いつまで食糧に余裕があるのかは分からない。そもそも、農業は重労働で、中でも除草と害虫駆除は、酷暑の季節に強いられる過酷な作業だ。農家の高齢化が叫ばれ、跡つぎ問題が深刻なのも、現場での作業の過酷さがあるからだ。それから解放されるなら、農業への就労希望者もっと増えるかもしれない。つまり農薬やＧＭＯは農家の負担を軽減するために開発されたとも言える。

さおりに悪気はないのだろうが、自分たちは健全な食生活にこだわり、貧乏国の民だけが怖いＧＭＯを食べればいいという発想には、平井は与せない。そもそも彼女は、既にこの国にも大量のＧＭＯが浸透しているのを知っているのだろうか。

「牛やブタ、鶏などの家畜の餌の大半は、アメリカなどからの輸入に頼っているのを知っているかい」

「そうなの？　知らなかった」

「トウモロコシや大豆なんだけれど、安価で安定的に大量供給するために、輸入品の大半にＧＭＯが使われている」

「でも、そうでないものもあるんでしょう」

彼女がベッドから降りて、平井に寄り添うように並んだ。

「なくはないだろうが、飼料の原材料についての表示義務がないため、選別できない」

「そんな。どうして、そんなことがまかり通るの？」

「ＧＭＯ飼料の安全性は農水省が確認しているため、と規定されている」

子供だましの言い訳だ。ならば農水省は、全てのＧＭＯ食品について安全性を確認して、認めればいい。平井の推測にすぎないが、輸入飼料の大半が米国からもたらされているために、日本としてはＧＭＯ飼料の輸入については、米国に配慮している気がする。

「最近、知らない方が幸せかも知れないとよく思うの。原発の問題にしても、農薬の問題にしても、国が安全安心って言うから、それ以上考えなかった。でも、調べてみると、怖くなる話ばかり出てくる」

さおりだけでなく、おそらくそれは誰もが抱えている不安なのだろう。

「正しい知識を持つべきなんだ。そうすれば、意味もなく騒ぐ必要はなくなる」

「そうかしら。結局、いくら怖いと叫んでも、社会に組み込まれたシステムなら変えられないでしょ。だったら、あまり深く考えないで日々の生活だけを考えている方が幸せじゃないのかしら。知ったところで私達にはどうしようもできないんだもの」

知らぬが仏……。確かにそうかも知れない。

「そうでなくても、今の社会は悩むことばかりなのに、本当に大変」

ならば、自分はやはり大泉農創に必要なのかも知れない。中途半端な知識で農薬やＧＭＯに恐怖を抱く人たちを、少しは安心させられる。そして、会社が安全より利潤を追求しようとした時も、止められるかも知れない。

俺が、消費者の安心のために生きる——。そんな人生は考えてもみなかった。

6

ミズーリ州の見学を終えて再び参加した食糧会議では、ＧＭＯ作物を世界的に流通させるべきではないかという議論が起き、原則では栽培を禁止している日本に対しても、再検討が求められた。そこで秋田はさっそく行動に移した。

米国から帰国すると、ＧＭＯについて詳しく学ぶために、中央合同庁舎第四号館にある農林水産政策研究所を訪ねた。同研究所でＧＭＯを研究している栗岡泰久（くりおかやすひさ）という研究員が応じてくれた。

壁一面に作物の写真を掲示した個室に通された秋田は、さっそくＧＭＯの現状を訊ねた。栗岡は山のような参考資料を気前よく手渡しながら説明を始めた。

「まず、最初に安全基準についてお話ししましょう。ＧＭＯの安全性を評価するために設立されたＩＦＢＣ（国際食品バイオテクノロジー協会）の指針では、安全評価の原則として、実質的同等性を基準に定めています」

「確か、GMOが既存の作物と実質的に同等であれば、安全だという概念ですよね」

にわか勉強で覚えた知識を口にすると、童顔の栗岡は大きく頷いた。

「もう少し厳密に言うと、GMOの導入遺伝子の特性が明白であり、食品成分が従来品から変化していなければ、実質的に同等な安全性を持つ、という考え方です」

分かったような分からないような表現だった。

「日本では栽培を自粛していますね。それはなぜです？」

「遺伝子操作について、強い抵抗感があるためです。とはいえ、安全性に疑問があるわけではない。それにアメリカからのGMO輸入は既におこなわれているわけですし」

だが、科学技術に絶対的安全はありえない――という恐怖が、東日本大震災以降の日本に浸透してしまった。それだけに、より強い抵抗がある。これは理屈ではなく、本能が怖いと感じているのだと秋田は解釈している。

「GMOは作物のタンパク質を操作したり、本来のDNAには存在しない物質を加えるんですよね。そこに危険性はないんですか」

「ないとは言い切れません。したがって、しっかりとしたリスク判断はします。ただね、DNAは九九・九パーセント胃液で分解されるため、GMOの食品が人体に影響を及ぼすとは考えにくいんですよ」

「ではどんなリスクがあるんでしょう」

　栗岡はパソコンを操作して、ディスプレイを秋田の方へ向けた。パソーポイントで三つの単語が記されている——「遺伝子汚染」「対抗進化」「タンパク質の毒性」とあった。

「遺伝子汚染というのは、在来種との交雑ですね。在来種が強い影響を受けたり、除草剤耐性を持った雑草が発生したり。あるいはウイルス耐性のGMOの影響で、通常起こらない分子進化が起きる可能性などが考えられます」

　イラストで示された画面を見つめながら、不安が募ってきた。全ては仮定の話だが、絶対起きない話でもない。

「対抗進化というのは、GMOに対抗可能な新種の雑草やウイルスが誕生する可能性です。これは、農薬でもよくあることです。寿命の短い昆虫は、一年で何世代も進みます。その結果、すぐに農薬は効かなくなる。このイタチごっこは、GMOにも起こり得ます」

　それを防ぐために、複数のGMOと除草剤を用意して、毎年異なるものを順に使う必要があると栗岡は説明した。

「タンパク質の毒性というのは、何ですか。先ほど、栗岡さんは、胃液で九九・九パーセントは分解されると言ってましたよね」

「導入遺伝子として、本来植物で生産されるはずのない毒素タンパク質を作るようにプログラムする場合があります。それ自体は、ターゲットとする害虫にだけ効くものを使いますが、そのタンパク質が、目的以外の昆虫や土壌微生物にどのような影響を与えるのかは、実は未知数です」

それでも、日本は本腰を入れるべきなのか。

「栗岡さんは、日本でのGMO栽培については、どう思われますか」

研究員は即答せず、手にしたコーヒーをゆっくり飲み干した。

「あくまでも私見ですよ。飼料については、日本での栽培も考えるべきだと思います。どうせ輸入しているんですから。また、将来的には、コメのGMOも必要かも知れません」

「でも、減反しているんですよ。その上、日本人の食生活の変化で、コメ余り現象は続いています」

「いや、今後の農家の高齢化や、国際価格との競争を考えると、必要になるでしょう。また、主食に関しても、日本では育てにくいと言われている小麦には、日本の気候風土にあったＧＭＯ小麦が必要なのかも知れません」

いつまでも農産物が自由に輸入できるという考えは危険だと、世界食糧会議で痛感した。既に世界中で食糧収奪戦争が始まっていると考えた方がいい。そう理解しているはずなのに、ＧＭＯに対する抵抗感をどうしても拭えない。私たちは懲りもせず、科学をコントロールできると過信しているんじゃないか――。

ＧＭＯの概要をまとめたデータを受け取った秋田は、丁重に礼を述べてから研究室を辞した。

「おや、カズちゃん、奇遇だねえ。こんなところで会うなんて」

声だけで、相手が誰だか分かった。

7

同じフロアにＪＦＶ準備室があるからと言って、米野は秋田を誘った。そこはデスクひとつと、空っぽの本棚があるだけの殺風景な部屋だった。

「仮住まいなんで、応接セットもないんだよ。これに座ってくれるかい」

米野はいかにも安っぽいパイプ椅子をデスクのそばに置いた。

「アトランタは大変だったらしいね」

あなたのせいでもあるんですよ、と返したかったが我慢した。

「世界中に干魃被害が広がっているのを知って、ショックでした。中でもアメリカの惨状には恐怖を感じました」

「地球に復讐されているんだろうな、きっと。かといって嘆いているわけにもいかない」

全く同感だった。地球が本気で牙を剝き始めたのかもしれない――、アトランタでそれを実感してから、秋田はずっと打ちのめされていた。嘆く以外に何ができるのか、本当にわからなかった。

「世界はこんな状態だというのに、日本には世界的食糧危機に対しての現状認識がないのも辛いです」

「昔っから、お尻に火がつくまで火事に気づかないお国柄だからね」

米野ひとりが、ドン・キホーテのように食糧危機を叫んできたのだ。

「私たちは、これからどうすればいいんでしょうか」

「どうした。いやに弱気じゃないか」

「小麦や飼料が輸入できなくなる時代に備えようってやればいいんでしょうけれど、

それにしても簡単に方針を転換できるとは思えません」

「誰も飢えないだけの主食を確保しろとずっと叫び続けてきたけど、無視されてきたろ。だから、僕は戦略を変えたんだよ。強い農業を創り上げ、農産物を輸出の切り札にしようとぶち上げることにした。日本は、輸出という言葉が大好きだからね。農産物を輸出するためには、国内の生産高を増やさなきゃいけない。そうしておけば、困った時には輸出をやめて、国内供給に転換すればいい」

「いかにも米野さんらしい発想ですね」

「無論、強い農業は僕のライフワークの一つだから、どんどん攻めてはいくけれどね」

「ＪＦＶが手がけるのは、競争力のある商品作物ですよね。小麦や飼料穀物を生産するような計画はないはずですが、そこもカバーするんですか」

　ＪＦＶの主力はコメだった。その他にはレタスやほうれん草、キャベツなどの葉物、そして、根菜類に、あとは加工食品を考えている。

「今のところはね。ＪＦＶは研究開発機関でもあるわけだから、そこで農業の様々な可能性を大いに探りたいと思ってる。上手に話を持っていけば、日本の農政指針の変更についても提言できると思うんだ」

米野の理想はいつも高い。部下だった時から、秋田は彼の理想に大賛成だった。しかし、一度たりとも彼の主張が政策化されたことはない。農産物輸出はともかく、国内の食糧自給率アップについて、農水本省がＪＦＶの提案を受け入れる可能性は低い気がした。

「カズちゃんは僕を信じてないな。だがね、この二年ほど世界中を回ってるうちに、僕は随分賢くなったんだよ。例えば外圧の上手な利用方法とかね」

秋田の脳裏に、中国代表団との会食が蘇った。

「まさか、減反田を使えばいいと中国農務次官にアドバイスしたのも、その成果だなんて言わないですよね」

「彼とは旧知の仲だからね。最初に提案したのは、随分前だった。でもね、僕が機構のＣＥＯになると知ったら、すぐに連絡してきたんだよ。もう見栄を張っている場合ではない。日本の農地を使わせてくれと、泣きついてきた」

あの時の中国代表の態度からは想像できない話だった。

「初めて聞きます」

「そりゃあそうさ。悪巧みをする時は、まず味方を騙さないとね。これも、僕が最近覚えた技だよ。減反田があるから強気で言えと陳次官にけしかけたんだ」

秋田は唖然とした。そんな重要な外交交渉を独断でやる無神経さに、むしろ腹立ちすら覚えた。

「米野さん、それはいくらなんでもやりすぎでは」

「それぐらいやらないと、この国は変わらないよ、カズちゃん。減反田を上手に活用するプランが実現すれば、まさかの時のコメを栽培できるようになるんだよ」

だが、それを現実化するためには、克服すべき課題がたくさんある。

「中国相手に、私たちの思い通りの交渉ができると思いますか」

「まあ、大抵の農水官僚には無理だね。でも、僕と友行なら大丈夫。あいつらの勝手にはさせないよ」

交渉のテーブルには、米野と印旛を必ず同席させよと条件をつけた中国代表は、米野の意図を知っているのだろうか。

「それでも、増えるのはコメばかりじゃないですか。飼料や小麦の輸入が停まった際の対策は、どうするんですか」

米野は嬉しそうに笑った。何かとんでもないことを考えている時の顔つきだ。

「まだ隠し球があるんですか」

「カズちゃんは秘密を守れるかな」

秋田が強く頷くと、米野は古びた鞄(かばん)の中から、四つに折りたたんだ模造紙を取り出した。

「答えはそこにある」

好奇心でどきどきしながら紙を開いた。だが、それはJFVの用地区分図だった。

秋田が毎日のように持ち歩いては眺めているものだ。

「これがどうしたんですか」

「ほら、カズちゃんが持っている図面と一箇所だけ違う点があるだろう」

米野の節くれ立った指が、区分図のある部分を指した。

「あっ」

彼女の図面では「経産省による企業誘致候補地」と書かれている箇所に、具体的な名称が記されていた。

〝トリニティ社GMO開発研究施設予定地〟

第八章　自然と不自然の狭間（はざま）

1

「只今（ただいま）より、記者発表を始めます」

大泉農創の広報室長が開会宣言すると、代田の隣で、露木がICレコーダーのスイッチを入れた。大泉農創と世界最大規模のアグリコングロマリット、トリニティ社の合弁企業設立の発表が始まる。

それにしても、このメディアの数の少なさはどうしたことか。

早乙女が仕切るシンポジウムに参加を決めた頃に、両社の合弁企業設立の情報を得た。代田には一大事のニュースだったが、世間はまったく無関心のようだ。

「来る一一月一日に、弊社大泉農創株式会社と米国トリニティ・カンパニーは、五〇パーセントずつ出資してアグリベンチャー『T&Dファーム』を設立致します」

資本金三億円で、本社は米国ロサンゼルスに置かれるが、ミズーリ州と日本にそれぞれ研究開発センターを設けると配布資料には記されていた。CEO兼代表取締役社長には大泉農創専務の奈良橋氏が、副社長にはトリニティ社の開発担当執行役員であるクック氏が就く。事業目的は農産物の生産拡大に寄与する農業資材の研究開発とあるだけで、具体的な内容については一切触れていなかった。

壇上には奈良橋とクックが並んでおり、当たり障りのない挨拶を述べた。すぐに質疑応答に入ったが、挙手の数は申し訳程度だった。

「日本で本格的なＧＭＯ開発を、両社がおやりになるという解釈でよろしいですか」

「具体的な内容は、改めて事業計画を固めた上でお話しします。ご存知のようにトリニティ社は、世界屈指のＧＭＯの種子メーカーです。彼らが培ってきたノウハウや技術を生かしたいと思っています」

記者の問いに奈良橋が答えた。農薬事故の記者会見では、ふてぶてしい印象があったが、今日はスマートに見える。

「回りくどい言い方だな。そうですと、素直に言えばいいじゃねえか」

露木の文句はもっともだが、ＧＭＯ栽培を自粛している日本で、本格的な研究に乗り出すとはさすがに明言できないだろう。

「両社が提携するメリットは？」

今度の回答はクックが担当するらしく、彼はマイクを手にした。

「両社ともに農業関連事業を基幹にしていますが、得意分野が互いに異なるため、補完効果とシナジー効果を期待しています」

続いて奈良橋も口を開いた。追加で発言するようだ。

「私ども大泉農創としては、世界的な農業複合企業であるトリニティ社との提携は、国際化を目指す弊社に強烈な刺激を与えてくれると期待しています」

露木が挙手した。対談の時に立ち合っていた広報室長が、渋い顔で指名した。

「トリニティ社のクック氏に伺いたいのですが、御社はこのところ世界中の種子メーカーや農薬メーカーを買収されていますが、将来的には、大泉農創も傘下に収めたいとお考えですか」

全員の視線が一斉に露木に集まった。いかにも彼らしい挑発だが、代田としては他に聞いて欲しいことがあった。

通訳を介して質問を受けたクックは、感情を害した様子もなく答えた。

「大泉農創はパートナーであり、買収相手ではありません」

淡々とした態度だが、隣の奈良橋の表情を見る限り、鵜呑みにしない方がよさそうだ。

「GMOに強いトリニティ社と提携されるのですから、大泉農創は近い将来、農薬事業を縮小するおつもりなのでしょうか」

「その予定は、まったくありません」

司会者が仲介する前に、奈良橋が露骨に顔をしかめて即答した。

会見場の空気が淀んでしまった。このやりとりを他の記者がどのように解釈したのかが気になった。それとなく周囲の反応を観察していたら、最後部の席に見知った顔が座っていた。ＣＳＲ推進室長の平井だ。彼は隣に座っている男性と何やら話をしていたが、代田に気づくと、小さく会釈をした。雑誌の記事については憤っていると思っていたが、今の様子だと、そうでもないかもしれない。

大泉農創の農薬開発のエースだった平井は、この合弁についてどう思っているのだろう。自社がＧＭＯへと大きく舵を切ろうとしているのを、なんとも思わないはずがない。

2

冒頭から厳しい質問が相次いでいるが、百戦錬磨の役員たちは、さすがにつけ入る隙を見せない。平井としてはもう少し丁寧に回答すべきではとも思うが、中途半端なサービス精神が命取りになるのを警戒しているのだろう。

露木という例のフリージャーナリストが発言した時に、代田と目が合った。自分でも驚くぐらい平常心でいられた。

既に何かが吹っ切れたのだと思う。

CSR推進室への異動は、社内政治的には〝左遷〟かも知れない。だが、大泉農創がGMO開発にシフトするのであれば、今のポジションは、やりがいがある。それは負け惜しみではないと思う。

GMOについては、恐怖感を抱いている日本人が多い。実際は、科学的な裏付けと徹底した検証によって、安全性は確保されている。とはいえ、まだまだ未知の領域が多いのも事実で、今後の成り行きを注視する必要がある。たとえ社業であっても、CSRの観点から研究開発の推移に目を光らせ、時と場合によっては改善を要求しなければならない。

「最近いい事でもありましたか？　なんだか顔つきが変わりましたね」

隣の席にいた農業系新聞の記者に言われた。

「そんな風に見えますか」

「CSR推進室長に異動が決まった時の平井さんは、目も当てられないほど落ち込んでましたよ。いつお辞めになるんだろうかって心配してました。それが、今日は余裕綽々(しゃくしゃく)じゃないですか」

知り合ってもう一〇年になる彼が言うのだから、本当に変わったのかも知れない。

「そうでもないさ。ただ、この仕事の面白さが少し分かってきたのかも知れない」

「それがびっくりなんですよ。農薬一筋の平井さんが、ＣＳＲなんて。どう考えても結びつかない」

笑って返そうとした時、代田が質問に立った。

「日本に研究施設を計画されていますが、国内でのＧＭＯ栽培を検討されていると思ってよろしいですか」

「まだ、発表の段階にありません」

奈良橋が表情を変えずに答えた。

「可能性はどうですか。こうして日米のアグリビジネスの雄がタッグを組んだんです。我々はそういう印象を持ちますが」

いい訊(たず)ね方だった。さて、奈良橋はどう答えるのか。

「記事の内容にまで干渉する権利はありません。ただ、あまり過激になられませんよう」

暗黙のイエスだ。代田もそう理解したらしく、大きく頷いている。そしてさらに質問を続けた。

「合弁企業の目的は新薬の開発ですか、それとも新しい種子の開発ですか」

「それは、僕も聞きたいなあ」

隣の記者が呟いた。

「まだ、何も決めていません」

奈良橋としてはそれ以外に答えようがないだろう。

「両社が何も決めずに合弁会社だけを設立しましたなんて、誰も信じませんよ。先ほどのお話からすると、当然、種子の開発をされると、理解していますが」

代田の口調は穏便だが、内容は鋭い。さすがの奈良橋もすぐには答えず、暫く唸ってから答えた。

「あらゆる可能性をすり合わせようということです」

「クック氏はどのようにお考えですか。今さら農薬だけでは提携の旨味はないでしょう。御社の合弁の目的は、ずばりコメのＧＭＯでは？」

クックは奈良橋より役者が一枚上手だった。彼は満面の笑みを浮かべてマイクを手にした。

「あなたはとても想像力豊かな方だ。いかがです、T&Dファームの企画部長をやりませんか」

会場のあちこちで失笑が起きた。代田も苦笑いしながら、英語で「喜んで」と返している。

「冗談はさておき、奈良橋が申し上げた通り、T&Dファームの事業についてはベストマッチを探しています。いずれ方針も決まるでしょうが、あなたの提案も魅力的なので参考にしますよ」

潮時と判断したのか、湯川が質疑応答を切り上げた。

「近々、一杯行きましょうよ。平井さんの心境の変化も聞きたいですし」

別れぎわに記者に誘われて、平井は喜んで約束した。

会見場を出たところで、代田が声を掛けてきた。

「ご無沙汰(ぶさた)しています、平井さん」

対談で会ったのは、ひと月ほど前だったか。あれからずい分と時間が経(た)ったように思う。

「少しお話ししたいことがあるんですが、よろしいですか」

「取材ですか」

「いえ、ちょっとご意見を伺いたくて。完全なオフレコで結構です」

代田の後方に、湯川がいるのに気づいた。ここで代田と話し込めば変に勘ぐられるだろう。

「社外でもいいですか」

三〇分後に明治神宮の宝物殿前のベンチで会いましょうと、平井は告げた。

「あの男は、何の用だったんです」

湯川が見逃すはずはなく、案の定、探りを入れてきた。

「なあに世間話ですよ。それにしても、寂しい記者会見でしたね。もう少しマスコミの興味をひくかと思ったのに」

「いいんですよ。時期が時期だし、正直なところ、あまり大騒ぎして欲しくないんでね」

「時期って？」

うっかり口にしてしまったのか、湯川の表情に後悔らしきものが滲(にじ)んだ。

「深い意味はないですよ。それより平井さん、二週間後に予定されている食の安全に関するシンポジウムの件、くれぐれもよろしくお願いしますよ」

さりげなく話をかわされた気がしたが、こちらも代田の一件を詮索(せんさく)されたくなかったので、シンポジウムの話題に乗った。

3

一人で考えるために、秋田は食料戦略室の小会議室に籠もった。米野は衝撃的な計画を教えてくれたものの、その経緯や内容、そして個人的見解については「その前にカズちゃんには、ＪＦＶとＧＭＯ、そして世界の食糧事情についてしっかり勉強をして欲しいな。詳しい話は、それからだ」と突き放された。

そこで、栗岡からもらったＧＭＯ関連の資料に加え、ＪＦＶの概要書、米野から預かった極秘扱いのＧＭＯ研究所の事業計画書などを片っ端から読み漁った。それでようやく秋田なりの解釈がまとまってきたところだ。

ＧＭＯ業界は、モンサント、トリニティ、デュポン、シンジェンタ、ダウ・ケミカルという五大メーカーの寡占状態にある。中でも、モンサントの売上げが頭一つ抜きん出ているが、それをこの数年でトリニティが猛追している状態だ。特に中国を中心とした東アジア、南米といった地域への進出が活発だった。

遺伝子組み換え作物と言えばアメリカが本家のように思われているが、実は中国での開発発展の凄まじさが突出している。国土の砂漠化が年々進む一方で人口増加は衰えず、そのうえ近い将来には超高齢社会の問題がとてつもないスケールで襲ってくる中国は、世界の食糧のみならず、農地まで買い漁って、人民の〝食い扶持〟確保に必死だ。世界食糧会議での会食中に飛び出した提案も、彼らにとっては冗談でもなんでもなく、どこまでも本気の話なのだ。

　国際アグリバイオ事業団（ＩＳＡＡＡ）の二〇一一年のＧＭ作物栽培面積報告によると、中国の栽培面積は、前年より四〇万ヘクタールも増加して三九〇万ヘクタールとなった。今や押しも押されもせぬ世界六位の〝ＧＭＯ大国〟で、イネのＧＭＯについても国策として既に栽培を開始しており、将来的には、牛・豚・家禽・魚などのＧＭ動物の開発も視野に入れている。

　中国に関する資料を読み込むほどに、秋田は怖じ気立った。米国ですら、国民が直接口にする食糧のＧＭＯ栽培については、今なお及び腰だ。ところが、隣国の中国にはもはやそんな余裕すらないのだろう。大国が独走を始めると、他の競合国も追随せざるを得なくなるようで、アルゼンチンやブラジルなども国を挙げてＧＭＯを推進しようとしている。

　米国で目にした枯れた大豆畑が瞼に浮かんだ。異常気象は毎年続くわけではないと、多くの気象学者は言う。だが、この一〇年ほど、世界中の穀倉地帯が頻繁に干魃に襲われているのは事実だ。そこに人口爆発が重なると、いつまでも傍観すべきではない、という国内GMO推進派の意見も一考には値する。

――食糧難の時代になれば、高く買う国が勝つんだ。

淡路島に出張する際の印旛の言葉が頭をよぎった。東日本大震災の震災対策特別本部に籍を置いていた時、エネ庁から出向している同期が「僕らは金持ち国家じゃないという自覚をそろそろ持つべきかも知れない」と嘆息していた姿も思い出した。

エネルギー自給率が僅か四パーセントしかない日本は、石油や天然ガス、石炭、ウランを輸入に頼ってきた。どれだけ値が張っても、迷わず手を出さざるを得ない国なのだ。世界最大の貿易黒字国を誇ってきたこれまでなら、高価な買物をする余裕が充分にあった。それは、先進国としての豊かな生活を維持するためには、必要欠くべからざるものであった。

ところが、原発停止と引き換えに、火力発電所をフル稼働させた結果、燃料調達に厖大な出費が続き、日本は貿易赤字国に転落した。

――一〇〇〇兆円近い財政赤字があっても、これまでやってこられたのは、貿易黒字を維持し、日本国内の企業や機関投資家が元気だったからだ。でも、その原理がいよいよ通用しなくなる。

同期の嘆きは、食糧にも当てはまる。米国の干魃がさらに深刻化し、小麦や飼料の輸出を米政府が制限し始めたら、食糧価格は暴騰するかも知れない。その時、日本はどうなるのだろうか。

万が一の事態を騒ぎ立てても意味がないという人は多い。だが、まさかに備えるために政府は存在するのだと、秋田は思う。だとすれば、日本人が飢えないための対策を早急に考えなければ。

問題は、対策の方針としてＧＭＯにシフトすべきかどうかだ。

スマートフォンがテーブルの上で震動した。

「どうしても課長代理にお会いしたいという方がいらしています」

「誰？」

「日本種子科学社の研究員の高梨洋三様です」

日本種子科学は、日本最大級の種苗メーカーだ。以前、コメの勉強会で知りあって、飲み会などにも時々誘われる間柄だった。

「急な面会は無理だと申し上げたのですが、とにかく取り次いでくれと粘られて」

「分かった。どこか部屋、空いてるかな？」

「第三応接室に、お通ししておきました」

ひとまず淡路島のトリニティ関連の資料だけを鞄に詰め込んで、応接室に向かった。

秋田を認めるなり、高梨はふくよかな体には似合わない敏捷さで挨拶した。

「無理を言って申し訳ありません」

年上ながらも常に丁重な物腰の高梨は、今日も全身で恐縮している。本来は、こんな強引な面会を求める人物ではない。

「いったいどうされたんですか」

秋田がソファに腰を下ろすなり、高梨は勢い込んだ。

「大泉農創が今日、米国トリニティと合弁で研究開発ベンチャーを立ち上げると発表したのをご存知ですか」

いきなりトリニティの名が出て、秋田は平静でいられなくなった。

「何ですか、そのR&Dベンチャーって」

「私たちも分からないんです。ただ、噂は前からあって、戦々恐々としていたんですよ。まさか、こんなに早いとは」

高梨によると、合弁企業は具体的な事業内容については明言していないが、両社協同で研究開発を行うという。

「大泉農創って農薬メーカーですよね」

　トリニティと何をやる気なんだろうか。

「だから驚いているんです。世界の種苗メーカーは、GMOコングロマリットによる買収ラッシュに晒されています。我が国の種苗企業はサカタさん以外、皆、非上場ですから、TOBはなかなか難しい。それでトリニティは痺れを切らして、大泉さんを呑み込もうとしてるんじゃないかと」

　農薬メーカーを吸収したからといって、すぐに種子は作れないはずだ。

「どういうつもりなんでしょうね。着地点が見えませんね」

　秋田の反応が期待外れだったのか、高梨は肩を落とした。

「実はそれを伺いにきたんですよ。秋田さんなら何かご存知じゃないかって。トリニティも大泉さんも、おたくに仁義を切らずに合弁企業を設立したりはしないんじゃないかと思いましてね」

　だとしても訊ねる先が違う。

「高梨さん、ごめんなさい。お役には立てません。それよりも担当部署でお訊ねになった方がいいのでは」

「農水の関係部署には、訪ね歩いたんです。でも、皆さん何となく歯切れが悪いんですよ。そもそも民間の合弁企業について嘴は挟めないとおっしゃって」

「でも、彼らが何をやるつもりかぐらいは、把握している人がいそうなものですよね」

高梨も闇雲にたずね回っているわけではあるまい。普段から、こういう時のために築いた人脈を辿ったはずで、それが役に立たないのであれば、省内に箝口令でも敷かれたのかもしれない。

「まさに八方塞がりで、おすがりに来ました」

つまり、秋田という伝手を使って、少しでも情報が欲しいという意味だった。

「とりあえずやってはみますが、私でお役に立つかどうか。ただ、高梨さんの焦りが、私にはピンと来ないんです。両社の合弁とは、そんなに脅威なんでしょうか」

高梨はすぐには答えずお茶を啜って、椅子に座り直した。

「順序立てて説明します。私が知り得た情報を集約すると、あの合弁企業の目的は、イネと小麦のGMO開発という結論しかあり得ないんです」

データ上で予測されている事態が、ついに現実化するというのか。

「我々だって、頭ごなしにGMOを拒絶しているわけではありません。むしろ避けて通れぬ道だという覚悟はあります。実際、どう対応すべきかを各社真剣に考えています。しかも一番心配なのは、自社で開発したタネの情報を、ＧＭＯ企業に遺伝子レベルで解読されて盗まれるのではないかという点です」

要するに知財（ＩＰ）問題か。米国のＧＭＯ企業は、自社で開発した品種だけでなく、解読したタネのＤＮＡまでも全て特許申請するが、日本の種苗業界には、品種は開発者のものという不文律があった。それが崩れ始めているのだという。品種を開発しているにもかかわらず特許申請しない方が悪い――。またぞろアメリカお得意のグローバル・スタンダードという美名の下で、日本の商慣習を叩き潰すつもりなのだ。

「そもそも遺伝子レベルの特許申請には、莫大な資金と相応の研究施設が必要です。日本にそんな規模の種苗メーカーはありません。かといって、自分たちが精魂込めて開発改良してきたタネを、アメリカ企業に勝手に特許申請されては困るんです」

知財問題は、ＴＰＰ騒動の中でもホットな話題だった。どちらかといえば経産省マターで、農水省は気にもしていない。だがＧＭＯが世界の潮流になろうとしている今や、無関心ではいられないかも知れない。

「もしかして、今回の合弁会社設立は、日本の種苗情報が盗まれるきっかけになると心配されているんですか」

「そうです。ＧＭＯの先進メーカーが、日本の農薬メーカーと組む理由は何か。それは、大泉さんを使って、日本の出来の良いタネを持ち帰るためですよ。さらに、トリニティが一歩踏み込んだ事業展開を目論んだと知れば、他のＧＭＯ企業も雪崩を打って日本に入ってきます。そんな事態になったら、我々はひとたまりもない」

どこでも耳にする外資黒船脅威論を、高梨は主張しているわけではないのだろう。しかしそれにしても高梨は大袈裟ではないか。

「つまり、その知財泥棒を、政府に規制してほしいと」

「違います。規制では手遅れです。それにＴＰＰ反対などと言ってる場合じゃないんです。一刻も早く種苗に関するＩＰ交渉のテーブルに着いて欲しいんです。さもないと、我々が知らないうちに、参加国の都合のいいように決定されてしまいます」

秋田が高梨と親しくするのは、種苗研究者としての彼の哲学に敬意を抱いているからだ。さらに、知り合いだからといって便宜を求めたりもしない。それを知っているのに、ずいぶんと無神経な言葉を言ってしまった。

「ごめんなさい、とても失礼なことを言いました」

「気にしてませんよ。それより、いい加減に農水省は世界に目を向けるべきですよ」

耳が痛い。だが、少なくとも印旛や米野らは、遅まきながら対応に乗り出そうとしているのだ。そこまで考えた時に、米野がＪＦＶの一角にトリニティのＧＭＯ研究所を誘致する理由は、外国のGMO企業の暴走をコントロールするためではないのかと、思い至った。連中に勝手をさせないためには、自分たちの目の届くところで研究させた方がいい。米野ならそれぐらいは考えそうだ。

「実はまだ具体的なお話は出来ませんが、私たちも攻めの農業を目指すための支援を考えています。それが実現すれば、TPPについても、省として現実的な考えを示せると思います」

「淡路島のJFV計画ですね」

既に業界関係者に情報が流れているのは当然だった。農業関係者の協力がなければ、あのプロジェクトは立ちゆかない。情報収集に熱心な高梨が知らないわけがなかった。

「ええ。ただ、種苗のIP問題については、まだ事態の深刻さを理解できていないかも知れません。早急に対応するように関係者に相談してみます」

それを聞いてようやく落ち着いたのか、高梨が背もたれに体を預けて、大きなため息をついた。

「やっぱりお目にかかれて良かった。秋田さん、私はあなたに期待してるんです。旧態依然としたこの省にはない柔軟さで、新しい考えに耳を傾けてくれる」

「買い被り(かぶ)ですよ。お話はいくらでも伺いますが、しょせん私では非力です」

「でも、あなたには、米野さんや印旛室長という後ろ盾もあるじゃないですか」

彼らが本当に後ろ盾なら、どれほど心強いか。だが、実際は、彼らの使い走りの一人として右往左往しているに過ぎない。

高梨は残りのお茶を飲み干すと、思い出したようにまた身を乗り出してきた。

「実は、タネのIP問題については、もっと困った相手がいるんです」

ノートに要点をメモしていた秋田は、顔を上げた。

「中国です。中国に知財の発想が希薄なのは、秋田さんもご存知でしょう。そんな彼らが、国をあげてGMOを推進している。しかも、恐ろしいことに、今やアメリカのバイテク研究所で、博士号を取る者の大半が中国人なんです。彼らは米国育種学会から合法的に、GMOのデータを自国に持ち込んでいます。政府も資金を投下して、持ち帰られたデータを基にさらなる品種を開発するでしょう。このままでは、間もなく世界のGMO市場は、中国が席巻(せっけん)するとまで言われています」

そんな相手に、減反田を貸そうとしているのか。自分たちだけが取り残されて、世界はどんどん先に進んでいる。日本人であること、日本に住んでいることが急に心もとなくなってきた。

「これまで、アメリカですら農業はある程度は聖域でした。無論、先物市場は投機筋に荒らされます。でも、これからは、食の根幹に関わる領域さえもが他国によって脅かされるようになる。今、対策を講じなければ、いずれ日本だけが蚊帳の外に置かれて、取り返しのつかない事態に陥るでしょう。我々の業界でも、GMOと知財に関する勉強会を立ち上げて、積極的に行動しようと考えています。どうかご支援くださ い」

高梨はひと息に言うと、再び丁寧に礼を述べて帰って行った。

農業分野で知財戦争が起きる——それは将来の課題として、以前から想定はしていた。だが、既に、今ここにある危機になってしまった。

どうすればいい？

考えあぐねた末、彼女は信頼できる唯一の人物を携帯電話で呼び出した。

4

露木と別れた後で、代田は明治神宮を目指した。相変わらずの晴天続きだが、一〇月ともなれば日射しも柔かい。JR中央線沿いに西に進むと、やがて鬱蒼とした森が見えてくる。

随分久しぶりだった。北参道から境内に入ると、平日の昼間とあって、ひと気もなく静かだった。大都会にこれほどの森があるのが不思議なのだが、同時にこれこそが自然の力だと思う。どれだけ空気を汚され、生態系を崩されても、自然界は次善の策を講じて生き残りを図る。そこでは熾烈な生存競争という淘汰が繰り返されるのだが、生き残るものには必然性があった。

　古乃郷でも、日々生態系のバランスは変わる。人が影響を与えないような深い森でも、小さな変化は常に起こっている。それに初めて気づいた時は、自然の偉大なるサイクルだと感激したが、今ではそんな幻想はない。

　気温の変化も雨の成分も、そして空気中に含まれる様々な化学物質の状況も、変化の発端の多くは人為的なものによる。極端な事を言えば、地球の裏側で大規模な事故が起きると、何千キロも離れた自然界に影響が出る。生命のバランスとはそれほどデリケートなものだし、その過酷さに順応して生き抜くものが出てくるというのも生命の神秘だと思う。

　大木は伸びやかに枝を張り、まだ濃い緑を残す葉が生い茂るおかげで、日没までにはまだ時間があるというのにここだけは薄暗い。その先に、芝生広場が見えてきた。平井と落ち合う宝物殿は、広場の脇にある。代田は待ち合わせ場所近くのベンチに腰を下ろした。

平井に声を掛けたのは、農薬の専門家はGMOをどうとらえているかを知りたかったからだ。

人口爆発や干魃による食糧危機を無視は出来ない。だからといって、GMOこそが飢餓問題を解決するという理屈を、安易に認めていいのだろうか。

例えば、日本は世界一食べ物を捨てている国だと言われている。その量は、年間実に二一八九万トンにも及ぶ。もっとも食品の廃棄処分に関しては、他の先進国や新興国でも大なり小なり行われているだろう。それには無関心で、食糧危機対策として砂漠でも育つトウモロコシが必要というのは、余りにも傲慢だと思う。

だが一方で、アフリカの飢餓地帯を歩いた経験からすれば、飢餓で苦しむ子どもにはどんな形であれ空腹を満たす食糧を供給してやりたいとも思う。

――生物には、生存する量の最適値というのがある。一定量を超えると、自殺行為を行ってでも種の保存を図る。人類はそういう岐路に立っているのよ。GMOを栽培してまで食べさせなければならない人口というのは、既に最適値をオーバーしているという意味じゃないのかしら。

妻とはずっと議論しているが、彼女が口にする見解は重く響いた。

だが、世界は既にGMOありきで進んでいる。それでいいのだろうか。

「お待たせしました」

顔を上げると平井が立っていた。

「あ、お忙しい中をありがとうございます」

いかがですかと言って、平井が缶コーヒーを差し出した。礼を言って受け取ると、平井は隣に腰を下ろした。

「いい天気ですね。こういう晴天を見上げていると、やっぱり日本は美しいなあと思います。でも、代田さんが住んでらっしゃる場所は、もっと自然が豊かなんでしょうね」

「ここだって古乃郷と変わりませんよ。森の匂いがしますよ」

「森の匂いですか。私には、分からないなあ」

平井は珍しいものでも見るように、いつまでも空を見上げている。

「息子さんは、その後いかがです？」

「おかげさまで、元気にサッカーボールを追いかけていますよ。ウチの辺りは、農地が多いわけではないですし、田んぼを持つお宅を一軒一軒回って、ネオニコチノイド系農薬を撒かれる場合は、連絡してほしいとお願いしています」

それは口で言うほど、た易いことではないだろう。

「CSR推進室に移ってからの方が、農家の方たちと話す機会が増えたんです。そのたびに『ピンポイント』が少しはお役に立っているのを実感します。同時に、たくさんの不安を抱えておられて、私たちがやるべき課題は未だに山積みされているのも分かるんですよ」

対談の時とは人が変わったようだ。農薬の牙城を必死で守ろうとしていた頑なさが、平井から消えていた。この人はこんな人だったか——。代田が抱いていた印象と大きく違っている。

「失礼ですが、平井さんは変わられましたね」

「そうですか。言われてみれば、肩の荷を降ろしたような気分になっているかもしれません」

「御社がGMOシフトに変わられたせいですか」

「GMOシフトねえ。どうでしょうか。それが影響しなかったと言えば嘘ですが、それだけでもない気がします。もしかすると、代田さんのお陰かも知れませんよ」

平井は缶コーヒーのプルタブを開けて口を付けた。その目はおだやかに笑っている。

「対談の時、農薬を頭ごなしに否定せずに、問題点を指摘されたじゃないですか。あれは私には驚きでした。農薬反対派の方とは大勢会いましたが、農薬の必要性を理解した上で、議論したのは代田さん、あなたが初めてだ。我々にはこういう議論がもっと必要なんだなあと、痛感しました」

「それは僕も同様です。ミツバチが子どもを襲ったらどうするのかという切り返しはきつかった。同時に、何だか不毛な議論をしているなとも思いました」

「不毛ですか」

　保育園の子どもたちが芝生広場で鬼ごっこをしている。大木の木陰では、若いカップルが寝そべってくつろいでいる。そして空はどこまでも青い。

「所詮(しょせん)、農薬は道具です。上手に使えば、安価な農産物が手に入る。安全性だって絶対ではないものの、ある程度は担保されている。要は使い方なんですよね。なのに事故が起きると、全てを悪だと断じて、危ないものは使うなと叫ぶ。それは現実を知らない者の、無責任なたわ言(ごと)だと思うんです」

「危険性を知るのは、大事ですよ。むしろ知らずに生活している方が、危険です。だから、正しい知識を伝える人が必要なんです」

　それが自分の使命だと、平井は気づいたのか。

「すみません、つまらない話をして。それで、お訊ねになりたいことって何ですか。

但し、私の個人的な意見としてしか答えられませんよ」

「御社は、農薬を捨てGMOを選ぶという決断をしたんですか」

怒るかと思ったが、むしろ平井は苦笑いを返してきた。

「私のような中間管理職には分かりません。ただ、この国でGMO栽培がそう簡単に進むとは思っていません」

「しかし、世界の潮流はGMOまっしぐらです」

「もう、この流れは誰にも止められないでしょう。そしていずれは日本も向き合わざるを得ない。ならば、正しい知識と厳しい監視が必要だと思います」

GMOに対してもっとネガティブな見解を持っていると思っていた。GMOが進めば、農薬は必要なくなる。つまりは、平井の将来は暗いはずなのだ。

「もうこの世から農薬研究そのものが消えるかも知れませんよ」

農薬一筋で生きてきた彼はこの先、何をよすがに生きるのだろう。残酷な現実を前にしても、この男は笑っていられるのか。そう思いながら平井の表情をうかがったが、変化はなかった。

「いずれにしても、大泉ではもう研究職に戻ることはないでしょう。今は、経験と専門的な知識を、お客様に伝えるのも素晴らしい仕事だと思い始めているんです」

これは達観なのだろうか。それとも諦めなのか。心境は定かではないが、嘘をついているとは思えなかった。

「結局のところ、ポストネオニコチノイド系農薬の開発とＧＭＯのどちらが、我々にとって安全なのでしょうか」

「難しいなあ。昔なら、迷いなく農薬だと言ったと思いますよ。あなた方は、ネオニコチノイドを悪魔のようにおっしゃるが、あれはあれでそれまでの問題をたくさん解決したんです。今でも、『ピンポイント』はいい農薬だと思います。ただ、おっしゃるとおり、常に問題は生まれるし、だから新しい材が求められる。弊社でもいくつかの研究は進んでいますし。それをどうするのかは、これからの課題でしょうね」

「そして、またイタチごっこが繰り返されるわけですよね。想定していなかった益虫への害や副作用、あるいは人体への影響など、新薬は使用開始から数年経たないと問題が顕在化しない」

「それが農薬なんです。だから、系統の異なる農薬を創り上げるのはリスクが高い。それでもやるしかないんですよ」

「ビジネスだからですか」

平井はちょっと考えこんでから、缶コーヒーを一口すすった。

「会社としてはそうでしょう。でも、創薬した時にはベストだと思っていた材でも、まだ不十分なんです。我々の仕事はね、完璧(かんぺき)を目指しながら、常に不十分な何かに脅かされているんですよ」

それは農薬だけに限らない。すべての文明を発展させてきた原動力だとも思う。

「僕は、ネオニコチノイド系農薬の全廃を目指して活動してきました。でも、平井さんと対談した時に気づいたんです。ネオニコを駆逐しても、まったく新しい農薬が出現するだけじゃないのか。それを本当に、自分は望んでいるのだろうかってね」

平井に話しながら、自身にも問うていた。だが、考えれば考えるほど結論は出ない。

「答えは出ていません。結局、不毛だなとしか、今は思えない。そんな時、農薬は廃(すた)れ、ＧＭＯが主流になりそうだと聞いたんです。最初はあり得ないと思いました。でも、断固反対と叫ぶほどの知見はない。そして世界の潮流はすさまじい。もはや止められない気がしました。だったらどう向き合えばいいのか」

「農薬とＧＭＯを同列で考えるのは難しいですね。我々の考えからすれば、一方は資材であり、一方はタネです。資材は、利用者の工夫でいかようにでも変更できます。しかし、タネは芽が出た瞬間から、根本的な部分については、干渉できない」

確かにその通りだ。

「だから、恐怖がつきまとうんです」

平井が軽く笑った。

「バイオテクノロジーは、オカルトじゃないですよ。得体が知れないから怖いと思うだけです。GMOが実用化されてからの時間がまだ浅いんで、蓄積されたデータが少ないだけです。農薬より安全な部分もある。理解できないことを理由に、怖いと主張するのは科学的じゃない」

だが、一般的には理解を超えたものに恐怖を感じる人が多い。古乃郷で反農薬を熱心に叫ぶ土屋宏美の顔が脳裏に浮かんだ。

「では、平井さんはお認めになるんですか、GMOを」

「認めるも何も、既にこの国にもGMOの穀物が、大量に入っています。私から言わせれば、アメリカなどから輸入されるGMOより、徹底した安全基準を設けて開発した日本産のGMOの方がはるかに安全だと思いますが」

まるで禅問答しているようだ。何が正しくて、何が間違いか。そんな風に簡単に分けられるものではないのかもしれない。そして本当に怖いのは、知らないうちに事が進み、後戻りできなくなることではないか。代田は甘いコーヒーを舐めながら、平井の考え方が一番真っ当なのだろうと思った。

「私たちは、万能感の錯覚に陥っているんです。でも、人間なんて無力ですよ。何より情けないのは、自分たちが生み出した流れすら止められないことです。だったら、それに抗わず、どう向き合い折り合うかを考えるべきじゃないでしょうか」

平井が話すのを聞きながら、もっと腰を据えて、じっくり話し合いたいと思った。いつか古乃郷に招待しよう。そして巣箱の前でビールを飲みながらとことん話し合いたい。

「ありがとうございました。お話が聞けて良かった。平井さん、よければこれからも色々教えて下さい」

代田は先に立ち上がり、頭を下げた。

「教えるなんておこがましい。それより私からも、一つお願いがあるんですよ」

「なんですか」

「息子がミツバチを飼ってみたいと言い出しましてね。自宅で飼うのは近所の手前もあるので、本社ビルの屋上で飼ってみようかと思うんですが、アドバイスを戴けますか」

あざとい申し出にも取れるが、平井にそんなつもりはまったくなさそうだ。

「僕でお役に立てるなら、喜んで」

初秋の空に飛行機雲が一筋、西に伸びていった。農薬メーカーの本社ビルの屋上で、養蜂（ようほう）か。世の中、何が起きるか分からないもんだ。

第九章　目論(もくろ)みと裏切り

1

「代田さんは、早くからネオニコチノイド系農薬の危険性を訴えてらっしゃいました。この農薬のどこが危険だとお考えでしょうか」

「食の安全と農業を考える」と題したシンポジウムの最後を締めくくるパネルディスカッションで、司会役の早乙女代議士が質問した。代田はパネラーとして参加している平井の方を見遣(みや)ったが、彼には何の変化もなかった。

「私は養蜂業を営んでいますので、危険性については、その観点からのみ申し上げます。まず、ネオニコチノイド系農薬には、ミツバチの帰巣(きそう)本能を狂わせる作用があります。その結果、曝露(ばくろ)した大量のミツバチが巣に戻れず、死に至りました」

「アメリカなどでも問題となったＣＣＤと同じ事態ですね」

　話の途中で早乙女が割り込んできた。

「いや、早乙女さん、米国のＣＣＤと日本のいわゆる〝いないいない病〟とを同じに扱うべきではないと思います。そもそも米国と日本とでは、養蜂のスタイルも規模も異なります。ＣＣＤは未だ原因不明のようですが、日本の場合は、明らかにネオニコチノイド系農薬が原因だと考えられています」

「秋田さん、農水省でも最近、それを認めたそうですね」

そんな事実はない。農水省が事実を隠蔽したという内部告発があったという噂は聞いているが、農水省が公式に認定したなどという話は未だに聞かない。

やはりパネラーとして参加している食料戦略室課長代理の肩書きを持つ女性官僚は、困惑しながら口を開いた。古乃郷で会った時は、こんな要職に就いている風には到底見えなかった。今日の秋田には、あの日にはなかった堂々とした迫力がある。

「その件については私は関知してないため、事実関係を存じません」

「みなさん、秋田さんが所属されているのは、大臣直轄の食料戦略室という部署です。日本の食糧供給はどうあるべきかを考える最高機関なんですよ。そこのキャリア官僚でありながら、こんな大切な情報をご存じない。これこそが、先ほどの基調講演でも申し上げた、農水省不要論に繋がるのです」

秋田の立場ではそうとしか答えようがないだろうに、早乙女は鬼の首を取ったように、お役所仕事だと断定した。

シンポジウムの冒頭から、早乙女代議士は好戦的な態度で臨んできた。農水省は農業を産業と捉(とら)えず、産業振興どころか衰退を助長する政策ばかりしていると糾弾し、食糧安全保障の感覚もないような省庁はいっそ解体し、経産省に吸収されるべきだとまで言った。挙げ句にそれによって農水省予算の二兆円余が削減されれば、これぞ究極の仕分け作業だと断言し、会場からはやんやの拍手で歓迎されていた。

「お言葉ですが、早乙女先生、官僚一人一人が、弊省の全(すべ)ての業務を知る必要はありません。それぞれの専門分野を知悉(ちしつ)し、的確な施策を行うのが使命ですから。お訊(たず)ねの件については、しっかり調査したうえで改めてご回答致します」

秋田もなかなか鼻っ柱が強い。早乙女に公然と愚弄(ぐろう)されながら、堂々と反論している。

「よろしければ、私の方でお応(こた)え出来ます」

見かねたらしい平井が助け船を出した。

「弊社で製造販売している『ピンポイント』は、ネオニコチノイド系農薬ですが、ミツバチの帰巣本能を麻痺(まひ)させるという実験結果が出ております。そのため、使用に当たっては、周囲の養蜂業の方にお声がけ戴(いただ)くようにお願いを致しております。ただ、他社の農薬にはネオニコチノイド系でもミツバチへの影響が低いものもあります。また、現段階では、ネオニコチノイド系農薬とミツバチの集団失踪（しっそう）を結びつける公式見解が発表されたという記憶は私にもございません」

　司会という立場も忘れて、早乙女は露骨に嫌な顔をした。

「早乙女さん、続けていいですか」と断ってから、代田は話題を元に戻した。

「それよりも心配なのは、化学物質過敏症の方への影響ですね。まだまだ実証の段階ですが、過敏症の方には影響があるようです」

　それを聞くなり早乙女が手を叩（たた）いた。

「そう、それよ！　みなさん！　ネオニコチノイドはこれが怖いんですよ。実は、パネリストの平井さんのご子息が高濃度のネオニコチノイド系農薬を曝露されて、危うく命を落としかけたんですよ」

　代田はもちろん他のパネラーも唖然（あぜん）としてしまった。いくら事実でも、公開の場で言う話ではない。早乙女のあまりの非常識さが我慢できなかった。

「ちょっと待ってください。早乙女さん、そんな話をここでする必要はないのでは」

「事実は事実ですからね。皆さんもお読みになったかと思いますが、先月発売された『月刊文潮』誌上に、代田さんと平井さんの対談記事が載っています。そこに、当時の様子が生々しく語られているんですよ」

なんて愚劣なんだ。最初からこれをやるつもりで用意していたらしく、早乙女は勝ち誇ったように雑誌をかざした。代田がさらに反論しようとした時、平井が発言した。

「少し誤解があるようです。確かに『ピンポイント』の開発に私も携わりました。また、今年八月末に、静岡県でラジコンヘリによる農薬散布での事故があり、茶畑に社会見学に来ていた子どもたちやご父兄が被害に遭われたのも事実です。息子もその一人です。しかし、化学物質過敏症の方への農薬被害と、茶畑の事故とは次元の違うお話かと思います。農薬は、正しい使い方をすれば、人体にさほど大きな影響を与えません。ただ、化学物質過敏症の方は、ごく少量の化学物質にも反応されると聞いています。そういう方がいらっしゃる場合は、農薬だけではなく、様々な化学物質の散布にも細心の注意を払うべきだと思います」

この状況でも冷静に話す平井は大したものだと、代田は感心した。だが早乙女も負けていない。

「事故が起きたのは事実でしょう。原発事故を例にするまでもなく、人間のやることに絶対はありません。そういう意味では、農薬は怖いものだと私は思います。秋田さん、いかがですか。あなたは三ヶ月前まで、震災対策特別本部で、農産物の放射能被害対策のご担当だったでしょ。放射能と農薬って似ている気がしませんか」

「それは暴論ではないですか」

秋田は間髪を入れずに返した。この流れだと例の発言も引き合いに出されるだろうと、代田は覚悟した。

「あら、そうかしら。代田さんは以前、ネオニコチノイド系農薬は放射能より怖いと発言されていますね。農水キャリアの方の今の発言を、どう思われますか」

早乙女は人を不愉快にさせる天才なのだと思った。だからといってこのままやりたい放題させるわけにはいかない。

「あれは私の失言でした。原発事故で放射能が漏れた際、可視化できない危険な物質が身の回りにあるのは、とても怖いと私たちは感じました。農薬にもそういう側面がないとは言えませんが、さすがに農薬と放射能を同列で話したのは、暴言だと反省しています」

刺すような視線をぶつけられたが、代田は怯まなかった。

「先ほどから伺っていると、早乙女さんは農薬をまるで毒ガスのようにおっしゃいますが、それほど恐しいものだと思われているなら、この件について過去に国会で言及されなかったのはなぜですか」

2

代田の発言に、平井は喝采(かっさい)を送りたいと思った。政治家は信用ならないと思っていたが、早乙女の態度は度を越えている。これほどに農薬を敵視する意図は何だろうか。

「なんだか、皆さん、壇上に上がると、急にお行儀良くなってしまうみたいですね」

過激な代議士が小馬鹿(こばか)にしたように言うと、会場から笑いが漏れた。そしてその一言で、早乙女は代田の攻撃をなかったものにした。

「さて本日は、日本トリニティ社の社長である磯貝(いそがい)さんに、農薬と訣別(けつべつ)する農業のあり方として、遺伝子組み換え作物の講演をして戴きました。代田さん、講演の感想をお聞かせください」

「興味深いお話でした。ですが、全ての害虫を寄せ付けない遺伝子組み換え作物の開発は、現状では難しいのではないですか。GMOが農薬撤廃の切り札というのは、誇張表現だと思いますが」

代田はいつになく攻撃的だった。早乙女としてはネオニコチノイド系農薬反対の切り札として代田を招いたつもりだろうが、どうやら彼女の思惑からはずれているようだ。

早乙女は口元を歪めて代田を睨んでいる。それを気遣ってか、磯貝が口を開いた。

「誇張ではありませんよ。実際、害虫抵抗性作物は開発済みです」

「しかし、それはあらゆる害虫を寄せ付けないというものではありませんよね。しかも、日本とアメリカとでは害虫の種類も異なりますから、日本向けの害虫抵抗性作物の開発には、相当時間がかかるのでは」

「いずれニーズが高まれば、開発時間はどんどん短縮されるでしょう。それを妨げているのは、GMOに対する偏見です。誤解が多すぎます。農水省からの正しい情報発信を求めたいところです」

秋田が身構えた。彼女は農産物の輸出や食糧安全保障対策が専門らしい。先ほどから専門外の質問ばかりぶつけられているが、めげずに闘っている。早乙女に指名されて即答した。

「農水省でも、GMO研究およびその対策は進めています。磯貝さんのご指摘ですが、弊省としてもGMOに関する情報発信は、可能な限り続けています。弊省が障害なのではなく、日本社会そのものに、GMOを受け入れる環境がまだ整っていないのではないでしょうか」

「社会環境のせいにしないでくださらないかしら。あなた方が、農協や種苗メーカー、そして農薬メーカーとグルになって、日本でのＧＭＯ栽培を妨害しているのは、まぎれもない事実よ」

早乙女の発言はまるで感情的なクレーマーそのものだ。農薬メーカーにも言及していたので、平井は発言しようと思ったのだが、秋田に先を越された。

「早乙女先生、では伺いますが、ネオニコチノイド系農薬については、あれほど危険だとおっしゃるのに、ＧＭＯが安全だとお認めになる根拠はなんでしょうか」

「話をすり替えないでちょうだい。ＧＭＯは人体に悪い影響を与える化学物質ではなく、本来自然界にある遺伝子を安全に組み換えただけの作物なのに、頑（かたく）なに拒絶する農水省の体質を問題にしているのです」

話題が何であっても、早乙女は必ず農水悪玉論に着地しようとする。牽強付会（けんきょうふかい）も甚だしいが、こうも見事なこじつけを聞いていると、平井は一種の才能すら感じてしまった。

秋田は反論すべきか迷っている。そこで、代田が手を挙げた。

「現段階でＧＭＯが安全だと断言するのは危険だと、私も思います。自然界や人体にどんな影響を及ぼすかはまだ未知数ですから。ただ、我々は科学技術の発展の恩恵を受けて暮らしています。それを拒絶しては生きていけません。ですから、是々非々論ではなく、ＧＭＯについて正しい知識を身につけた上で、我々はこの技術を受け入れるかどうかを考えるべきじゃないのでしょうか」

神宮のベンチで話し合った時のことを思い出した。代田の考え方こそ、最良の選択ではないかと思う。否定や拒絶からは、何も生まれない。大泉農創のＣＳＲ推進室長として目指すべき目標も、そこにあると平井はあらためて自覚した。

「平井さんの会社は、トリニティ社と合弁で研究開発ベンチャーを始められますが、これは日本を代表する農薬メーカーが、農薬製造をおやめになると理解してよろしいですか」

まるで代田の発言などなかったかのように、早乙女が話を振ってきた。彼女の思惑が分かった以上、発言には慎重にならなければ。

「最近、その種のご質問をよく受けます。弊社が農薬製造から撤退する予定は、まったくありません」

「では、なぜトリニティとの合弁会社を設立したんです」

「それは、経営陣にお訊ね戴く方がいいでしょうね。研究対象は検討中のようです。いずれ、発表があると思います」

奈良橋の話では、Ｔ＆Ｄファームの最大の目標はコメＧＭＯだという。さらに、日本の気候風土に合った良質の小麦もつくりたいとも言っていた。だが、そんな話をすれば、早乙女の思う壺だった。

「磯貝さん、どうですか」

「合弁に関しては米国本社の管轄なので、私も詳しくありません。ですが、早乙女先生のご推測は間違ってないと思いますよ」

このシンポジウムの趣旨が透けて見えた気がした。食の安全や農薬撤廃などを標榜しているが、要はGMO推進が目的なのだろう。早乙女代議士は金融や財政問題の専門家のはずだが、これほどGMOに肩入れする理由は何だろう。これではまるでトリニティの広報マンだ。呆れていたら彼女と目が合った。

「平井さん個人は、GMOをどう思われますか」

「日本もしっかり研究すべきだと思います。ただ、バイオテクノロジーは莫大な開発費用が掛かります。一材一〇年四〇億円と言われる農薬の比ではありません。しかも、アメリカや中国と比べると、かなり立ち遅れています。政府が音頭を取って、政官財一体の研究が必要なのではと思います」

「秋田さん、農水省はGMOの国内栽培に、相当否定的ですね」

「そうでもありません。私たちも今、GMOとどう向き合うべきか、一生懸命考えています。いずれにしても平井さんがおっしゃったようなオール・ジャパン体制が求められると思います」

新しいものは頭ごなしに否定しがちな農水省にしては、前向きな発言だった。代田も同じように感じたらしく、感心したように頷いている。

「そう言えば政府は、淡路島にジャパン・フード・ヴァレイという強い農業を目指すための特別区を計画していますよね。確か磯貝さん、その一角でトリニティ社は政府と共同で国内向けのＧＭＯ研究施設を設ける計画が進んでいるんですよね」

会場にいる全員が、いっせいに息を呑んだのではないかと思うくらい、空気が一変した。Ｔ＆Ｄファームどころの話ではない。トリニティ本体が、日本政府と共同でＧＭＯの研究所を作るとなれば、それは政府がＧＭＯ栽培に大きく舵を切った証左になる。

「いや、早乙女先生、それはまだ公表の段階ではなく」

磯貝が気まずそうな顔をした。だが、早乙女はめげない。

「隠さなくてもいいじゃないの。秋田さんも知っているわよね」

「いえ、まったく存じません」

秋田は青ざめているように見える。その反応が、既に答えを告げているようなものだ。会場がざわつき始めた。

3

この女、絶対に許さない。

秋田の腸(はらわた)は煮えくりかえっていた。こんな司会は見たことがない。

米野が参加していなくて良かったと、つくづく思った。パネラーはもともとは米野の予定だった。かつて〝必殺仕分け人〟などと言われた事業仕分けのスターだった早乙女は、そこで米野に手酷(てひど)くやり込められた。その意趣返しに呼んだとしか思えなかったが、当人はまったく気にもせず「面白そうじゃないの」とパネラーの依頼を受けた。

ところが、にわかに政局が騒がしくなり、JFV設置法案や予算案の成立が危うくなった。シンポジウムどころではなくなり、米野は急遽(きゅうきょ)、国会対策のために永田町に残り、秋田が代理で出席したのだ。

米野が来ないと知った早乙女は猛烈に怒ったが、秋田としてはただ謝るしかなかった。しかし、この過激なパネルディスカッションに米野がいたら、とんでもない事態が起きていたかも知れない。それを考えると、身替りの自分がバカにされる程度はご愛嬌のうちだと我慢できた。

「実はね、ＧＭＯについては知的財産権も絡むので、知財に詳しい経産省が積極的に関与すると聞いています。いずれ正式に発表されるでしょうけれど、淡路島のＪＦＶには、経産省のバックアップで、日本初の本格的なＧＭＯ研究開発施設が誕生するそうよ。今の臨時国会で審議中で、何とか通過しそうな感じです」

「早乙女先生、あまり不確かなことは仰らない方が」

無駄な抵抗だと分かっていても、言わずにはいられなかった。

「不確かな発言ばかり繰り返しているのは、あなた方でしょう。そもそもあなたは何も知らないわけだから、つまらない口出しをしないでちょうだいな」

「しかし、法案というものは、国会で可決されて初めて事業として成立するわけで、まだ審議中の事案を、さも決定事項のようにおっしゃるのはいかがなものかと」

「それはどうもありがとう。さすが、日本の官僚は素晴らしいわね。国会議員に向かって審議のいろはを教えて下さるんだから」

発言してすぐに後悔した。だが、この女が相手なら、強気で抵抗しないと好き放題を言われるだけだ。

早乙女に同意するかのように大きな笑い声が、会場のあちこちから上がった。今日の参加者はどういう連中なのだ。皆が早乙女の応援団のようだ。

「それはそうと秋田さん、アメリカを襲っている大干魃をどう思いますか。政府はどんな対策をお考えなのか聞かせてくださいな」

いきなりまたデリケートな質問をぶつけてきた。そもそもシンポジウムの参加に当たって、事前に質問事項が提示されるものだ。もちろん今回も事前に相談はあったが、実際には予定外の問いばかり続いている。これも、早乙女の復讐なのだと諦めて、持参したノートパソコンから、世界食糧会議関連のデータを立ち上げた。

「事前にご連絡戴いていたら、干魃の様子をスライドでお見せできたのですが、突然のご質問なので、口頭でご説明します」

ミズーリ州で目撃した大豆畑やトウモロコシ畑の被害状況を報告して、さらにアメリカの作付け予想、そして、ヨーロッパや南米、中国の様子なども掻い摘んで説明した。

「つまり、人口爆発に伴って、深刻な食糧危機が予想されているわけね」

早乙女が意気揚々と言い添えた。都合のいい解釈で解説するのはやめてくれ、と叫びそうなのを必死で堪えた。

「そこまでの断定はできません。現在は世界各国が連携して、干魃被害のあった国への緊急支援を行い、危機を回避しています」

「これも地球温暖化のせいでしょうねえ。世界の穀倉地帯でこんなに干魃が頻発するのは異様だもの。皆さんもご存知でしょうけれど、中国の砂漠化も深刻です。そういう現実を知りもしないで、TPPの交渉入りを渋って、日本だけが食糧調達できないなんて結果にならないといいんですが」

とにかく主張を通すことしか早乙女は考えていない。まともに刃向かってはダメだ。かといって、会場に来ている聴衆やマスコミ関係者に誤った認識を持たれるのもよろしくない。確か、このシンポジウムはUストリームでも発信している。いわば、世界に向けて生中継されているようなものだ。どう発言すればいいんだろう――、すぐに思い浮かばなかった。

「ちょっといいですか。アメリカの干魃について、講演では使わなかったある画像をご覧にいれます」

話に割り込んできた磯貝が合図を送ると、会場のライトが暗くなった。ステージ中央のスクリーンに、赤茶けた大豆の枯れた莢が浮かび上がった。早乙女は大げさなほど表情を引き攣らせた。

「これはもう、干魃というより熱波に近いですね。アメリカ国立気象局は、この異常気象について楽観視してはならないと警告しています。ところで、この荒れ果てた大地の向こうに青々としたトウモロコシ畑が映っているのが見えるでしょうか」

そうか、これを見せたかったのか。あまりにも露骨なＧＭＯ礼賛への転換に、秋田は発言する気力も失せた。

「拡大すると、様子がよく分かると思います」

画像が徐々にズームされていく。

早乙女がいかにも初めて見るような調子で訊ねた。

「これは、何ですか」

「弊社の試験農園です。このトウモロコシは砂漠でも生育するＧＭＯでして、まもなくアメリカで実用化される予定です」

4

米野は霞ヶ浦の農水省農業試験場にいた。シンポジウムでの顛末を一刻も早く伝えようと本省に戻った秋田は、彼の出先を知るとすぐに電車に飛び乗った。

オフィスに行くと、米野はコメの試験田にいると教えられた。畦道を歩き、日が傾き始めた広大な田園に向かった。そこでは麦わら帽子を被った男性が一人で作業しているだけだ。近づくと、男性は立ち上がって手を振った。

「なんだ、シンポジウムじゃなかったのかい」

「終わりました。それより、米野さんこそ、政局対策はどうしたんですか」

米野が畦道に上がってきた。

「お払い箱になったよ。僕が出ると、収まるものも収まらないと言われてね」

国会議員相手に通したい法案を訴える、米野の姿が目に浮かぶようだった。信念を貫く時、相手が誰であろうと彼は正論を真っ向からぶつける。

「こんなことなら、シンポジウムに行けば良かったよ」

「いえ、米野さんは農作業が似合います。早乙女の陰謀の道具になる必要なんてありませんよ」

作業していた分、米野の方が喉が渇いているだろうに、水筒の蓋に入れたお茶を秋田にまず勧めてくれた。

「陰謀とは穏やかじゃないねえ。どうしたんだい」

有り難く飲み干すと、秋田はシンポジウムの顚末を洗いざらい報告した。首筋の汗を拭い、お茶を飲みながら、米野は黙って聞いていた。

「早乙女先生は、トリニティのロビイストに相当なカネでも掴まされたんだろうね」

以前、増淵も同じことを言っていた。

「だとしたら、売国奴ですね。そもそも外国人から政治献金とかもらったら、違法じゃないですか」

「さすがに、日本法人を介していると思うけどなあ。まあ、それはどうでもいいよ。見てくれよ、今年は太郎も花子もいつも以上に出来がいいんだ」

目の前の田には、豊かに実った稲が重そうに穂を垂れている。太郎も花子も、米野が学生時代から育てている品種で、味は最高だった。

「収穫が楽しみですね。ところで、早乙女はシンポジウムで、淡路島に予定されている共同研究施設の存在まで暴露しちゃったんです」

太郎と花子の話題になると、米野は止めどなくしゃべり続ける。秋田は先手を打って、軌道修正した。

「そいつは、ちょっと問題だなあ。でも、別に隠すものでもないし、気にするな」

「そんな暢気でいいんですか。先日発表されたトリニティと大泉農創の合弁企業といい、世間はＧＭＯ襲来だと騒ぎ始めますよ」

「騒ぐだけムダだよ。この国は、市場を開放しているんだ。違法でない限り、外資系は新しい市場を求めて参入するのが当然だろ」

「でも、農業は国の聖域だったはずです」

「嫌だな、その言葉。聖域とか神話とか言って特別扱いされるものに、ロクなもんはない」

「じゃあ、米野さんはＧＭＯに賛成ですか」

淡路島のＧＭＯ研究施設の存在を知ってから、米野と話す機会がなかった。だが、今こそ聞かなければ。

「物事を二極化して、対立構図で考えるのは愚行だよ。そもそも反対や否定からは、何にも生まれないだろ」

「でも、米野さんだって戸別補償制度や仕分け作業に反対したじゃないですか」

「ちょっと違うんだな。僕がずっと訴えていたのは、コメをもっと作りましょう、頑張った農家を対象に補助金を出しましょう、利益が見込めなくても、将来の日本のためになるものにこそ予算は必要ですよ、ということでしょ。この違い、分かるかい」

何を言わんとしているのかは分かる。政府の方針に異を唱える場合、米野はよりよい選択肢を用意して、改善を実現してきた。「こっちの方がいいでしょう」という提案力を磨けと、何度も指導された。

「分かります。ただ、我々に受け入れる準備が整っていないのに、ＧＭＯを進めることには、異を唱えるべきでは」

「受け入れる準備なんて、誰がどこでやっているんだい」

秋田は言葉に詰まった。確かに、ＧＭＯ対策については農水省の幹部達は及び腰で、できれば先送りしたいと考えているようにしか見えない。自分の考えもそれに近い。

「どう対応すべきかを、お偉いさん達が真剣に考えているとは思えないなあ。ならば、黒船でもミサイルでも飛ばしてもらった方がいいよ。そうすれば、対策を必死で考えるでしょう。これが、日本政府を動かす一番の方程式だよ」

「なら、米野さんとしては、ＧＭＯ栽培を日本で始めてもいいとおっしゃるんですか」

「日本に必要ならね」

米野は作業ズボンの泥ハネを払い落とすと、道端に放っていた大きなカゴから二個の紙袋を取り出した。口を開けると、鮮やかな黄色のトウモロコシが顔を覗かせた。

「採れ立てだ。食べてみて」

「生で、ですか」

「大丈夫。おいしいから」

大粒の実が、びっしりと並んでいた。言われるままに一粒摘んで、口に放り込んだ。軽く嚙んだだけで水気をたっぷり含んだ実が割れて、スイートコーンの味が広がった。汁も甘い。

「おいしいです」

「じゃあ、こっちも」

もう一方の袋から一本を抜き取った。味をしめた秋田は今度は数粒摘んで口の中に放り込んだ。ひと嚙みした瞬間、呻いてしまった。

「固い、それにまずい」

「今、食べた方は、GMトウモロコシだ」

こんなにまずければ、誰も食べないと思った。

「やっぱり自然の味が一番ですね」

「カズちゃんが食べたのは、飼料用だから。あるいは燃料用と言ってもいいかな」

そんなものを、食べさせたのか。あまりにまずくて飲み込めなかったトウモロコシを吐き出した。

「一言でトウモロコシと言っても、色んな用途がある。それを全部否定する必要はないでしょう。バイオエタノールの原料や、飼料としてならＧＭＯだって有効なんだ」

言いたいことは分かる。

「時流はＧＭＯにシフトしつつある。当面、食用目的ではない作物に限定されるだろうけれど、いずれそうも言ってられない時が来るかも知れない。そうなってから泡食って研究や開発を始めても、もう遅いよ。知財の点でも、外国企業にやりたい放題に荒らされるかも知れない。それは準備を怠っているからだ。ＴＰＰもそうだけれど、今の日本には選り好みできるほどの余裕がないという現実を、直視すべきだと思っている」

「だから、ＪＦＶにＧＭＯの研究施設を誘致するんですか」

「あれは経産省マターだ。知財管理の面では、少なくともウチよりはまともな対応をすると思ったんで任せたんだ。ＧＭＯにしても植物工場にしても、経産省的な感覚がないと立ちゆかない。ひるがえって我が省はどうか？　未だに現状維持こそ最大の責務だと言って譲らない」

自省の体質についてはまったく同感だ。だからこそ印旛が中心になって推し進めている新構想に大きな希望を抱いている。しかし、それがＧＭＯ容認につながるというのはどうなのだろう。

「世界のＧＭＯの流れを止められないなら、目を光らせる仕組みが必要だ。ならば、外資が勝手に上陸してやりたい放題する前に、こちらから奴らを巻き込んで睨みを利かせる方が、一〇〇倍有益だよ」

だが、果たして農水にトリニティを監視できるだけの能力があるのだろうか。この分野に関してはアメリカの方が何枚も上手だ。

「でも、私たちにアメリカを監視するような能力があるんでしょうか」

スイートコーンをおいしそうにかじりながら、米野は笑った。

「ないね。でも、今のままじゃどうにもならないと、まず気づかなきゃ、前には進めないんだよ。能力がないんだったら、中国のように優秀な人材に奨学金を出して、アメリカのバイテク研究所や大学に留学させればいい。できない、やらないが通用する時代じゃないよ。僕は日本中から恨まれてもＧＭＯ推進派になって、惰眠を貪っている連中の度肝を抜いてやろうと決心したんだよ」

国家の土になれ。何年か前に米野の左遷が決まった時、彼は秋田に土を握らせてそう言った。だが、米野がなろうとしているのは、捨て石じゃないか。

「そんな顔をしなさんな。僕は、太郎と花子を、日本最初のＧＭＯ試験種にしようと目論んでいる」

米野が大学時代から研究と交配を重ねてきた〝宝〟を使おうというのか。――米野の覚悟のほどを知って、言葉を失った。

「日本の代表的な銘柄を触らせたくないじゃないか。それに、太郎と花子については、遺伝子レベルまで僕が知り尽くしている。味は最高。あとは、強さと収量だ。それをGM技術で克服して経過を見る。ダメな時は、また地道な品種改良を続ければいい」

やはりこの人はスケールが違う。非常識一歩手前の大胆な行動に躊躇しないどころか、手塩にかけた宝すら目的達成のためなら、平気で差し出してくる。

「それが、この国の土になるということですか」

「おっ、嬉しいねえ。ちゃんと覚えていてくれたんだね。これが最後のご奉公になるだろうと思って、可能性のあるものは全部やるつもりだ」

呆れるほど大きな人だ。だけど、いつか、米野のような官僚になりたいと思う。

「そうだ、言い忘れていたけど、来月一日付で、カズちゃんを僕の機構にもらい受けるからね」

「えっ、私がJFVに」

かつて米野の部下だった頃の記憶が一気にリプレイされたが、嫌な気分にはならなかった。厄介だがタフなこの人物の下でまた鍛えてもらえるのであれば、喜ぶべきだ。

「期待しているよ」

「どれだけやれるか分かりませんが、粉骨砕身頑張ります」

「そんなに気合い入れなくてもいいさ。いずれ、じっくり話すけれど、カズちゃんにトリニティの研究所の監視者になってもらおうと思っている」

「まさか。それはあり得ませんよ」

「そんなびっくりしなくてもいいだろう。ＧＭＯの国内栽培に批判的なカズちゃんが適任だと思っている」

「でも、ど素人ですよ」

「素人だからいいんだ。つまらない業界の常識に翻弄されないから。おかしいと思うものは、堂々とそう言ってこい。それに、サポートに、栗岡ちゃんも付けて上げるから」

栗岡が付いてくれるなら相当に心強くはあるが、それにしても私がＧＭＯ研究の監視役になるなんて。

「増淵のおっちゃんも仲間に入れるよ。ＪＦＶに骨を埋めたいと言っているんだ。彼は植物工場の責任者になってもらおうと思ってる」

私もそっちがいいと叫びたかった。だが、米野が一度決めたら、失敗するまで変更はない。

「一つだけ、カズちゃんにお願いがある」

彼女の気持ちをまったく無視して、米野は勝手に話を進めた。

「何でしょうか」

「トリニティの天敵になってほしいんだ。絶対にＧＭＯなんて日本で栽培させない。そう断言して、奴らをとことんいじめ抜いてくれ」

言っている意味が分からなかった。トリニティを政府に取り込んで、ＧＭＯ開発を監視するんだと、さっき言ったばかりじゃないか。

「それって、米野さんがなさろうとしていることと矛盾しませんか」

「君の無理難題にもめげず、この国でＧＭＯが栽培できるよう彼らが切磋琢磨してくれれば本物じゃないか。そうすれば、みんながハッピーになれる。官僚冥利につきるだろう」

つまり土に徹せよというわけか。

そもそも米野の思惑通りになんて物事は運ばない。それは過去、何度も経験してきた。だが、今回は失敗したら、秋田自身も大きなダメージを受けるだろう。いや、失敗と言うが、何を失敗というのだ。ＧＭＯ栽培を拒絶したら、別の失敗が待っている気がする。

5

日本食糧振興機構設置法案成立という〝歴史的瞬間〟に立ち会おうと米野に誘われて、秋田は国会議事堂に向かっていた。朝から冴えない天気で、東の空に鉛色の雲が立ちこめている。

「早乙女さんが、トリニティから告訴されたって聞いたんですけど、本当ですか」

シンポジウムの翌日、彼女が発言したトリニティと政府共同のGMO研究施設建設のニュースが、新聞紙上を大きく騒がせた。テレビでは、報道番組だけではなくワイドショーにも取り上げられ、主婦層の反感を買った。だがその後、野党はおろか身内からも総理が批判されるようになり、にわかに解散風が吹き始めると、GMO騒動は霧消した。

それを見計らったようにトリニティ本社が、早乙女代議士が社の機密情報を違法に入手し、それを世間に公表して多大な損害を与えたと、ミズーリ州地裁に告訴したのだ。賠償額は一億ドルだという。

「口は災いの元だね。僕らも気をつけないとね」

それは米野さんだけでしょうと言うのを飲み込んで、大股かつ早足の米野の後ろを小走りでついていった。

「でも、トリニティの広報マンだったはずなのに、どうして訴えられちゃうんですか」

「そりゃあ、言ってはいけない秘密を漏らしたばっかりに、トリニティの目論みが潰れかけたからだよ」

淡路島の研究施設を指しているのだろう。早乙女のリークの後、政府は「そのような事実はない」と火消しに躍起だった。

「潰れかけたってことは、まだ生きてるんですか」

「当然だろう。あそこがそんな簡単に諦めるわけがない。今日通過するはずのJFV関連法案の中に、ちゃんと紛れ込ませてあるさ」

トリニティの天敵になれ、と米野からハッパをかけられたものの、まだ覚悟が固まっていなかった。もう少し時間がほしかった。なので世間の拒絶反応は大歓迎だった。これだけ騒がれれば、ほとぼりが冷めるまでは研究施設建設は棚上げされるはずだと読んだからだ。だが、それはぬか喜びに過ぎなかったか……。

「やっぱり、アメリカの巨大企業は怖いですね。日本の国会議員を好きなように扱い、意に染まなければ使い捨てる」

「アメリカだけに限らないさ。世界の巨大企業は目的のためには手段を選ばないからな。それだけに、心して彼らに対処しないと」

早乙女を切った今、もっと力のある政治家に乗り換えた可能性だってある。

いずれにしても、このところ永田町は落ち着かず、それは霞が関にまで影響している。米野は解散は噂で終わるはずだと言うが、政治の世界は一寸先が闇だという現実を忘れてはならないとも思う。

議事堂に到着するなり、不穏な気配を感じた。

「なんだなんだ、この嫌な雰囲気は」

動物的な勘が鋭い米野も、同じものを感じ取ったようだ。顔見知りの若手官僚が通りかかったので、秋田は声をかけた。

「何があったの？」

「総理が突然解散を宣言してしまって」

ウソでしょ。秋田の背筋に寒気が走った。少し先で米野は印旛を捕まえていた。

「なんで、そんなことになったんだ」

米野が顔を真っ赤にして怒っている。

「野党議員の挑発に乗せられて、いきなり解散を宣言してしまったんです」

印旛も顔色を失っていた。

「それで、ＪＦＶは」

米野が聞くまでもない。

「採決されずじまいでした」

「なんてこった！」

米野の大きな手のひらが力任せに壁を叩いた。総理が解散宣言した時点で国会は閉会し、選挙となる。法案が決まるのはその先だ。ＪＦＶは間に合わなかったのだ。

「さらに悪い話があるんです」

印旛は渋い顔で切り出した。

「ＧＭＯ研究所設置法案と予算案は通過してしまいました」

それはどういう意味なんだ。

「何でそんな本末転倒の事態になるんだ」

「分かりません。予定ではＪＦＶ設置法の後に採決される法案でした。それが今朝になって、いの一番に採択されて」

こんな勝手がまかり通る政治って何だ。秋田は混乱していた。たまらなくくやしかった。

「でも、JFVがなければ、いくらGMO研究所ができたって有名無実ですよね」

「いや、そうじゃないんだ。この数日の交渉の中で一番揉めたのが、ここの扱いでね。突然、官邸が、あの研究所をJFVの管轄から外すと言ってきたんだ」

まさか早乙女の後釜は総理だったのか――。咄嗟に浮かんだが、それは妄想だと思いたかった。

「で、それを呑んだんですか」

「便宜上ね。そうでないと、JFV自体の存続が危うくなりそうだったんだ」

衆議院解散と研究所の切り離しは、あらかじめ仕組まれていたのではないか――。そう勘繰りたくなるようなタイミングの良さだ。

「トリニティが米野さん外しを狙ったのでは？」

「僕は、そんな大物じゃないさ」

中国の農務次官すら口先三寸で操る男だ。トリニティが米野を厄介だと思っても不思議ではない。

「それは私も懸念した。いずれにしてもこの問題は、総理自らが両省の大臣も交えて責任を持ってまとめるので、自分に預けて欲しいと頭を下げられた」

印旛の話を聞くうちに、秋田は嫌な気分になってきた。

「つまり政治決着ですか」

現政権は国民からの支持を失っている。選挙をすれば、おそらく敗れるだろう。新政権に代わった時に、JFVが予定通り誕生する保証はない。

「何とかならないんですか！」

ムリを承知で秋田は叫んでいた。だが、農水の異能と呼ばれる二人が、揃って途方に暮れている。どうしちゃったんだ、二人とも。何で黙っているんだ。

「とにかく、ひとまず本庁に戻ろう」

印旛が二人を促した。

「私を経産省に出向させてください」

誰もやらないなら私がやる。

「秋田、何を言い出すんだ。一ヶ月だ。一ヶ月我慢したら新政権が誕生する。そうすればJFVは再び始動するはずだ」

印旛がなだめたが、そんな不確定な予測は信じられなかった。

「米野さん、私にトリニティの天敵になれとおっしゃったじゃないですか。ならば、私は経産省に行くべきです。知財については彼らにも知識はあるでしょう。でも、農業については素人じゃないですか。私と栗岡さんの二人を、経産省のＧＭＯ研究所プロジェクトに突っ込んでください」

彼らの背後で、人々が口々に総理の名を叫んでいるのが聞こえた。

「総理、突然の解散についてコメントを」

テレビカメラの強いライトに照らされてこちらに向かってくる総理は、口を真一文字に結んでいた。

ただ、その目は、〝何も決められない〟と揶揄され続けてきた男と同一人物とは思えぬ充足感で輝いていた。

エピローグ

白い息を吐きながら、代田は最後の巣箱をパジェロに運び込んだ。手伝ってくれた木村嘉男も肩で息をしている。

「今年は雪が多かったんで心配したけど、どうやら皆元気に越冬したみたいだね」

「ウチも一昨日にチェックしたんですが、元気が良かったんでホッとしています」

養蜂にチャレンジしたいというグループに巣箱を貸すために、代田と木村はこれから東京に向かう。

とにかく皆が無事に越冬できたのが何よりだった。ハチ場に残してある巣箱では、陽気に誘われてハチが飛び始めている。

ハチは冬の間、冬ごもりをする。草木が枯れる冬にミツバチが外に出ることは滅多にない。外気が零下になっても巣の中は快適で、常に三〇度ほどに保たれている。働き蜂たちが羽根を動かして放熱するためだ。

いた。

「今年は、どんな年だろうな」

「いい年になって欲しいなあ」

養蜂家にとって、春の訪れが仕事始めになる。嘉男の言葉にも強い思いが籠もっていた。

相変わらず世間は何かと騒がしい。新政権は農業を成長産業に据えたが、農薬問題もＧＭＯ問題も、将来を見通せるほどの進捗はない。

背後で車の音がしたかと思うと、土屋の赤いスマートが停まった。暫く東京に行くと言ったきり一ヶ月近く顔を見せなかった土屋が、元気溌剌で車から降りてきた。

「こんにちは」

白のダウンコートを着た土屋は、よろけながらこちらに近づいてくる。

「久しぶりですね」

「すっかりご無沙汰しちゃって済みません。ちょっと、いろいろありまして」

彼女には、いつもいろいろある。だが、中身を詮索する気にはなれなかった。

「どこかへお出かけですか」

しっかりと化粧をして髪もセットされている。養蜂の活動で会う時には見たことのない装いだった。

「東京に行くんです。雑誌の仕事に戻ろうと思って」

「つまり、引っ越される？」

「いえ、夫や子どもたちはこちらに残ります。私だけ、単身赴任です」

子どもを置いて単身赴任か……。相変わらずだな。

心中が顔に出ないように、代田は「そりゃあ、すごいや」と返した。

「自分の得意な分野で、世の中の役に立つのが一番だって気づいたんです。私のように問題意識を持ちながら、どう行動したらいいか迷っている女性ってたくさんいると思うんです。その道しるべになるような記事をつくりたいと思って、決心したんです」

それが良い選択なのか分からなかったが、代田が干渉する問題ではない。

「そうですか。じゃあ、現場復帰ってわけですね」

その言い回しが気に入ったようだ。彼女は嬉しそうに白い歯を見せた。

「おこがましいんですけどね。昔いた出版社でお世話になった方が、独立して社会参画に特化した雑誌を立ち上げることになって、ぜひ手伝って欲しいって頼まれちゃって……」

「期待してますよ」

「ありがとうございます。私、ここでの経験を活かせたら、賢い編集者になれる気がするんです。それも、代田さんのお陰です。雑誌がスタートしたら、ぜひ誌面にも登場してください」

出来れば遠慮したいが、ひとまず今日は、気持ちよく送り出そう。

「僕でよければ」

「もちろんです。継続は力ですね。私も代田さんを見習って世の中をよくするために頑張ります。嘉男君も頑張ってね」

一人悦に入っている土屋を見送り、手際よく巣箱の掃除を済ました時に、露木から電話がかかってきた。

「おい、面白い話を摑んだんだ。ちょっと淡路島まで行かないか」

「何事です」

「淡路島のＪＦＶで、養蜂村を造る計画があるそうだ。さっき、ＪＦＶに出向している例の跳ねっ返りのキャリアに問い合わせたら、一度、おまえさんに相談に乗って欲しいと言付かった。今は、オコゼが美味いそうだぞ」

具体的には、プロジェクトが始まったＪＦＶの果樹園の授粉の支援と、ジャパン・ブランドとして、ハチミツを輸出したいのだという。また、それとは別に、ミツバチの毒物耐性やＧＭＯとの関係についての研究も始めたいという。事実なら、願ってもない話になりそうだった。

「お嬢は古乃郷まで出向くと言ったんだが、俺たちが向こうに行った方が楽しそうじゃないか。ついでに、トリニティの研究所の進捗状況も取材できるしな」

相変わらず精力的な露木に背中を押されるように、代田は行くと約束した。

電話を切ると、改めて巣箱が並ぶ養蜂場を眺めた。結局自分たちは小さなメビウスの輪を回り続けて死んでいくのかも知れない。しかも、それが正しい選択なのかどうかも、死ぬまで、いや、死んでも分からないだろう。問題は、それが未来に繋がるかどうかだ。

冬の眠りから覚めたハチたちが、彼の周りを軽やかに旋回した。

*

「ハチは、急な動きをしない限り、攻撃してきません。あとは、彼らの飛行経路を邪魔しないことです」

虫除けネットのついた麦わら帽子を被った代田の説明に、参加者は熱心に頷いている。平井の息子も、ネット付きの麦わら帽子を被って最前列でメモを取っていた。

会社の屋上でハチを飼ってみたいという提案は、驚くほどあっさりと社長の決裁がおりた。退任した疋田ならまだしも、新社長に就いた奈良橋が認めるとは、意外だった。

彼はご機嫌で、顕浩と並んで代田の説明を聞いている。

「もう少し巣箱に近づいてみましょう」という代田のかけ声で、巣箱を囲む人の輪が小さくなった。

「まさか、ウチがあの男のハチを、屋上で飼うとはね。世の中何が起きるか分かりませんね」

遠巻きで様子を眺めていた社長室長の湯川が囁いた。まったくだった。GMO開発研究所の設立直後に、パートナーであるトリニティが、国と共同でGMO研究所を淡路島に開設すると知った。社内は大混乱になり、さすがの奈良橋も動揺して、いきなり米国トリニティの本社に怒鳴り込んだほどだ。

結局、淡路島のプロジェクトにT&Dファームも参加することで落ち着き、疋田に代わって奈良橋が社長に就任した。

「ピンポイント」は製造中止どころか、平井がマスコミで顔が売れたせいか受注増が続き、増産体制が本格化している。

　湯川の言うとおり、世の中何が起きるか分からない。

　奈良橋が社長となった瞬間に、自分は干されるだろうと思っていた。だが、CSR推進室長のみならず、T&Dファームの取締役も兼務するように命ぜられてしまった。「トリニティは信用ならない。連中がルール違反しないか、専門家の目を光らせてくれ」と奈良橋から言われた時、彼もまたGMO開発に全幅の確信を持っているわけではないと知った。

　分からないと言えば、先週、突然さおりからメールが来た。娘と二人、米国に移住するとあった。

〝お会いして話したかったんだけれど、会うと後ろ髪引かれるので〟と書かれていた。お互い、何も期待してない関係だとは思っていたが、それにしても予想外の別れ方に、平井は呆然(ぼうぜん)とするしかなかった。

　何度か電話をしたが、繋がらない。一度は、彼女の自宅の前まで行ったのだが、部屋は真っ暗だった。

　何がいけなかったのか。年が明けてからてんてこ舞いの忙しさで、会う時間どころか連絡すら怠っていた罰だろうか。

さおりがアメリカを選んだ理由も分からないまま日々は過ぎたが、仕事に追われて落ち込んでいる暇もなかった。

「よし、じゃあ巣板を持ち上げてみようか。社長、お手伝い願えますか」

代田が、奈良橋に声を掛けた。

「よしきた。どうすればいい」

頭のてっぺんから足先まで白ずくめの奈良橋が一歩進み出た。

「蓋(ふた)を開けますから、巣板をそっと持ち上げてください」

「刺されないか」

「大丈夫です。いい人は刺されません」

「それは困ったな。私はあまりいい人じゃないから」

参加者から笑い声が上がる中、奈良橋は真剣な顔付きで、息を詰めるように巣板を持ち上げた。ミツバチが板の上で固まっていた。体毛がふわふわして毛皮みたいだと、平井は思った。

「東京はすっかり春めいてきましたけど、朝晩に寒さが残るので、ハチの動きもまだ鈍いんです。でも、動いているのが見えるでしょ。平井君、ハチの体を撫(な)でてみないか」

顕浩は名指しされて、一瞬身をすくめたが、陽子に背中を叩かれると手を前に突き出した。

「怖がらないで大丈夫。手の甲でそっと撫でてみて」

続いて陽子も触り、嬉しそうな声を上げた。

「うわぁ、柔らかい。カシミアみたい」

「代田氏は、なかなか気配りがうまいですね。社長に続いて、お宅のお子さんたちだ。大したサービスマンだ」

湯川の皮肉を聞き流して、平井は巣箱の上空を飛び回っているハチを見上げていた。

今までは大泉農創が企業理念に自然との共生を企業理念に掲げていても、何となく嘘っぽさがあった。それが今日、一歩だけ現実味を帯びた気がした。

「ハチが元気に屋上を飛び回るダイセンの農薬は、地球上の全ての生き物への優しさを忘れません、っていうキャッチフレーズをつくろうと思うんですが、どう思いますか」

懲りない奴だ。社長室長を一瞥してから、平井は参加者の輪の中に入っていった。

「そんな勝手を認めるわけにはいきません。約束したでしょ。太郎と花子以外のコメの遺伝子解析は認めないって」

日本ＧＭＯ研究所の監督官室で、秋田は遺伝子解析の責任者を前にして、事業計画書の問題点を追及した。年齢的に、彼女より一回りは上の責任者は、困惑を隠さない。

「秋田さん、あんまり堅いことをおっしゃらずに。ただ、比較検査をするだけです」

「堅いことを言うために、私は監督官をしているんです。ルールを守れないのであれば、このプロジェクトから外れてください」

＊

淡路島の一角に建設中の研究所は、まだ造成工事が始まったばかりだ。しかし、待ったなしの開発を命ぜられた秋田は、建設現場近くのビルを借りて、事業計画の策定作業を始めていた。

「はっきり申し上げておきますが、私はＧＭＯ米なんて、まったく必要だと思っていません。あらかじめ取り決めたルールを厳守した上で、私のようなＧＭＯ懐疑派を納得させられるプランを出してください」

責任者は、何か言いたそうだったが、結局言葉を飲み込んだ。

「何か言いたいことがあるなら、はっきりおっしゃってください」

「いえ、何もございません。再度計画を練り直した上で、お時間を戴ければと思います」

「三日差し上げます。その間に、新しい提案を策定してください」

「さすがにそんな短期間では、無理です」

彼女は資料を片付けると、外出の準備を始めた。

「無理なら、計画はやめましょう」

秋田はそう言うと、たっぷりと相手を睨み付けて部屋を出た。

ドアを閉めた瞬間、大きなため息が漏れた。年長者をあんなふうに詰るなんて……。どうもこういう役回りは馴染めない。だが、それがＪＦＶに出向した秋田の使命なのだ。こんなことぐらいでへこたれるわけにはいかない。

突然の解散総選挙の結果、民権党は惨敗し、圧倒的多数を占めた保守党が政権を握った。民権党政権の政策を、次々とご破算にした中で、意外な決定があった。

ＪＦＶプロジェクトについて、政府の「成長戦略の目玉」と位置づけた上で、頓挫しかけた日本食糧振興機構が計画通り設立されたのだ。トリニティとのＧＭＯ研究所も、当初の予定通り機構の傘下（さんか）となった。

機構総裁には米野が就任し、秋田は農水省から出向して、JFV農業革新室長に就いた。それと同時に、トリニティと政府によるGMO研究所の監督官も兼務することになった。

全てが元の鞘（さや）に戻ったのは、ひとえに米野の根回しの賜（たまもの）だった。噂（うわさ）だったが、現首相に対して「前総理が決めた亡国のような決定を覆（くつがえ）してこそ、真の総理では」と大演説をぶったそうだ。前政権の決定事項を悉（ことごと）く覆したい総理は、二つ返事で米野や印旛が計画した原案を支持したらしい。

そこからはめまぐるしかった。米野をはじめ、機構の幹部が淡路島のJFV開発準備室に次々と乗り込んできて、夢の農業コンビナートづくりの陣頭指揮に立った。もう少し心の準備をする時間が欲しかった秋田も、問答無用でこの島に移らざるを得なかった。

島の生活は快適だった。だが、本省との連絡のために、毎週のように東京に出向く必要があり、その一方で研究所開設に向けた計画を精査する重要な役目もおろそかに出来ず、体力的な疲労では本省勤めなど比較にならなかった。

「ああ、やっぱり。私には荷が勝ちすぎだな」

ビルの外に出るなり、そんな愚痴がこぼれ出た。午後からは、兵庫県庁で会議が予定されている。そして、その足でまた東京だった。

「どうした、そんな怖い顔をして」

いきなり後ろから声を掛けられて、秋田はびっくりして振り返った。

「米野さん、おどかさないでくださいよ」

彼は麦わら帽子に作業着という格好で立っている。

「別にそんなつもりはないよ。それより、何かあったのかい」

たいしたことはないと返したのだが、それでは許してもらえず、結局、先ほどの遺伝子解析部長とのやりとりを告げた。

「ほんと、彼らは隙あらば、既存種に手を伸ばそうとするなあ」

「あんたは、それでも日本人かって叫びたくなりました」

研究所は、国と米国トリニティとの合弁ではあったが、実質的な研究内容はトリニティが主導している。

「いいねえ。その調子でしっかり監視してよ」

「でも、だんだん手が込んでくるんですよ。私のような素人では、理解できないような高度な計画書を出すようになってきて」

「そんなものは突っ返せばいい。カズちゃんが理解できないようなら、本省や政治家の先生たちも説得できないからね」

　それは分かっているものの、ただケチを付けているだけでは、物事は前に進まない。そのジレンマが日々強まっていた。

「あの、以前からお願いしている、学術的に私をサポートしてくれる方の人選ですが、どうなりました？」

「うん、今、最終的な詰めをやっている。この島に出来る予定の国立最先端農業大学院大学の教授の中から適任者を探しているから、もうちょっと待って。それより、見てよこれ」

　彼は足下に置いていたかごを掲げた。中には溢れんばかりのイチゴが入っていた。

「今朝採れたばかりのイチゴだ。日本では一二月が収穫の最盛期だと勘違いしているようだけれど、本来は春の果物だからね。一〇〇パーセントの露地物は、やっぱり味が違うよ。食べてみて」

　そう言われて一粒つまんだ。東京で見かけるほど大粒でもないし、鮮やかな赤でもない。

「わあ、すっぱい！」

「それが、本来のイチゴの味なんだよ。僕らの子どもの頃はね、それに砂糖をまぶして食べるのが一番のごちそうだったなあ」

　そう言って自分も一粒つまむと、すっぱそうに顔をしかめた。

「僕はね、それぞれの果物や野菜類の本来の味を、ここで復活させようと思っている。原点を知らなければ、革新は生まれないからね」

　いかにも米野らしい発想だった。秋田は感心しながら、もう一粒食べた。不思議なもので、高尚な目的を耳にすると、刺激的な酸味ばかりでなく微妙な甘みが感じ取れた。

「消費者のニーズばかりに振り回されるだけが、能じゃない。堂々と本物の味を教えて差し上げるという姿勢も大事だからね」

　そこで携帯電話が鳴った。米野に断って電話に出た。

「ご無沙汰しています、養蜂家の代田です」

　懐かしい声を久しぶりに聞いた。

　米野は気遣ってくれたのか、秋田の肩を叩くと、ビルの中に消えた。

「露木さんから養蜂村の件を聞きました。素晴らしいご提案に感激しています」

「そう言ってもらえると嬉しいです」

「来週にでも、僕らが淡路島にお邪魔しようと思うんですが」

それは願ってもないことだ。

「お待ちしています。ぜひ、いらしてください。淡路島はとても素敵なところですから」

そう告げた時、上空を飛行機が通過した。関空を離陸したばかりで、高度上昇中だ。機影を目で追いながら、この島から世界へ日本の農産物が運ばれる日が早く実現すればいいなと思った。

農業が日本を元気にする——。それが実現できるかどうかは、この島での格闘が決めるのだと、秋田は改めて気を引き締めた。

【参考文献】

『沈黙の春』　レイチェル・カーソン著　青樹簗一訳　新潮文庫
『複合汚染』　有吉佐和子著　新潮文庫
『蜜蜂の生活』　モーリス・メーテルリンク著　山下知夫、橋本綱訳　工作舎
『日本は世界5位の農業大国　大嘘だらけの食料自給率』　浅川芳裕著　講談社＋α新書
『ＴＰＰで日本は世界一の農業大国になる　ついに始まる大躍進の時代』　浅川芳裕著　ＫＫベストセラーズ
『メディア・バイアス　あやしい健康情報とニセ科学』　松永和紀著　光文社新書
『食の安全と環境「気分のエコ」にはだまされない』　松永和紀著　日本評論社
『悪魔の新・農薬「ネオニコチノイド」　ミツバチが消えた「沈黙の夏」』　船瀬俊介著　三五館
『化学物質過敏症ってどんな病気　からだから化学物質〔農薬・食品添加物〕を除去する健康回復法』　石川哲著　合同出版
『化学物質過敏症』　宮田幹夫著　保健同人社
『フードセキュリティ　コメづくりが日本を救う！』　山下一仁著　日本評論社
『〈イラスト図解〉コメのすべて』　有坪民雄著　日本実業出版社
『図解　次世代農業ビジネス―逆境をチャンスに変える新たな農業モデル―』　井熊均・三輪泰史編著　日刊工業新聞社

『人気犬種ガイド　シベリアン・ハスキーの飼い方』　バート・A・ミラー著　ダーウィン・W・ハルヴォーソン訳　誠文堂新光社
『〈スピリチュアル〉はなぜ流行るのか』　磯村健太郎著　PHP新書
『ゆうたはともだち（ゆうたくんちのいばりいぬ1）』　きたやまようこ著　あかね書房
『ゆうたとさんぽする（ゆうたくんちのいばりいぬ2）』　きたやまようこ著　あかね書房
『新版　農薬の科学』　山下恭平ら共著　文永堂出版
『新農薬学　21世紀農業における農薬の新使命』　松中昭一著　ソフトサイエンス社
『農薬とは何か』　日本農薬学会編集　日本植物防疫協会
『遺伝子組換え植物の光と影』　山田康之、佐野浩編著　学会出版センター
『遺伝子組換え植物の光と影Ⅱ』　横浜国立大学環境遺伝子工学セミナー編著、佐野浩監修　学会出版センター
『ランドラッシュ―激化する世界農地争奪戦』　NHK食料危機取材班著　新潮社
『図解　よくわかる植物工場』　高辻正基著　日刊工業新聞社
『創造―生物多様性を守るためのアピール』　エドワード・O・ウィルソン著　岸由二訳　紀伊國屋書店
『ハチドリのひとしずく　いま、私にできること』　辻信一監修　光文社

※右記に加え、農業白書をはじめとする政府刊行物やHP、食品安全に関する様々な意識調査、さらにはビジネス週刊誌や農業専門誌『農業経営者』、新聞各紙などの記事も参考にした。

謝辞

今回も多くの専門家の方々からご助力を戴きました。深く感謝いたしております。お世話になった皆様とのご縁をご紹介したかったのですが、敢えてお名前だけを列挙させて戴きます。但し、広報を通じて取材をご依頼した企業や団体については、団体名を併記致します。

また、ご協力戴きながら、名前を記すと差し障る方からも、厚いご支援を戴きました。ありがとうございました。

青山美子、浅川芳裕、遠藤泰生、坂部貢、佐藤和一郎、清水量介、白壁達久、平久美子、藤原誠太、マーク・ブラウン、森洋子、山口圭介、金澤裕美、柳田京子、倉田正充、積田俊雄、栗山はるな

【オイシックス】阪下利久
【新潟玉木農園】玉木修
【農薬ネット】西田立樹
【兵庫県企画県民部ビジョン課】岡明彦、川口奈緒美
【米シスト庄内】佐藤彰一
【本多園芸】本多正
【三菱ケミカルホールディングス】野田裕介
【三菱樹脂アグリドリーム】安部常浩
【ラプランタ】五味文誠、宮野幸一郎
【和郷園】木内博一、毛利公紀

【順不同・敬称略】
二〇一三年一月

解説

内田洋子

二〇〇九年二月、とある出版社から連絡を受け、ミラノで真山仁さんと会うことになった。面識のない作家だった。次作の舞台が欧州だという。現地ならではの四方山(よもやま)話を提供せよ、ということらしい。私はイタリアで通信社を営んでいる。情報は、私の商売の肝心だ。面談をためらっていると、

「問題の核心を射抜く社会派作家だ。日本の将来のためだと思って」

仲介した編集者は言った。

食べながら話そう、と私は提案した。〈人は食なり〉というらしい。食卓をともにすれば、互いの自己紹介になるのではないかと思ったからだった。

いざ食べ始めてみると、昼だけでは足りなかった。呼び出した欧州の事情通も交えて、お茶を囲みながら話しに話した。四方山話の広がりは時空を超えて留(とど)まらず、そのまま夕食へ。私は己の了見の狭さに恥じ入り、知る限りのイタリアを真山さんの前

に盛った。材料の見極めは鋭く、皿の上で手際良く取捨選択しながら、真山さんはどんどん咀嚼した。健啖家であり、悪食でもあった。

好奇心に満ち、緩急交わる食し方は、そのまま真山さんの取材姿勢であり作風だ、と後々、作品を読み重ねながら思った。

「お待たせしました！」

しばらくして、東京駅で再会した。真山さんは大きなリュックサックを背負い、襷掛けにノート型パソコン、両手にいくつもの紙袋を提げて現れた。地方取材からの帰り、と聞いた。

「お土産です」

紙袋からガラスの大瓶を二個、差し出した。蜂蜜だった。

『黙示』の基盤となった「ミツバチが消えた夏」が、『小説新潮』に掲載されたのはその直後である（『プライド』〔新潮文庫〕に収録）。

日本が直面する一大事をエキスにして瓶に詰め、真山さんから贈られたような気がした。

奇しくもちょうどその頃、私はイタリア農業省関連の調査でイタリア各地の農耕地を回っている最中だった。日本の食と農業の現状をテーマとした一連の真山作品を読みながら（「プライド」「絹の道」「一俵の重み」すべて『プライド』収録）、イタリアの農村や加工品メーカーの話を聞くうちに、彼のタフな視線に伴われて二国を比較しながら回っているような気がした。

一九八〇年代後半ローマにマクドナルドの第一号店が開業したのをきっかけに、イタリアの食生活がアメリカ化してゆくのを懸念（けねん）する声があがった。イタリアの伝統的で健全な食生活を再度見直そう、と、一九八六年にはスローフード運動が発足した。発起人は、食文化雑誌の編集者だったカルロ・ペトリーニ氏である。

一、消えゆく恐れのある伝統的な食材や料理を守る
二、質のよい食材を提供する小規模な生産者を守る
三、子供たちを含め、消費者に味の教育を進める

を主な活動指針に掲げ、毎年十月に大掛かりなフェア開催を繰り返し、まもなく農業関係者だけではなく一般消費者たちの関心も集めて社会現象へと発展していった。

二〇〇五年秋には、ローマで大手食品メーカーと物流業界が中心となり、『正しく食べて、楽しく生きよう』をテーマとするシンポジウムを開催し、大きな反響を呼ん

だ。

そして翌春には政府が、『産地と品質が保証された、安全な食品を正しく食べよう』というキャンペーンを立ち上げるに至ったのである。政府は、原産地証明の徹底と有機農業とその農作物の加工食品をキャンペーンの柱とした。

その背景には、狂牛病や残留農薬基準枠外の中国からの輸入食品の問題、鳥インフルエンザなど、消費者の食生活を脅かす一連の事件があった。

スローフード運動や健康志向の菜食主義などは、大衆から生まれたトレンド現象である。食習慣改善や環境問題、健康を再考させる啓蒙にはつながるが、公的機関による基準や保証などの裏付けはなく、食材の安全基準が明確ではない。政府主導で基準や認定、保証が明確に前面に押し出されていくことになった。

〈官僚とは、土だ。土は全ての実りの礎だが、土が痩せたり腐ってしまえば、まともな作物などできはしない。今の官僚は、それを忘れかけている。だから、おまえが身を挺して、コメのための土になれ〉（『黙示』三二－三三ページより）。

イタリアの面積は、日本とほぼ等しい。人口は日本の約半数の、六一〇〇万人である。

　北部の一部を除いて、長らく主産業は農林水産業だった。第二次世界大戦後、欧州他国に地理的にもメンタリティ的にも近い北部に復興投資は集中し、南部は大土地所有制時代さながらの、旧態依然とした社会が残った。食いつなぐために、多数が国外へと移民した。その総数は、国内人口に匹敵するとされる。

〈子孫の繁栄をおびやかす脅威に直面しても、時に自らの体質を変えてでも生き抜こうとする。その強かさからすれば、農薬なんて所詮、子どもだましに過ぎない。その一方で、人間は生命力をどんどん失っている気がする。特にニッポンの若者にそれを強く感じる〉（『黙示』二七一ページより）

　都市国家時代の形態がいまだに続くイタリアでは、自治体の数だけの〈イタリア〉がある。風土も気質も多様で一括りにはできないイタリアが、唯一まとまるのは食である。誰もが、郷里の味とそれを育む大地を誇りにしている。出自を振り返るとき、記憶の根底となるのは母親の心づくしの食卓だろう。国外に出ても、味覚を通じて母親と故郷、そして祖国を想う。

『母なる大地を守る』

政府の打ち立てた新しい展望を受けて、それまでファッションやデザイン産業重視だった〈メイド・イン・イタリア〉は、〈食〉へと大きく方向転換した。

〈これからの政治は農業だと、私は確信している。食の安全と高品質な食料の安定供給こそが成熟社会を支えるの〉（『黙示』一九七ページより）

大地を守るためには、〈イタリアの食〉というブランドの信頼を高めなければならない。まず最初に政府が行ったことは、農薬使用の軽減化だった。欧州連合で農薬を含む化学品の使用については、統一基準が設定されている。最近、最も規制の厳しい〈有機農業〉と〈従来型農業〉のあいだに、〈統合農業〉と命名されたカテゴリーが設置され、できうる限り化学薬品の使用を軽減していくための猶予(ゆうよ)枠を設けた。殺虫剤や伝染病予防だけではなく、肥料も土質改良もその対象とした。実施と管理は各自治体に任されていて、生産者と各産地の治政者の倫理観を試すような動きとなっているのが、いかにもイタリアらしい。二〇一一年からは、従来型農業を廃して統合農業、あるいは有機農業へと変わることが義務づけられている。

「徐々に農薬を減らし、土壌と環境の浄化を進める。農作物の生命力を鍛えるのです。自力で生き延びられるように。農薬を減らすと収穫量も減る。でもその分、人間の健康と環境が必ず恩恵を得る」

訪ねた各地の農家の人々は、異口同音にそう答えた。

失って、得る。生産性を重視することで起こる危険の代償を、人間の健康で払うようなことがあってはならない。そういう高い倫理観と使命感を持つ生産者がいるのは、中央集中型の量産ではなく、各地の身の丈に見合った地産地消型の歴史によるところも大きいだろう。

有機農業と統合農業の生産者は、欧州共同体、もしくはイタリア政府、自治体から融資や助成を受けることができる。化学薬品の使用の低減に比例して、経済的な援助をより受けられるしくみになっている。

新しい〈メイド・イン・イタリア〉の品質を高めるために、各自治体は農地の状態を徹底的に調べ始めた。大地はイタリア人の身体(からだ)、と考え、全身の健康診断に取りかかった。それを見に、私は各地を回っていたところだったのである。

訪問した中に、サルデーニャ島の養蜂業者がいた。創業は、古代ローマ時代に遡(さかのぼ)る。「地中海一純度の高い自然環境(ＷＷＦ)」とされるこの島で、一族はずっと蜂を追いかけて暮らしてきた。牧童が羊を追って遊牧するように。長らくこの島の蜂蜜は、生薬だったからである。無垢な自然の凝縮が蜂蜜なのだ。

「蜂は、島の生命力を知るバロメーターなのです」

農業省が、農薬についての調査と見解をいの一番に乞うたのは研究所ではなく、この養蜂業者だった。

「どの研究機関より、過去のデータを持っていますからね」

「人体に及ぼす影響との因果関係は、短期間では究明できない。人間の言うことは信じない。歴史だけが証明する」

という理由で、イタリアでは飼料用も含めて、領土内でのＧＭＯ（遺伝子組み換え作物）生産は法で禁じられている。輸入も不可。原材料として含む加工食品の輸入も製造も不可である。

〈農業を産業として強化し、来るべき食糧危機に備えなければならない〉（『黙示』三四九ページより）

二〇〇六年、イタリアと中国の国交開始から三五年を迎えた。中国はこれを記念して〈イタリア年〉とし、文化や教育、経済など、さまざまな分野での交流を促進し始めた。いっせいに流入してきた中国人や企業に、産地メーカーでなりたつイタリアは戦々恐々とした。しかし、そもそも規模が違い過ぎる。中国を競合とは考えず、同胞として組まなければイタリアには未来はない。

イタリアの各自治体は中国と築いた姉妹都市関係を基に、農業生産者、加工業者たちを輸出し始めたのである。

「産業としての食で輸出するべきものは、農作物や加工食品だけではありません。むしろブランド化した〈一流のイタリアの原種〉と農作物を加工するノウハウ、製造設備を送り込み、中国の大地を内側からイタリア化する路線も考えておかなければ」

ボローニャの生産者組合の代表が言う。

大きな鯨に呑み込まれながらもその腹の中で生き延び、広い外界への生還を虎視眈々と狙うピノキオのようだ。

生きることは食べること。

異民族に踏み倒され、統治者が次々と代わった歴史を持つイタリアは、信じるのは自分だけ、という精神で生き延びてきた。便宜や制度は他人の都合次第、ということが多い。大切なものは自分で守る。日本はどうなのか。

『黙示』。

真山仁さんの先を見通す眼力に導かれて、天啓を知る。

（二〇一五年六月、ジャーナリスト、通信社ウーノ・アソシエイツ代表）

この作品は平成二十五年二月新潮社より刊行された。

新潮文庫最新刊

新田次郎著
チンネの裁き
北アルプス剣岳の雪渓。雪山という密室で起きた惨劇は、事故なのか、殺人なのか。予想が次々と覆される山岳ミステリの金字塔。

高橋由太著
新選組おじゃる
沖田総司を救うため、江戸城に新選組が集結。ついでにぬらりひょんがお仲間妖怪を引き連れ参戦、メチャクチャに！　シリーズ完結。

中脇初枝著
魚のように
坊ちゃん文学賞大賞受賞
姉が家を出た。出来の悪い僕はいつも、姉に憧れていた。危うさと痛みに満ちた青春を17歳ならではの感性で描いた鮮烈なデビュー作。

河端ジュン一著
コースケ原作
GANGSTA.
―オリジナルノベル―
「あと3年匿って」死にかけの少女は便利屋(ヤツら)にそう依頼した。彼女の真意に気づいた時、運命に絡めとられた男たちの闘いが始まる！

杉江松恋著
神崎裕也原作
ウロボロス ORIGINAL NOVEL
―署長暗殺事件篇―
大学建設反対と日韓の民族問題が絡むデモ中に署長が暗殺された。容疑者は竜哉!?　すれ違う〝二匹の龍〟は事件の真相を暴けるのか。

伊与原新著
蝶が舞ったら、謎のち晴れ
―気象予報士・蝶子の推理―
遠い夏の落雷が明かす愛、寒冷前線が繋ぐ友情。予報嫌いの美人気象予報士が秘密の想いを天気図で伝える、〝心が晴れる〟ミステリー。

黙示（もくし）

新潮文庫　ま-39-2

平成二十七年八月一日発行

著者　真山仁（まやまじん）

発行者　佐藤隆信

発行所　株式会社新潮社

郵便番号　一六二―八七一一
東京都新宿区矢来町七一
電話　編集部(〇三)三二六六―五四四〇
　　　読者係(〇三)三二六六―五一一一
http://www.shinchosha.co.jp

価格はカバーに表示してあります。

乱丁・落丁本は、ご面倒ですが小社読者係宛ご送付ください。送料小社負担にてお取替えいたします。

印刷・大日本印刷株式会社　製本・加藤製本株式会社

ISBN978-4-10-139052-9 C0193